Ein Traum für alle Ewigkeit

Phillip Kordes wuchs im Hochsauerland auf. Er studierte in Dortmund Pädagogik und war bis 2001 Lehrer an der Realschule. Bisher sind vier Kriminalromane und drei historische Romane von ihm erschienen. »Mord in acht Tagen« und »Windvögel« spielen im Hochsauerland. »Maske des Schweigens« und »time - Zeit der Sühne« sind im Ruhrgebiet angesiedelt. Seine historische Trilogie spielt hauptsächlich im Sauerland, aber auch in Südafrika. Darüber hinaus veröffentlichte Phillip Kordes nahezu 400 Kurzkrimis bzw. Kurzromane sowie zwei Fortsetzungsromane.

Wer die Enge seiner Heimat begreifen will,
der reise.

Kurt Tucholsky

Phillip Kordes

EIN TRAUM FÜR ALLE EWIGKEIT

*Historischer Roman
aus dem Sauerland*

Bibliografische Information der Deutschen Nationalbibliothek
Die Deutsche Nationalbibliothek verzeichnet diese Publikation in der Deutschen Nationalbibliografie, detaillierte bibliografische Daten sind im Internet über dnb.dnb.de abrufbar.

TWENTYSIX – Der Self-Publishing-Verlag
Eine Kooperation zwischen der Verlagsgruppe Random House und BoD– Books on Demand

© 2020 Kordes Phillip

Herstellung und Verlag
BoD – Books on Demand, Norderstedt

ISBN 9 783740 766603

Benedikt und Viktoria Halbach

1

Viktoria Halbach saß in einem Schaukelstuhl auf der Veranda vor ihrem Haus in Züschen und schaute auf den Bach Sonneborn, der in knapp zehn Metern Entfernung träge und sehr flach vorbeirann. Manchmal wirbelten kleine Bläschen auf, wenn das Wasser gegen einen Stein schlug oder an einer Verengung aufgehalten wurde.

Viktoria sah es nicht wirklich. Sie blickte mit leeren Augen in den Bach. Seit drei Tagen war ihr Mann Benedikt nun schon verschwunden. Viktoria war zutiefst beunruhigt. Gut, ihre Schwägerin Magdalena, die mit im Haus wohnte, hatte ihr von Benedikts früheren Reisen ausführlich erzählt. Aber damals hatte er jedes Mal ein Ziel genannt. Einmal war er zu seiner Schwester Eva aufgebrochen – sie lebte noch mit ihrem Mann Jonathan Thoma in Essen, bevor sie nach Züschen zogen -, ein anderes Mal wollte er seinen jüngeren Bruder besuchen.

Die vielen Handlungsreisenden, die durch den Ort zogen, hatte Viktoria gefragt, ob sie einem Mann namens Benedikt Halbach begegnet seien. Die Händler hatten einen guten Draht zu allem, was sie zu Geld machen konnten. Wenn über neue Geschäftsbeziehungen gesprochen wurde, waren sie nicht weit entfernt. Viktoria hatte die leise Hoffnung, dass ihr Mann neue Beziehungen knüpfen wollte. Aber alle hatten nur die Schultern gezuckt.

Als Frau hatte Viktoria kaum Befugnisse. Ohne Benedikts Einverständnis durfte sie nichts entscheiden. Aber das Leben musste weitergehen. Das Land war zu groß, als dass es brachliegen konnte.

Aus dem Stall trat ein junger Mann. Es war Linus Hartung, der Mann von Benedikts ältester Tochter Franziska. Benedikt hatte ihn kurz vor der Hochzeit mit Franziska zum Verwalter ernannt, und seitdem kümmerte sich Linus um die Landwirtschaft. Er war bei den Knechten, die fest auf dem Hof angestellt waren und den Tagelöhnern wegen seiner Fachkenntnis hoch angesehen. Er wusste auf jedes Problem die richtige Antwort.

Seit ihrer Hochzeit führte Viktoria in Züschen ein Leben in Geborgenheit. Sie hatte bisher einen liebevollen Mann gehabt und fragte sich nun, ob es ein Fehler gewesen war, mit Benedikt zu gehen. Nein, sie hatte ihren Entschluss nie bereut, aber jetzt fehlte er ihr sehr.

Aus der Haustür kam ihr Sohn Karl. Er war jetzt vierzehn Monate alt. Wie so oft kroch er auf ihren Schoß.

»Warum weinst du, Mama?«

»Ich weine gar nicht. Mir ist nur etwas ins Auge geflogen.«

Damit war der kleine Kerl zufrieden. Er schmiegte sich an ihre Wange, und sie drückte ihn ganz fest. Bald würde er ein Geschwisterchen bekommen. Viktoria hatte es Benedikt noch nicht gesagt. Sie wollte ganz sicher sein und ihm erst dann die freudige Nachricht mitteilen. Jetzt musste sie warten, bis er zurück war.

Sie schob Karl von ihrem Schoß und stand auf. Es war Zeit, mit Linus die nächsten Schritte zu besprechen. Das Korn stand in voller Pracht, und das Heu war auch noch nicht fertig eingebracht. Damit konnte sie nicht bis zu Benedikts Rückkehr warten.

2

Seit einer halben Stunde stand Benedikt Halbach auf dem Bahnhofsvorplatz in Essen an der Ruhr. Das Gebäude vor ihm war ein holzverschalter Fachwerkbau aus dem Jahre 1862, wie das Schild über dem Eingang zeigte. Darunter stand der Hinweis: Essen BM, nach der Bergisch-Märkischen Eisenbahn-Gesellschaft. Links und rechts neben dem dreistöckigen Haus befand sich ein provisorischer Anbau.

Vor einer halben Stunde hatte Benedikt einen Uniformierten auf dem Vorplatz angesprochen.

»Entschuldigen Sie, ich suche das Büro der Firma Krupp.«

Der Mann sah ihn verständnislos an. »Die Firma Krupp? Die haben hier kein Büro. Da müssen Sie zur Firma gehen. Die liegt außerhalb von Essen, ist aber nicht zu übersehen.« Er wollte schon weitergehen, aber Benedikt hielt ihn auf.

»Ich dachte, die Firma Krupp würde Arbeiter für Südafrika suchen.«

Der Uniformierte kniff die Augen zusammen. »Mein Herr, ich weiß nicht, was Sie wollen. Aber Krupp sucht keine Arbeiter für Südafrika. Warum denn auch? Krupp braucht sich nicht im Ausland zu engagieren. Der Firma geht es hier gut genug.«

Er reckte sich und ging mit hochgehobenem Kopf davon.

Benedikt war ratlos und verwirrt zurückgeblieben. Auf seiner Reise vor vielen Jahren hatte er erfahren, dass viele Arbeiter sich der Firma Krupp anschlossen und nach Südafrika fahren wollten, um beim Eisenbahnbau zu helfen. Hatte er sich damals verhört? Nein, das konnte nicht sein, einer seiner Knechte war doch extra hier in Essen geblieben, und Benedikt hatte ihm sehnsüchtig nachgesehen.

Menschen kamen und gingen in das Bahnhofsgebäude. Sie drängelten sich teilweise rücksichtslos vorbei, weil das Haus zu klein war für die Menge.

Nicht nur der Name des Bahnhofs stand an der Eingangstür, ein Schild informierte über die Geschichte des Gebäudes. Am 1. März 1862 war es errichtet worden. Damals hatte man begonnen, eine Eisenbahnstrecke nach Dortmund über Oberhausen und Duisburg zu bauen, die vor einigen Jahren bis Bremen und Hamburg erweitert worden war.

Benedikt ging hinein und stockte. Männer, Frauen, Kinder standen in einer langen Menschenschlange. Die erwachsenen Personen waren kaum älter als vierzig. Sie hielten alte, abgewetzte Koffer in ihren Händen, trugen dicke Mäntel oder Jacken. Benedikt fragte sich, ob sie darunter nicht schwitzen würden, denn es war sehr warm. Aber anscheinend schien sie das nicht zu stören. Die Kinder, die meisten kaum älter als zehn, standen ruhig bei ihren Eltern.

»Warum stehen die Menschen hier an?«, fragte Benedikt einen Hünen von zwei Metern Größe mit dichtem schwarzem Haar. Sein Gesicht war braungebrannt, seine dunklen Augen funkelten darin wie Sterne. »Ich bin Dimitrios, aber alle nennen mich nur Dimi«, sagte er freundlich und reichte Benedikt seine mächtige Pranke.

Benedikt schlug ein und stellte sich vor. Dann zog er seine Hand schnell zurück, bevor Dimi sie zerquetschen konnte. Er sei Grieche, erzählte er, habe lange bei einem deutschen Grafen

als Leibeigener gearbeitet, sei nun frei und wolle in die andere Welt.
»In welche andere Welt?«
»Nach Amerika, Kanada oder so. Ist doch egal. Hauptsache was anderes sehen, so wie die Menschen dort drüben.«
»Dann sind das alles Auswanderer?«, fragte Benedikt und deutete auf die Menschenmenge.
»Ja«, nickte Dimi. »Sie sind auf dem Weg nach Bremerhaven oder Hamburg, um dort auf ein Schiff zu steigen, das sie nach Amerika bringt.«
Amerika!
Wie oft hatte Benedikt auch davon geträumt?
»Hast du schon mal was von der Firma Krupp gehört?«
Dimi lachte. »Wer kennt die Firma nicht? Hier spricht doch jeder davon, aber die können nicht jedem eine Arbeit geben.«
»Ich dachte, Krupp sucht Leute für Südafrika.«
»So? Das weiß ich nicht. Aber geh mal dort hinüber.« Dimi zeigte auf eine andere Gruppe von Männern, die etwa fünfzig Meter entfernt vor einem Tisch standen, hinter dem drei Männer saßen. »Ich habe da was von Krupp gehört. Vielleicht kannst du da weiterkommen. Aber warum willst du nicht nach Amerika?«
Benedikt zuckte nur die Achseln.
»Weißt du was? Ich geh mit dir hinüber. Ist doch ganz egal, wohin wir reisen. Hauptsache fort.«
Er zog Benedikt mit sich zu den Männern. Dimi tippte dem vor ihm stehenden Mann auf die Schulter.
»Warum seid ihr hier?«
Der Mann machte zunächst ein unfreundliches Gesicht, dann aber wurde er zugänglicher. »Wir wollen für die Firma Krupp nach Südwestafrika. Sie nehmen aber nur starke Männer und einen Ausländer schon gar nicht. Habe ich jedenfalls gehört.«
»Südwestafrika? Nicht Südafrika?«, entfuhr es Benedikt.
»Krupp liefert nach Südwestafrika Eisenbahnradreifen«, antwortete der Mann. »Von da kann man schnell nach Südafrika kommen, sofern man will.«
Dimi sah Benedikt fragend an. »Versuchen wir es?«
»Na klar.«

Im Raum roch es unangenehm muffig. Benedikt wäre gern für kurze Zeit aus der Reihe getreten, aber dann hätte er sich wieder hintenanstellen müssen.
»Der Nächste bitte.«
Nun war Dimi an der Reihe.
Plötzlich wurde Benedikt nach vorn gestoßen. Der Mann hinter ihm sah ihn böse an. »Sie sind dran. Oder wollen Sie nicht mehr?«
»Doch, natürlich.« Er hatte ein wenig geträumt.
Benedikt machte zwei Schritte zu dem Tisch, hinter dem drei gelangweilt wirkende Männer saßen. Sie sahen kaum auf, als er vor ihnen stand.
»Name?«
»Benedikt Halbach.«
»Geboren?«
»Am 5. März 1853.«
»Wohnort?«
Benedikt zögerte einen Herzschlag lang. Dann sagte er: »Essen an der Ruhr.«
Der Mann hinter dem Tisch, ein dicker aufgeblähter Kerl von Anfang fünfzig, hob kurz den Kopf. Aber er schaute Benedikt nicht ins Gesicht, sondern auf seine Arme. Was er sah, befriedigte ihn offensichtlich, denn er nickte und widmete sich wieder seinen Notizen.
Benedikt atmete auf. Jetzt war er froh, dass sich seine jahrelange Arbeit in der Landwirtschaft gelohnt hatte. Seine Oberarmmuskeln waren zwar nicht so kräftig wie die der meisten jungen Männer um ihn herum, aber er war stark, drahtig und hatte nicht so einen wabbeligen Körper wie einige andere.
»Warum wollen Sie nach Südwestafrika?«
»Ich ... eh ... ich möchte beim Eisenbahnbau helfen.«
Der Dicke nickte. Offenbar reichte ihm die Erklärung. Er gab Benedikt einen Zettel.
»Gehen Sie zur Tür rechts. Da bekommen Sie etwas zu essen und trinken. Der Zettel hier ist für die Fahrkarte. Die erhalten Sie am Bahnsteig. In Bremen wird entschieden, ob Sie als Begleitperson geeignet sind. Wenn nicht, müssen Sie Ihre Rückkehr selbst organisieren. Warten Sie, bis Sie aufgerufen werden.

Der Nächste bitte.«

Benedikt ging durch die Tür in einen Raum, in dem sich etwa zwanzig Männer aufhielten. Alle Fenster waren geöffnet, aber dennoch war es entsetzlich heiß. Von dem Griechen Dimi war nichts zu sehen. Es gab keinen freien Stuhl mehr, deshalb ließ sich Benedikt einfach an der Wand herunterrutschen.

Das fängt ja gut an, dachte er. Vielleicht hätte ich doch in Züschen bleiben sollen.

Vor drei Tagen war er heimlich in seinem Heimatort im Hochsauerland aufgebrochen. Er hatte niemanden etwas von seinem Vorhaben gesagt, selbst Viktoria wusste nichts. Er wollte nach Südafrika. Dort und im ganzen Westen von Afrika hatte man damit begonnen, Eisenbahnschienen zu verlegen, und viele Männer wollten dabei helfen. Auch Benedikt war bereit, die schwere Last auf sich zu nehmen. Es war ihm klar, dass er damit als Abenteurer gelten würde, denn nur diese wagten die beschwerliche Reise an der Westküste Europas und Afrikas entlang bis zum anderen Ende der Welt.

»He. Wir müssen los.« Neben ihm war Dimi aufgetaucht. »Oder willst du hier Wurzeln schlagen?«

Benedikt erhob sich langsam. Dimi packte ihn am Ärmel und zog ihn einfach mit.

Sie wurden zu einem Bahnsteig geschoben, wo bereits eine Lokomotive mit vier Waggons wartete. Von einem sich wichtigtuenden Mann bekamen sie ihre Fahrkarten. Benedikt und Dimi nahmen den dritten Wagen. Sie bekamen aber keinen Platz nebeneinander, worüber Benedikt nicht traurig war. Er wollte sich nicht unterhalten, er wollte die Fahrt nach Bremen genießen.

Ein älteres Ehepaar ihm gegenüber geriet sich in die Haare wegen zwei Schnitten Brot.

»Ich habe Leberwurst gesagt«, beharrte der Mann, ein Kerl mit beginnender Glatze und schweißnasser Stirn.

»Du wolltest Blutwurst«, sagte seine Frau laut und unbeherrscht. »Jetzt hast du sie auch. Hier, nimm die verdammten Schnitten doch beide.« Sie gab ihm auch noch ihr Brot.

Das besänftigte den Mann etwas. Er knurrte kurz, nahm die beiden Brote und biss in eines kräftig hinein. Die Frau sah demonstrativ zum Fenster hinaus.

Benedikt besaß in Züschen viele Ländereien. Er war einer der reichsten Männer des Sauerlandes, vielleicht sogar der reichste. Aber dennoch hatte ihn die Landwirtschaft nie befriedigt. Schon als kleiner Junge war er von der großen weiten Welt fasziniert gewesen, hatte allen Erzählungen mit großen Augen zugehört und so viel wie möglich darüber gelesen.

Benedikt hatte zuerst gezögert, aber als viele seiner Freunde und Bekannten in Züschen rasch hintereinander gestorben waren, war er in Panik aufgebrochen, weil er glaubte, etwas in seinem Leben zu versäumen. Zumal er mit Georg Auer, dem Bürgermeister, seinen engsten Vertrauten verloren hatte.

Er seufzte unterdrückt. Er war zum dritten Mal verheiratet. Die ersten beiden Frauen waren gestorben. Seine Tochter Franziska aus erster Ehe hatte einen guten Mann in Linus Hartung gefunden, der sich jetzt hoffentlich um das Anwesen kümmern würde. Von seiner zweiten Frau hatte er keine Kinder.

Er kam sich plötzlich schäbig und gemein vor, weil er seine Frau Viktoria und seinen kleinen Sohn Karl einfach allein gelassen hatte. Was war nur in ihn gefahren? Noch konnte er alles abblasen. Wenn er von Bremen zurückführe, brauchte er noch nicht einmal in Züschen zu sagen, was er vorgehabt hatte.

Es brachte nichts, weiter darüber zu grübeln. Jetzt war er hier im Zug, und jetzt wollte er auch seinen einmal eingeschlagenen Weg weitergehen. Jetzt konnte er nicht mehr zurück, oder vielmehr: er wollte auch nicht zurück. Er fieberte förmlich seinem Ziel Südafrika entgegen.

3

In Bremen mussten sie umsteigen. Auf dem Bahnsteig herrschte so ein dichter Menschentrubel, dass Benedikt den Griechen aus den Augen verlor. Zahlreiche Passanten fuhren nach Hamburg, manche nach Bremerhaven.

Benedikt sah sich vergeblich nach einem Stand der Firma Krupp um. Er fragte einen Reisenden, aber der zuckte nur die Schultern und meinte, dass er vielleicht in Bremerhaven fündig würde.

Bremen hatte einen eigenen Hafen, doch der versandete mehr und mehr, so dass keine größeren Schiffe einlaufen konnten. Für das »Auswanderergeschäft« hätte dies das Ende bedeutet. Schiffe, die über den Atlantik wollten, mussten groß genug sein, um die stürmische See zu überstehen.

Abhilfe konnte nur ein neuer Hafen bieten. Das war die Geburtsstunde von Bremerhaven. Bremens Bürgermeister hatte 1827 vom Königreich Hannover Land gekauft und den neuen Hafen errichten lassen. Schon wenige Jahre später konnten dort größere Schiffe einlaufen. Das war zu der Zeit, als die ersten Dampfschiffe entstanden. Sie waren bedeutend schneller, effektiver und größer als Segelschiffe. Mit dem Columbuskai in Bremerhaven war man nun für die stetig wachsende Zahl an Auswanderern gerüstet.

Der Zug nach Bremerhaven fuhr zwanzig Minuten später ab. Beim Einsteigen entdeckte Benedikt den Griechen weiter vorn. Dimi hatte ihn noch nicht gesehen. Der Hüne wurde von den Menschen in den zweiten Waggon gedrückt, Benedikt nahm den fünften.

Die Fahrt dauerte knapp eine Stunde. Der Bahnhof in Bremerhaven war kleiner als der in Bremen, deshalb fanden sich Benedikt und Dimi sofort. Der Grieche grinste.

»Man kann es drehen und wenden wie man will, man trifft sich immer wieder.«

Sie standen vor einem monumentalen Gebäude, vor dem sich ein überdachter Bahnsteig befand, an dem zwei Gleise entlangführten. Langsam näherten sie sich dem Eingang. Neben der Tür hing ein großes Plakat.

»Kannst du mir das vorlesen?« Dimi grinste verlegen. »Ich verstehe zwar alles, kann aber eure Schrift nicht lesen.«

Benedikt trat näher an das Plakat und las laut vor:

»Durch die Verordnung vom 1. Oktober 1832 ist festgesetzt, dass jeder hier ankommende Auswanderer sich am Tage nach seiner Ankunft bei der Polizeidirektion im Stadthaus zu melden hat, um einen Erlaubnisschein für seinen hiesigen Aufenthalt zu erhalten. Jeder Bürger der Stadt Bremerhaven darf Auswanderer nur beherbergen, wenn dieser einen solchen Erlaubnisschein vorweisen kann.«

»Damit will man verhindern, dass Deserteure, Gauner oder

Militärpflichtige sich ihren Verpflichtungen entziehen«, mischte sich ein untersetzter Mann neben ihnen ein.

»Danke«, erwiderte Benedikt.

»Es wäre nicht das erste Mal, dass Personen mit Straftaten sich davonschleichen wollen«, ergänzte der Mann noch, tippte an seinen Hut und drehte sich um.

»Wo finden wir denn das Stadthaus?«, rief Benedikt ihm nach.

»Folgen Sie mir einfach.«

Der Mann war sehr schnell auf den Beinen. Benedikt und Dimi hatten Mühe, mit ihm Schritt zu halten.

Er deutete im Gehen über seine Schulter zurück zu einem weiteren Gebäude. »Das ist das Lloydhaus«, erklärte er ohne gefragt worden zu sein. »Mit der Gründung der Norddeutschen Lloyd errang der Auswandererverkehr über Bremerhaven eine neue Dimension. Das Gute am Norddeutschen Lloyd ist, dass er ausschließlich Dampfschiffe für den Überseeverkehr einsetzt. Bereits seit 1863 ist ein regelmäßiger Linienverkehr zwischen Bremerhaven und New York eingerichtet. Dort erfolgt die Ausschiffung.«

»Beachtlich«, knurrte Dimi.

Der Mann, der sich als Siegesmund Darlehm vorstellte, redete weiter. »Wenn Sie registriert sind, dann können Sie auch in das Auswanderhaus gehen. Es wurde 1849 von einer Bremer Kaufmannschaft als öffentliche Unterkunfts- und Versorgungsstelle für die Auswanderer gebaut.«

Sie erreichten das Stadthaus nach etwa einer halben Stunde. Hier warteten viele Menschen. Geduldig stellten sich Benedikt und Dimi an.

Den Erlaubnisschein erhielten sie erstaunlich schnell. Der verantwortliche Beamte schaute Benedikt und Dimi kaum an, stempelte ein paar Mal ein Blatt Papier und reichte es ihnen wortlos. Da die beiden wussten, was mit dem Schein zu tun war, drehten sie sich um und machten anderen Personen Platz.

»Und jetzt?«, fragte Benedikt draußen.

»Jetzt gehen wir in das Auswanderhaus, essen und trinken uns satt und schlafen dort. Morgen sehen wir uns nach einem Schiff um, das nach New York oder Kanada fährt.«

»Ich will weder nach New York noch nach Kanada«, sagte Benedikt.

Dimi winkte ab. »Auf jeden Fall müssen wir ein Schiff finden.«

Für zwei Mark pro Tag bekamen sie ein Bett und drei Mahlzeiten. Sie kamen zunächst nicht zum Ausruhen. Zwei Männer in weißer Uniform baten alle zu einer hygienischen Kontrolle. Sie waren sehr freundlich, aber auch bestimmend. »Jeder Auswanderer muss sich einer medizinischen Untersuchung unterziehen«, sagte der Größere der beiden. »Dazu haben wir ein gemeinsames Bad vorgesehen.« Er verzog den Mund. »Frauen und Kinder zuerst, dann die Männer. Danach werden Kleidung und Gepäck desinfiziert. Das ist Pflicht, da kommt keiner drum rum.«

Benedikt und Dimi sahen sich an. »Das kann ja heiter werden«, sagte der Grieche.

Nach etwa zwei Stunden war alles vorüber. Benedikt fühlte sich frisch. So schlimm, wie er es sich vorgestellt hatte, war das Baden nicht. Alle waren sehr diszipliniert und auf Distanz bedacht. Auch das Wasser war nach dem Bad der Frauen gewechselt worden.

Dimi hatte inzwischen zwei Tassen mit Kaffee und mehrere trockene Brötchen besorgt.

»Mehr war nicht aufzutreiben«, sagte er, während er sich neben Benedikt setzte. »Es gibt ein offizielles Büro. Sie haben es extra für Auswanderer eingerichtet. Die Beamten dort stehen uns bei Fragen und Anliegen zur Seite. Außerdem empfehlen sie Schiffe. Das ist wichtig, denn dann ist die Ausrüstung der Schiffe gut und die Qualität sicher. In Bremerhaven bestehen strenge gesetzliche Vorschriften, die den Auswanderer schützen und ihm eine möglichst gute Überfahrt sichern.«

»Ich will gar nicht auswandern«, sagte Benedikt.

Er fühlte sich so müde, dass er am liebsten sofort eingeschlafen wäre. Aber neben ihm unterhielten sich zwei Mann so laut, dass er keinen Schlaf finden konnte. Doch dann lauschte er plötzlich sehr interessiert.

»Manche warten viele Wochen«, sagte der Mann, der einen

dichten Vollbart trug und ein Monokel im rechten Auge hatte.
»Wer?«, fragte der andere begriffsstutzig. Er war klein, höchstens einen Meter fünfundsechzig.
»Na, die Auswanderer«, antwortete der Vollbärtige ein wenig ungehalten.
Der Kleine lachte. »Das glaube ich nicht.« Er deutete in die Runde. »Sehen Sie sich doch mal um. Glauben Sie, die würden solange warten? Die können es sich doch gar nicht leisten.«
»Wie auch immer. Wir sollten uns auf jeden Fall auf mehrere Tage einstellen.«
»Ich habe gehört, dass hier aus Bremerhaven alle Schiffe nach Amerika oder Kanada fahren.«
Der Bärtige nickte. »Das stimmt. Wer woanders hin will, der muss nach Hamburg. Von dort fahren die Schiffe nach Afrika oder Südamerika.«
Benedikt richtete sich auf, so dass der Bärtige auf ihn aufmerksam wurde. »Entschuldigen Sie«, sagte Benedikt, »aber ich habe Ihre Unterhaltung zufällig mitbekommen. Sie sagten, dass nur von Hamburg aus Schiffe nach Afrika fahren?«
»Richtig«, nickte der Bärtige freundlich.
»Und wie kommt man von hier nach Hamburg?«
»Mit einer Fähre. Die fahren mehrmals am Tag. Aber warum wollen Sie denn nicht nach Amerika oder Kanada? Da lebt es sich viel besser.«
»Ich habe mir Südafrika in den Kopf gesetzt, weil ich für die Firma Krupp arbeiten will.«
»Wenn Sie wirklich nach Afrika wollen, müssen Sie nach Hamburg.« Der Mann beugte sich noch etwas näher zu Benedikt heran. »Wenn Sie ein Schiff mit Zwischendecks finden, sollten Sie es nehmen. Dadurch können die Auswanderer billiger transportiert werden.«
Benedikt hätte gern noch mehr von dem Bärtigen gehört, aber der hatte das Gespräch beendet. Jetzt wurde ihm klar, warum die Firma Krupp kein Büro in Bremerhaven hatte. Benedikt drehte sich zu Dimi herum. Der Grieche war schon eingeschlafen. Na gut, dachte Benedikt, dann will ich auch versuchen, einige Stunden zu ruhen.

4

Als Benedikt sich nächsten Morgen aufrichtete und durch den Saal blickte, stellte er fest, dass die meisten Betten verlassen waren. Dimi rekelte sich.
»Du bist schon wach?«
Benedikt nickte. Er deutete in die Runde. »Alle weg. Die konnten es wohl nicht erwarten, auf ein Schiff zu kommen.«
Sie frühstückten und machten sich etwas frisch. Danach packten sie ihre Sachen und gingen hinaus. Unterwegs kamen sie an einem Kiosk vorbei. Auf der Ladentheke fand Benedikt eine Broschüre mit einem sechsseitigen Bericht über Südwest- und Südafrika. Benedikt legte die Groschen für das Heft auf die Theke.
»Wir müssen zur Fähre, wenn du wirklich nach Afrika willst«, drängte der Grieche.
Benedikt hatte Dimi unterwegs von seinem Gespräch mit dem Bärtigen erzählt.
»Oder wir warten hier und helfen beim Entladen und Beladen der anderen Schiffe. Dann bekommen wir wenigstens etwas Geld und vielleicht was zu essen.«
»Ich will aber nicht warten«, entgegnete Benedikt. Die Verlockungen wurden immer stärker. Er konnte sich der Faszination nach Afrika zu fahren, nicht mehr entziehen. Hoffentlich komme ich nicht zu spät für die Begleitmannschaft der Firma Krupp. Aber dann sagte er sich, dass er auf jeden Fall nach Südafrika fahren würde. Seine innere Unruhe wuchs zusehends. Dann hatte er einen Entschluss gefasst. Er würde später, wenn er sich eingelebt hatte, seine gesamte Familie nachholen.
Benedikt dachte an den Müller aus Züschen der ihm, als er zwölf Jahre alt war, von seinem Traum, nach Amerika auszuwandern, erzählt hatte. Damals war Benedikt in kindlicher Naivität verwundert gewesen, dass der Mann seinen Traum nicht verwirklicht hatte. Nun stand er selbst hier und hatte seine eigene Illusion. Er wollte nicht riskieren, dass sie wie eine Seifenblase zerplatzte.
»Ich bin dabei«, sagte Dimi in seine Gedanken. »Weißt du denn, was eine Überfahrt kostet? Ich habe nicht mehr das meis-

te Geld.«
»Keine Ahnung.«

Sie nahmen die erste Fähre eine halbe Stunde später. Der Wind pfiff ekelig, so dass sie beide unter Deck blieben.

Um sich die Zeit zu vertreiben, nahm Benedikt die Broschüre zur Hand, die er an dem Kiosk gekauft hatte. Zuerst wurde er enttäuscht. Die ersten Seiten handelten von einem Bremer Kaufmann namens Adolf Lüderitz.

Er zeigte bereits im Jahre 1882 großes Interesse an der sogenannten Wahlfisch-Bai in Südwestafrika. Lüderitz fragte im Auswärtigen Amt in Berlin nach, ob dort Landerwerbungen unter den Schutz des Deutschen Reichs fallen würden. Die Antwort ließ nicht lange auf sich warten. Wenn Lüderitz einen Hafen erwerben könne, auf den das Reich ein Recht habe, dann könne er vom Schutz durch Deutschland ausgehen. Lüderitz schickte seinen Agenten Heinrich Vogelsang nach Kapstadt und dann weiter nach Südwestafrika. Im Hafen von Angra Pequena nahm er die Bucht in Besitz und gab ihr den Namen »Lüderitzbucht«.

Deutsch-Südwestafrika war geboren. Vogelsang kaufte weiteres Land, was den Engländern nicht gefiel. Sie legten Protest ein, und Reichskanzler Fürst Otto von Bismarck ließ die Verträge prüfen. Es stellte sich heraus, dass England nur die Besitzrechte auf die Wahlfisch-Bai hatte, auf sonst keine anderen Gebiete. Daraufhin stellte Deutschland die Landgewinne unter den Schutz des Reichs.

Das war nicht, was Benedikt gesucht hatte. Aber die nächsten Seiten gehörten Südafrika.

Vor Jahren hatte man dort im Süden riesige Gold- und Diamantenvorkommen gefunden. Sofort war ein regelrechter Boom ausgebrochen. Wenn man reich werden wollte, dann nur dort. Aber es gab auch ein Problem. Ein Mann namens Cecil Rhodes, ein Engländer, wollte Südafrika zu einer englischen Kolonie machen. Er erwarb fast alle Diamantenkonzessionen. Schon 1885 waren seine Privateinkünfte so hoch wie die von ganz Südafrika. 1890 wurde Rhodes Premierminister der Kapkolonie. Da nur wenige afrikanische Staaten ihre Eigenständigkeit bewahrt hatten und dem englischen Besitzdrang entgegentraten, zettelte er einen Krieg gegen die Republik Transvaal an. Aber gegen deren Präsident Paul Krüger hatte Rhodes keine Chance. Der Krieg ging für die Briten mit Pauken und Trompeten verloren. Cecil Rhodes musste noch im selben Jahr zurücktreten.

Ein weiterer Abschnitt am Ende verriet noch, dass die Reise kein Vergnügen sein würde. Es gab keine regelmäßigen Fahrten entlang der Küste von Afrika. Früher legten die Kapitäne erst ab, wenn sie genug Ladung an Bord genommen hatten. Damit endete der Bericht.

Im Hamburger Hafen stiegen sie als eine der Ersten aus. Bereits seit 1892 gab es in Hamburg die sogenannten Auswandererbaracken. Jeder, der in der preiswerten Zugklasse angereist kam und mit einem Ticket für die Zwischendecks weiterreisen wollte, musste dort leben. So wollte man die Auswanderer vor gierigen Geschäftemachern und sich selbst vor Krankheiten schützen.

Da Benedikt und Dimi nicht mit dem Zug angereist kamen, begaben sie sich sogleich in die Richtung, wo die großen Schiffe lagen.

Es waren vier. Zwei mit drei riesigen Schornsteinen, eins mit zwei und ein kleineres mit einem Schornstein. Am ersten stand der Name »IMPERATOR«, am zweiten »BALLIN«, am dritten war der Name nicht zu entziffern. Es musste älter als die beiden anderen sein. Das kleinere Schiff fuhr unter dem Namen »TROJAN«.

Auf ihrem Weg wurden Benedikt und Dimi von einer religiösen Organisation aufgehalten. »Wir leisten praktische Hilfe bei der Beschaffung von Dokumenten oder bei Verständigungsschwierigkeiten«, sagte die Dame ganz in Schwarz.

Benedikt und Dimi zeigten ihre Papiere. Sie warf einen überraschten Blick darauf.

»Sie haben also schon die hygienischen Untersuchungen hinter sich. Das ist gut. Haben Sie auch die nötigen Papiere, Sie brauchen zum Beispiel einen Pass und ein Visum für die Vereinigten Staaten oder Südamerika. Ohne die beiden Dokumente ist eine Auswanderung nicht möglich.«

»Ich möchte weder in die USA, noch nach Südamerika«, sagte Benedikt. »Ich will nach Südafrika.«

»Oh, das ist natürlich etwas anderes. Das geht viel leichter und unbürokratischer.« Die Dame lächelte gütig. »Sie zählen zu den Glücklichen, die dazugehören und ...«

»Wie teuer ist die Überfahrt?«, unterbrach sie Dimi, dem die ausführlichen Darlegungen der Frau auf die Nerven gingen.

»Wie?« Sie war einen Moment lang verwirrt, lächelte dann aber verständnisvoll. »Die Mehrzahl reist für 160 Mark. Allerdings auf dem fensterlosen Zwischendeck.«

Benedikt schluckte. »Was benötigt man für Afrika?«

»Ach ja, Afrika.« Sie runzelte die Stirn. »Nur den Pass. Sie können sich ja beim Einschiffen noch mal erkundigen.« Sie deutete auf das kleinste Schiff. »Das ist die TROJAN. Die läuft heute noch aus. Wenn Sie sich beeilen, dann können ...«

Das Weitere hörte Benedikt schon nicht mehr. Er hatte sich bereits nach ihren letzten Worten in Bewegung gesetzt. Hinter ihm erklangen die dumpfen Schritte von Dimi. Der Grieche holte ihn schnell ein.

»So ein Quatschweib«, schimpfte er. »Die hört sich gerne selbst reden.«

»Immerhin haben wir von ihr erfahren, dass man für Südafrika kein Visum braucht, sondern nur einen Pass. Hast du einen?«

Der Grieche nickte. Auch Benedikt hatte seinen Pass bei sich. Nach seiner Hochzeit mit Luise hatten sie beide einen bekommen. Die Pässe waren vom damaligen Bürgermeister Georg Auer und dem Pastor Adam Fricke beglaubigt worden.

Benedikt hatte eine kleine Theke erspäht, über der groß der Name Krupp geschrieben war. Ein Mann sortierte gerade einige Papiere, sonst war niemand am Stand. Benedikt ging darauf zu.

»Hallo«, sagte er. »Bin ich hier richtig, um mich als Begleitperson für die Eisenbahnradreifen der Firma Krupp zu bewerben?«

Der Mann hielt in seiner Arbeit inne und blinzelte. »Das tut mir leid. Da kommen Sie zu spät. Wir haben bereits sieben Mann ausgewählt. Sehen Sie dort!«

Er deutete auf sieben kräftig aussehende Männer, die gerade die schweren Eisenbahnradreifen zu einem Schiff brachten.

»Außerdem«, fuhr der Mann fort, »können wir nur große

Männer gebrauchen, mindestes einen Meter achtzig, und jung müssen sie auch noch sein, höchstens dreißig. Sie sind älter.«

Es war keine Frage, sondern eine Feststellung. Benedikt kniff die Lippen aufeinander. So langsam wurde er wütend.

»Sie könnten dazugehören«, sprach der Mann weiter und sah Dimi an. »Aber wie gesagt, es ist zu spät. Die TROJAN läuft heute noch aus. Wenn Sie wollen können Sie sich als Passagier einschreiben lassen.«

Benedikt zog Dimi mit sich. »Nur weil wir nach Bremerhaven gefahren sind, kommen wir zu spät. Komm, lass uns zur TROJAN gehen. Vielleicht haben wir Glück und bekommen noch einen Platz an Bord.«

Auf ihrem Weg zur TROJAN kamen sie an der IMPERATOR und der BALLIN vorbei. Benedikt blieb einen Moment lang stehen. Er überschlug die Menschenmenge und kam auf über zweihundert Personen. Junge Männer, kaum älter als dreißig, daneben ihre Frauen mit den Kindern, meistens fünf oder sechs. Die Gesichter der Frauen waren bleich und man sah ihnen jahrelanges hartes Arbeiten an. Aber in ihren Augen loderte ein Feuer, das Benedikt beeindruckte. So ein hoffnungsvolles Licht hatte er bisher noch nie gesehen.

Die Motivation zum Auswandern war für die Menschen vielfältig. Überwiegend handelte es sich um politische Gründe wie nach der gescheiterten Revolution von 1848.

Ein Schild am Kai ließ Benedikt erneut verharren. Dimi war neben ihn getreten und deutete mit einem Kopfnicken darauf. »Das war 1892, vor vier Jahren. Da hat die Cholera hier gewütet. Niemand durfte auswandern. Erst zwei Jahre später fuhren wieder Schiffe nach Amerika und Kanada.«

Sie kamen zur TROJAN. Von Nahem wirkte das Schiff noch unscheinbarer. Benedikt kniff die Augen zusammen. Es kam ihm nicht geheuer vor.

»Na? Wie gefällt euch mein Boot?«

Benedikt und Dimi drehten sich um. Hinter ihnen stand ein Mann von knapp eins achtzig Metern Größe. Sein faltenreiches Gesicht war braun gebrannt. Er trug eine Seemannsmütze und eine Uniform mit vier Streifen auf den Ärmeln.

»Ich bin Kapitän Moseley.«

»Fahren Sie nach Südafrika?«, fragte Benedikt
»Ja, nach Kapstadt. Wollt ihr mit?«
Benedikt nickte schon, ehe sich Dimi zu einer Antwort aufraffen konnte.
»Schön, schön. Ich habe noch Plätze frei.«
»Was kostet die Fahrt?«
»Nun ... sagen wir einhundertachtzig Mark.«
Benedikt erschrak. Auch Dimi wechselte die Gesichtsfarbe.
»Für beide«, sagte Moseley schnell.
Benedikt atmete auf. Das war weniger, als die Dame von der Hilfsorganisation gesagt hatte. »Einverstanden.«
»Das ist die dritte Klasse, sozusagen auf dem Zwischendeck. Die Zwischendeckspassagiere dürfen nur zu bestimmten Tageszeiten an Deck, um frische Luft zu schnappen. Wir müssen noch eine Ladung Eisenbahnradreifen von der Firma Krupp deponieren.«
Er nickte kurz zu den Männern hin, die mit dem Beladen beschäftigt waren.
»Ich hatte gedacht, Krupp würde die Eisenbahn bauen«, äußerte Benedikt leise. »Aber ich muss mich wohl geirrt haben.«
»Krupp baut keine Eisenbahn«, erklärte der Kapitän. »Sie liefern nur Eisenbahnradreifen. Es ist die holländische Eisenbahngesellschaft, für die die Reifen bestimmt sind. Die suchen immer zuverlässige Männer. Die meisten Arbeiter kommen aus Indien. Wenn ihr mitwollt, müsst ihr zuerst den Preis für die Fahrt zahlen. Ich bin Kapitän, Steuermann und Kassierer in einer Person. Ich habe eine kleine Mannschaft, elf Mann. Damit komme ich aus. Na, wie ist es? Noch interessiert?«
Benedikt sah Dimi an. Der Grieche zögerte. Benedikt zückte seinen Geldbeutel und zählte neunzig Mark ab, die er dem Kapitän gab. Wenig später reichte auch Dimi ihm seinen Anteil.
Moseley steckte das Geld ein. »So, jetzt seid ihr meine Passagiere. Wir fahren über Southampton und dann in einem Rutsch bis Kapstadt. Die Fahrt dauert circa vier Wochen, manchmal auch etwas länger, je nachdem wie die See gelaunt ist. Es kann zum Teil stürmisch werden, aber ich denke, dass ihr seefest seid. Wenn nicht ... das Meer ist groß genug für eure Kotze.«
An die Sprache muss ich mich aber noch gewöhnen, dachte

Benedikt.

»Wir haben bisher zweiundzwanzig Passagiere, darunter vier Kinder im Alter von drei bis elf Jahren, plus die sieben Männer der Begleitmannschaft.« Er streckte die Hand aus und zeigte zum Schiff. Am Ende der steilen Treppe war ein jüngerer Mann aufgetaucht. »Das ist mein Erster Offizier. Meldet euch bei ihm und sagt, dass ihr die Passage bereits bezahlt habt.«

Er nickte den beiden noch einmal zu und ging dann am Kai entlang zu den anderen Dampfern.

Benedikt und Dimi schulterten ihre Rucksäcke und begaben sich zur Treppe. Der Erste Offizier sah ihnen entgegen.

»Patrick MacGyver«, stellte er sich vor, gab ihnen die Hand und führte sie ohne weitere Fragen eine Treppe hinunter ins Zwischendeck. »Suchen Sie sich eine Schlafstelle aus. Noch haben wir Platz genug. Ab Southampton wird sich das ändern. Dort steigen noch mehrere Personen zu. Es gibt dreimal am Tag etwas zu essen. Das Trinken müssen Sie reduzieren, da wir nur einen gewissen Vorrat mitnehmen können. Aber es reicht auf jeden Fall. Wenn Sie Fragen haben, dann wenden Sie sich an einen Matrosen oder an mich.«

MacGyver tippte an seine Mütze und ging wieder die steile Treppe hinauf.

Benedikt und Dimi sahen sich um. Es war sehr eng unter Deck. Die doppelstöckigen Betten nahmen fast den gesamten Raum ein. Zwischen ihnen gab es nur einen schmalen Gang, gerade groß genug, dass eine Person hindurchgehen konnte.

Benedikt nahm das obere Bett, Dimi das darunter.

»Ich bin froh, dass ich nur einen Rucksack bei mir habe«, meinte Benedikt.

»Ich auch«, antwortete Dimi. Er sah ein wenig skeptisch auf die Länge des Bettes. »Hoffentlich hängen meine Füße nicht über den Bettenrand hinaus«, sagte er ein wenig amüsiert.

»Du wirst es schon überleben.« Benedikt legte sich angezogen auf das Bett und verschränkte die Arme hinter dem Kopf. Nun war er also dort angelangt, wo er hinwollte. Jetzt gab es kein Zurück mehr. Er wusste nicht, ob er zufrieden sein sollte oder traurig oder verzweifelt. Erst mal schlafen, dachte er. Danach sieht die Welt wieder ganz anders aus.

5

Viktoria Halbach konnte es nicht glauben. Benedikt, ihr Mann, war in den Zug nach Bremen eingestiegen.

Vor knapp einer Stunde hatte sie der Züschener Handlungsreisende Emil Knappe aufgesucht. Emil war der zweite Sohn einer Solstätterfamilie. Solstätter waren die Bauern, die an die Solstätte gebunden waren. Es gab neununddreißig Solstätter in Züschen. Nur sie konnten in den Gemeinderat gewählt werden, nur sie bestimmten die Geschicke der Gemeinde. Die Solstätte wurde stets an den erstgeborenen Sohn vererbt. Die anderen Söhne wurden entweder Beilieger, Handlungsreisende und nahmen Berufe wie Schuster, Sattler, Zimmermann oder Maurer an. Die Beilieger bekamen etwas Land von der Gemeinde zugewiesen, das sie selbstständig nutzen konnten.

»Ich habe in Essen am Bahnsteig gestanden und ihn gesehen«, berichtete Emil. »Ich wollte ihn gerade ansprechen, da stieg er in den Zug.«

»Hast du gehört, wohin er wollte?«, fragte Viktoria nach dem ersten Schock.

Emil wiegelte mit dem Kopf. »So genau weiß ich das nicht. Die meisten Menschen fuhren über Bremen nach Bremerhaven, um dort auf ein Schiff zu gehen, das sie nach Amerika oder Kanada bringt. Es sah mir ganz so aus, als wenn …«

Er brach ab, als er Viktoria nicken sah.

»Davon hat Benedikt all die Jahre geträumt.«

»Von Amerika?«

»Ja. Oder von einem anderen Ziel. Er war nicht glücklich hier in Züschen, im tiefsten Sauerland. All seine Vertrauten sind in den letzten Jahren gestorben. Ich glaube, er fühlte sich unendlich einsam.«

»Aber er hatte doch dich. Eine Familie, einen Sohn. Wie kann er denn das alles im Stich lassen?« Emil war bestürzt.

»Ich weiß es nicht«, antwortete Viktoria leise.

Emil Knappe hatte die Familie Halbach kurz darauf wieder verlassen, und nun saß Viktoria wie versteinert auf dem Stuhl. Hinter sich hörte sie ihre Schwägerin Magdalena mit Küchenutensilien hantieren. Magdalena tat das, um sich abzureagieren, während Viktoria nur vor sich hinstarrte.

Wenig später erhob sie sich und ging zu Magdalena. Viktoria sah sofort, dass ihre Schwägerin geweint hatte.

»Wir sollten der Tatsache ins Auge sehen, dass wir nun auf uns allein gestellt sind. Mit Linus haben wir einen guten Mann. Er wird das Land in Schuss halten.«

Magdalena nickte kaum merklich. Neben ihr stand Berta, die zweite Tochter Benedikts aus seiner ersten Ehe. Sie war genauso ratlos wie alle anderen. Sie liebte ihren Vater sehr und verstand nicht, warum er sie im Stich gelassen hatte.

Am Nachmittag tauchte Jakob Halbach auf. Jakob war Benedikts Cousin. Die beiden besaßen das meiste Land in Züschen und hatten im Gemeinderat viel zu sagen. Jakob war sogar mal als Bürgermeister vorgesehen gewesen, aber damals war er noch zu jung. Jetzt, mit zweiundvierzig Jahren, besaß er genau das richtige Alter. Seit Georg Auer vor einigen Wochen gestorben war, war die Bürgermeisterstelle verwaist.

»Man munkelt, dass Benedikt nach Bremen gefahren ist«, platzte er gleich herein. Jakob war kein geschickter Redner oder Taktiker. Manchmal hielt er sein Fähnchen nach dem Wind. Meistens war er, wie es sich gehörte, auf Seiten der Solstätter, aber auch den Beiliegern gab er hin und wieder Recht.

»Du hast richtig gehört«, antwortete Magdalena bissig. »Emil hat also herumgequatscht.«

»Es wäre sowieso nicht lange ein Geheimnis geblieben«, sagte Jakob, dem Magdalenas spitze Antwort nicht aufgefallen war. »Wie soll es denn jetzt weitergehen?«

»Was meinst du?«, fragte Viktoria.

Jakob machte eine ausladende Handbewegung nach draußen. »Mit eurem Land meine ich. Wer weiß, wie lange Benedikt dieses Mal wegbleibt. Ihr könnt zwar mit meiner Hilfe rechnen, aber so wie bei den letzten Malen wird es nicht funktionieren.«

Zweimal schon hatte Jakob während Benedikts Abwesenheit dessen Land nicht nur mitverwaltet, sondern auch beackert, gesät und abgeerntet. Benedikt hatte ihn zwar belohnt, aber in Jakobs Augen war ein Anteil an der Ernte zu wenig. Dieses Mal

sollte ihm das nicht wieder passieren.
»Wir haben Linus«, warf Magdalena ein.
Jakob lachte auf. »Der ist viel zu jung und unerfahren.«
»Das glaube ich nicht«, meinte Viktoria.
Jakob schüttelte den Kopf. »Außerdem ist Franziska schwanger. Linus wird andere Dinge im Kopf haben, als die Landwirtschaft.«
»Du wirst es schon sehen.« Viktoria wandte sich ab.
Da auch Magdalena weiter am Herd hantierte, kniff Jakob die Lippen zusammen und ging hinaus.

So war er von der Familie seines Cousins noch nie abgekanzelt worden. Bisher hatten sie sich immer gut verstanden, naja, meistens jedenfalls. Unstimmigkeiten hatte es schon mal gegeben. Jakob und Benedikt waren in vielen Dingen nicht immer einer Meinung, aber was besagte das schon.
Jetzt allerdings fühlte er sich übergangen. Seit Viktoria da war, war offenbar einiges anders geworden. Sophia, Benedikts erste Frau, und Luise, seine zweite Frau, hatten sich kaum oder gar nicht um den Hof gekümmert.

6

Linus Hartung rührte sich nicht. Er wagte auch kaum zu atmen. Die Bache vor ihm in kaum fünf Metern Entfernung scharrte mit den Hufen. Ihre Augen taxierten ihn ohne Unterlass. Die kleinen Ohren waren hochaufgerichtet, ebenso der Schwanz. Mit ihm signalisierte das Wildschwein durch Pendelbewegungen oder durch Anheben seine Stimmung. Jetzt war er angehoben, was sehr bedrohlich wirkte.
Linus war in Eile gewesen. Nur ganz kurz hatte er nach den neuen Fichten sehen wollen, die im letzten Herbst gepflanzt worden waren. Dabei hatte er zwar die untrüglichen Hinweise gesehen, aber eine durch Wildschweine umgewühlte Wiese, Eicheln am Boden, Wurzeln und Baumstämme, die deutliche Scheuerstellen aufwiesen, nicht weiter beachtet. Das Scheuern des Körpers an Bäumen war bei Wildschweinen notwendig.

Aufgrund ihres kurzen und unbeweglichen Halses sind sie nicht in der Lage, sich zu putzen. Linus wollte nur schnell zurück zu seiner Frau Franziska, die jeden Augenblick ihr erstes Kind erwartete. Nur deshalb hatte er die Bache mit ihren Frischlingen nicht rechtzeitig bemerkt. Nun war er in arger Bedrängnis.

Aus den Augenwinkeln sah er sich nach einer Waffe um. In einer Entfernung von gut vier Metern lagen mehrere armdicke Äste. Damit würde er sich schon verteidigen können, aber schaffte er es auch bis dorthin?

Die Bache maß vom Kopf bis zu den Hinterbeinen mindestens einen Meter fünfzig. Einen unsagbar kurzen Moment kam Linus der lächerliche Gedanke, dass er froh war, nicht einem Keiler gegenüber zu stehen. Ein Keiler wäre viel gefährlicher gewesen. Aus den Augenwinkeln beobachtete er die Frischlinge. Es waren vier. Sie mussten im April oder Mai geboren worden sein, denn ihr Fell wies noch vier bis fünf gelbliche, von den Schulterblättern bis zu den Hinterbeinen reichende Längsstreifen auf.

Linus rechnete jeden Augenblick mit einem Angriff.

Minuten vergingen, in denen er regungslos verharrte. Dann kam plötzlich Bewegung in die Bache. Sie musste wohl erkannt haben, dass von Linus keine Gefahr für ihre Frischlinge ausging. Mit einem letzten wütenden Schnauben drehte sie sich um und verschwand wenig später mit ihren Kleinen im Unterholz.

Jetzt brach Linus Hartung der Schweiß aus. Er zitterte am ganzen Körper so sehr, dass er das Taschentuch, mit dem er sich über die Stirn wischen wollte, fallen ließ. Er benötigte mehrere Versuche, es aufzuheben.

Am liebsten hätte er laut aufgeheult, aber dann wäre vermutlich die Bache zurückgekommen, und das wollte er auf keinen Fall erleben.

Er drehte sich um und hätte fast einen Herzinfarkt bekommen. In knapp dreißig Metern Entfernung stand Bruno Seibert. In seiner grünen Försteruniform war er unter den Bäumen kaum auszumachen. Bruno Seibert war von der Gemeinde Züschen als Förster eingestellt worden.

»Was treibst du hier?«, fragte Bruno mit zusammengekniffenen Augen.

»Ich habe nach den neuen Fichten gesehen«, gab Linus bereitwillig Auskunft.

»So? Dafür stehst du aber schon eine ganze Zeitlang auf derselben Stelle.«

Der Förster hatte offenbar nichts von der Bache mit ihren Frischlingen mitbekommen. Linus wollte ihm schon davon erzählen, aber dann hätte er sich vor Bruno blamiert, und das wollte er schon gar nicht. Der Mann würde sowieso nicht glauben, dass Linus in einer sehr gefährlichen Situation gewesen war. Bruno war ein erklärter Gegner der Halbachs. Warum, wusste Linus allerdings nicht.

»Was geht das dich an, wie lange ich hier stehenbleibe.«

»Ich bin der Förster. Ich muss alles wissen, was im Wald passiert.«

Linus lachte. »Das geht über deinen Horizont. Du kannst ...«

»Pass auf, was du sagst«, unterbrach ihn Bruno wütend. Er verzog grinsend den Mund. »Du bist zwar jetzt der Herr auf Hof Halbach, aber nicht der Besitzer. Ich bin sicher, dass du das auch nie wirst. Da kannst du dich anstrengen, wie du willst. Benedikt wird dir nie den Hof überlassen. Er kommt wieder. Zweimal schon ist er ausgebüxt und immer wiedergekommen. Er ist ein Vagabund. Ein richtiger Mann verlässt seine Familie nicht.«

Linus schwieg. Es brachte nichts, mit Bruno Seibert zu streiten. Das hatte ihm sein Schwiegervater in einer ruhigen Stunde beim Bier und einer Pfeife schon erzählt.

Bruno schien auch etwas anderes zu bedrücken. Er deutete auf die Tierspuren. »Hast du Wildschweine gesehen? Die Biester richten großen Schaden an. Sie durchwühlen den Boden nach Insektenlarven und verderben damit alles. Sie gehen doch auch bei euch auf den Feldern auf Nahrungssuche, oder? Man müsste sie einfach abschießen. Aber dazu fehlen mir Männer, richtige Männer, meine ich.«

Er drehte sich plötzlich um und stampfte davon, ohne Linus noch eines Blickes zu würdigen.

Der sah ihm kopfschüttelnd hinterher. Aus Bruno Seibert wurde kaum einer schlau.

Linus war nervös. Er drehte seinen Hut unentwegt in den Händen. Eva Thoma, Benedikts drittjüngste Schwester, legte ihm eine Hand auf den Arm, aber das schien den jungen Mann auch nicht zu beruhigen.

»Es wird schon alles gutgehen«, sagte sie leise.

Auf dem Hof spielten Evas Kinder. Sie warf immer wieder einen besorgten Blick zu ihnen hin.

»Kannst du auf sie aufpassen? Ich sollte besser bei Franziska sein.«

Linus nickte. Die Kinder störten ihn nicht. Im Gegenteil. Sie lenkten ihn sogar etwas von seinen Gedanken ab.

Eva verschwand im Haus. Jetzt sind vier Frauen bei Franziska, dachte Linus. Steht es so schlimm um sie? Er wurde zum ersten Mal Vater, er hatte keine Erfahrung mit einer Geburt.

Franziskas Schwangerschaft war problemlos verlaufen. Hin und wieder war ihr zwar übel gewesen, aber das war normal. Ansonsten hatte es keine Komplikationen gegeben.

Linus erinnerte sich wieder, dass die erste Frau seines Schwiegervaters, Franziskas Mutter Sophia, bei der Geburt Bertas gestorben war und so sehr er sich auch bemühte, die Gedanken daran zu vertreiben, kehrten sie unentwegt zurück.

Er warf einen prüfenden Blick auf Evas Kinder. Sie waren brav. Sie näherten sich nie dem Wasser der Sonneborn, sie stritten sich auch nicht wie viele andere Geschwister. So wünschte sich Linus auch seinen Sohn. Dass es ein Junge wurde, stand für ihn sowieso fest.

Er zuckte zusammen, als aus dem Fenster plötzliches Babygeschrei erklang. Sein Herz schlug ihm bis zum Hals. Unendlich lange dauerte es, bis Helene Saalfeld, Benedikts zweitälteste Schwester in der Tür auftauchte. Sie winkte ihm heftig zu.

»Linus, komm. Du bist Vater geworden. Ich bleib bei Evas Kindern. Geh schon, geh schon hinein.«

Sie schob ihn, weil er sich zierte.

Linus betrat das Schlafzimmer. Zuerst sah er nur Eva, dann Magdalena und schließlich auch Viktoria. Sie rieb sich die Hände an einem Handtuch ab, aber sie nickte ihm mit lächelndem Gesicht zu und deutete zum Bett.

Dort lag Franziska mit einem kleinen Bündel im Arm. »Das

ist Anita, deine Tochter, Linus«, flüsterte Franziska. »Bist du nun enttäuscht? Du hast dir doch so sehr einen Sohn gewünscht, und jetzt ist es nur ein Mädchen geworden.«

Linus eilte an ihr Bett, ergriff ihre Hände und schüttelte den Kopf. »Es ist völlig egal, ob es ein Junge oder Mädchen ist. Ich liebe euch beide sehr, weißt du? Hauptsache, ihr seid wohlauf.«

»Das sind sie.« Magdalena tauchte neben ihm auf.

Ganz unverhofft fing Franziska an zu weinen. Sie konnte sich gar nicht mehr beruhigen. Linus warf einen verzweifelten Blick zu den Frauen, doch diese waren im Moment auch ratlos.

»Was ist denn?«, fragte Linus.

Franziska schüttelte nur den Kopf. Sie weinte, weil sie daran dachte, dass ihr Vater Benedikt seine Enkelin womöglich nie sehen würde und sein eigenes ungeborenes Kind auch nicht.

7

Fast zwei Wochen waren sie nun schon unterwegs. Die Eisenbahnradreifen lagen im unteren Teil des Schiffes. Die meisten Passagiere hatten davon keine Ahnung. Bekannt war nur, dass die Ladung schwer war, und dass das Schiff dadurch tief im Wasser lag. Das hatte den Vorteil, dass es auch bei stärkeren Stürmen, auf die sie vor der Südküste Frankreichs trafen, ziemlich ruhig im Wasser trieb. Das leichte Schaukeln steckte jeder Passagier locker weg. Der Nachteil jedoch war, dass sie nur sehr langsam vorankamen.

In Southampton waren zwanzig Personen zugestiegen. Nur drei Paare waren darunter. Einige der Männer waren Abenteurer, die das Ungewisse liebten und gerne der Hölle ins Angesicht schauten. Andere wollten nur weg aus dem Land, in dem es für sie keine Arbeit gab. Die Frauen waren Prostituierte, Gauklerinnen oder Mägde, die von ihren Herren wegen Diebstahl oder Faulheit entlassen worden waren. Sie hatten mit mehr Männern geschlafen, als alle anderen Reisende zusammen.

Die drei Paare erhielten gemeinsam eine Kajüte. Die restlichen Frauen ebenfalls eine separate, aber die Toiletten mussten sie sich mit den Männern teilen.

Alle hatten sich auf eine lange und eintönige Schifffahrt eingestellt. Niemand war so naiv, zu glauben, dass es eine schöne Zeit werden würde. Die meisten der Männer wollten Gold schürfen, deshalb fuhren sie nach Südafrika. Nur vier der in Southampton zugestiegenen Männer wollten bei der Eisenbahngesellschaft arbeiten. Sie waren keine Engländer, sondern zwei Holländer, ein Belgier und ein Däne.

Die Begleitmannschaft der Eisenbahnradreifen hielt sich stets diskret im Hintergrund auf. Sie hatten offenbar Order, den anderen nicht zu nahe zu kommen.

Die alleinreisenden Männer ließen keine Gelegenheit aus, an Bord zu feiern. Sobald sie an Deck durften, floss der Alkohol in Strömen, und es kam nicht selten vor, dass Benedikt mehrere Paare beim Liebesakt in einem dunklen Winkel oder sogar in einem der wenigen Rettungsboote bemerkte.

Auch Benedikt spürte manchmal, wie ihn das Verlangen nach einer Frau überkam. Er war jetzt dreiundvierzig Jahre alt. Seit Wochen war er enthaltsam gewesen, aber es gelang ihm dennoch, den Annährungen der weiblichen Passagiere zu widerstehen.

Benedikt hatte das meiste Geld in sein Hemd eingenäht, nur der Tabak und die Pfeife steckten offen in seiner Hemdtasche. Sollte die ihm einer stehlen, wäre das nicht tragisch. Er wollte sich sowieso das Rauchen abgewöhnen, aber er hatte gehört, dass auf der langen Fahrt viel Langeweile aufkommen würde, die er nur mit Rauchen überbrücken konnte.

Die wenigen Stunden, in denen sie an Deck waren, stand Benedikt neben Dimi an der Reling und schaute über das endlose Meer.

»Hallo, was machst du da?«

Einer ihrer Kajütenkameraden trat zu ihnen. Er hieß Marc Claasen, war Holländer und hatte das Bett neben Dimi und Benedikt. Sein Kopf war mit einer dunkelblonden Mähne bedeckt, die schmutzig und strähnig herabhing, was kein Wunder war, wenn man nicht ein einziges Mal die Haare waschen konnte. Marc war in Southampton zugestiegen.

»Ich will einen Brief schreiben«, antwortete Benedikt höflich. Er hatte Marc Claasen als einen umgänglichen Mann kennenge-

lernt, der nicht so dumm wie die meisten anderen war.
»An deine Frau?«
»Ja.«
Marc kraulte sich am Kopf. »Ich sollte auch mal schreiben, aber ich glaube, ich habe es verlernt.«
Obwohl sie die Kajüte teilten, hatten sie bisher nur wenige Worte miteinander gewechselt. Alle waren mehr als reserviert gewesen. Man wollte den anderen erst einmal beobachten. Benedikt war sich nun nach zwei Wochen ziemlich sicher, in Marc Claasen einen aufrichtigen Mann vor sich zu haben.
»Bist du verheiratet?«, fragte Benedikt.
»Nein, ich bin verlobt.«
»Und dann bist du hier auf dem Schiff?«
»Du etwa nicht?«, kam als Antwort eine Gegenfrage.
»Bei mir ist es was anderes. Ich bin zum dritten Mal verheiratet. Da gewöhnt man sich daran.«
»Du liebst deine Frau nicht?«
Benedikt dachte einen Moment lang nach. »Doch, ich liebe sie. Aber mit vierzig liebt man anders als mit zwanzig. Du bist zwanzig, nicht?«
»Vierundzwanzig.«
»Ich respektiere meine Frau. Sie hat mir schon ein Kind geboren. Aber ich musste mal raus. Du wirst das kaum verstehen. Schon als Junge habe ich von der weiten Welt geträumt, seit dem Tag, an dem mir ein Mann von Amerika erzählt hat. Dieser Mann wollte immer nach Amerika auswandern, aber er hat es nie geschafft. In seinen Worten klang so viel Wehmut mit, dass ich mir geschworen habe, irgendwann einmal auf eine große Reise zu gehen. Ich träumte auch von Amerika, nun verschlägt es mich nach Südafrika. Seltsam, nicht?«
Marc Claasen zuckte nur die Schultern.
»Ich habe einen großen Bauernhof in Deutschland«, sprach Benedikt weiter. »Eigentlich sollte ich mich darum kümmern und um meine Frau und meine drei Kinder. Zwei sind von meiner ersten Frau.«
»Und die zweite?«
Benedikts Stimme wurde leiser. Sein Blick ging über das Meer in die Ferne. »Sie hieß Luise. Ich glaube, ich hatte mich

schon als Junge in sie verliebt.« Er stockte kurz. »Unser Glück war nur von kurzer Dauer. Sie starb an einer Blutvergiftung. Eine Schlange hatte sie gebissen.«

»Ach du Scheiße«, entfuhr es Marc.

»Danach bin ich umhergezogen. Ich musste einfach raus aus dem kleinen Dorf. Ich bin wochenlang unterwegs gewesen, war im Münsterland, im Ruhrgebiet und in der Eifel. Kennst du die Gegenden?«

»Ich habe davon gehört«, nickte Marc.

»Auf einer meiner Reisen traf ich meine jetzige Frau. Sie ist sechzehn Jahre jünger als ich.« Benedikt zögerte. »Ich wollte eigentlich der Firma Krupp beim Schienenbau helfen. Aber in Hamburg erfuhr ich, dass Krupp keine Eisenbahn in Südafrika baut.«

»Warum bist du nicht zurück in dein Dorf zu deiner Frau gegangen?«

Benedikt überlegte lange. Ein Schatten hatte sich um seine Augen gelegt. »Ich weiß es nicht. Irgendwie wollte ich meinen Plan nicht aufgeben.«

»Ich habe ihn mitgezogen«, mischte Dimi sich ein. »Erst ich Benedikt nach Bremerhaven, dann er mich nach Hamburg. So sind wir auf diesem Schiff gelandet. Was willst du in Afrika machen, Marc?«

»Ich habe von riesigen Goldfunden in Südafrika gehört. Ich kaufe mir ein Claim und versuche mein Glück. Wollen wir uns nicht zusammentun?«

»Ich weiß nicht«, sagte Benedikt. »Ich bin zum Goldschürfen nicht geboren. Aber ich werde darüber nachdenken.«

In den nächsten Minuten standen sie schweigend nebeneinander. An Backbord sahen sie in der Ferne Land. Sie nahmen an, dass es Afrika war, aber es konnte genauso erst Spanien oder Portugal sein. Es war seltsam für Benedikt. Er war noch nie auf einem Schiff gewesen und die Nähe zum Festland beruhigte ihn. Immer dann, wenn kein Land in Sicht war, erfasste ihn eine innere Nervosität.

Am Heck wurde es laut. Männer johlten, Frauen lachten und Glas splitterte. Jemand fing an zu singen.

»Du bist noch jung, Marc«, sagte Benedikt. »Willst du nicht

zu ihnen gehen?«
 Der Holländer schüttelte den Kopf. »Ich bin dafür nicht zu haben. Vermutlich wird daran auch meine Verbindung mit Swantje in die Brüche gehen. Sie besucht jede Feier. Immer ist sie im Mittelpunkt. Ich mag so etwas nicht.«
 Benedikt warf ihm einen raschen Blick zu. Daran wird deine Beziehung ganz sicher zerbrechen, dachte er.

8

Die nächsten Tage vergingen in eintöniger Langeweile. Die Abenteurer und Frauen schliefen bis Mittag, um dann, wenn sie an Deck konnten, nur herumzulungern. Je weiter sie nach Süden kamen, desto kälter wurde es. Benedikt hatte nur einen Pullover eingesteckt, aber von Kapitän Moseley bekam er eine Jacke geschenkt. Wenn es dunkel war, konnten sie das fremde Land nicht ausmachen, aber sie wussten, dass der große unbekannte Kontinent dort drüben, ihnen genau gegenüber lag.
 Wann immer sie an Deck durften, gesellte sich Marc Claasen zu Benedikt und Dimi. Marc war ein Waisenkind. Er hatte die meiste Zeit in einem Heim verbracht. Dort war er oft von Älteren gehänselt worden, weil der Heimleiter ihm die Haare geschoren hatte.
 »Er hat behauptet, ich hätte Läuse.«
 Mit einundzwanzig Jahren verließ er das Heim. Als erstes ließ er sich die Haare wachsen, als nächstes verließ er die Stadt, dann Holland und landete in London als Hilfsarbeiter. Seine Verlobte Swantje war Putzfrau bei seinem Chef. Auf einer Betriebsfeier waren sie sich nähergekommen. Benedikt spürte, dass es bei Marc nicht die große Liebe war. Es war wohl mehr eine Vernunftbeziehung zwischen zwei Landsleuten.
 Am Morgen wurden sie alle von einem lauten Rufen geweckt. Als Benedikt und Dimi an Deck kamen, trauten sie ihren Augen nicht. Vor ihnen, nur knapp zwanzig Meter entfernt, schwamm eine Herde Wale. Es mochten sieben oder acht Tiere sein, so genau konnten sie das nicht ausmachen, aber die Wale

schwammen an der Seite der TROJAN. Selbst der Kapitän war begeistert.

»So etwas habe ich noch nie gesehen, und dabei bin ich nicht zum ersten Mal in Afrika.«

Die Wale tauschten kleine, hohe Pieplaute aus. »Sie unterhalten sich«, meinte der Kapitän. »Das ist die sogenannte Walrache. Seht nur ihre Fontänen. Gigantisch. Sie warnen sich gegenseitig vor uns.«

»Aber warum sind sie dann so nah?«, fragte Marc.

Der Kapitän machte ein sorgenvolles Gesicht. Seine Augen waren zu schmalen Schlitzen zusammengezogen. »Sie sind uns so nah, weil sie instinktiv Schutz bei uns suchen.« Moseley zeigte zum Himmel. Dicke dunkle, fast schwarze Wolken zogen von Süden auf.

»Wir können in Kapstadt nicht anlegen. Der Sturm würde uns an die Kaimauer drücken und das Schiff beschädigen, vielleicht sogar zerdrücken. Der Hafen von Kapstadt liegt in der Tafelbucht am Atlantischen Ozean. Er ist relativ ungeschützt. Wir müssen weiter bis Durban. Durban liegt am Indischen Ozean. Ich will nicht verhehlen, dass auch dort Stürme auftreten, aber sie sind in der Regel nicht so stark wie auf dem Atlantik. Tut mir sehr leid für diejenigen, die in Kapstadt erwartet werden. Ich kann Ihnen nur raten, in die Kajüten zu gehen und sich festzuhalten. Wir werden wieder auf das offene Meer hinausfahren in der Hoffnung, dort den stärkeren Wellen, die sich nahe am Ufer brechen, ausweichen zu können. Mehr kann ich Ihnen nicht sagen.«

Wie zur Bestätigung seiner Worte kam ungewohnte Hektik auf. Die Matrosen holten alles ein, was nicht festgezurrt werden konnte. Die Männer der Begleitmannschaft liefen nach unten, um zu sehen, ob die Eisenbahnradreifen fest verschnürt waren und nicht verrutschen konnten, weil sonst das Schiff möglicherweise kentern würde.

»Was sollen wir denn in Durban?«, fragte Dimi genervt.

Der Kapitän zuckte nur die Schultern. »Tut mir leid, aber ich kann es nicht ändern. Ich kann Ihnen in Durban einen Namen nennen, an den Sie sich wenden können.«

»Was für einen Namen?«, fragte Marc.

»Jemand, der Ihnen Arbeit geben kann. Er ist Angestellter der Eisenbahngesellschaft. Er ...«

»Wir wollen nicht für die Eisenbahn arbeiten. Na ja, die meisten jedenfalls nicht. Wir wollen nach Gold graben.«

»Das dürfte nicht so leicht sein.« Der Kapitän wiegelte den Kopf. »Da gibt es strenge Vorschriften, und es dauert lange, bis man ein Claim zugewiesen bekommt. Wovon wollen Sie leben? Nein, nein, es ist besser, erst mal Arbeit zu bekommen.«

Das sah schließlich auch Marc ein.

Wenn einer den Ernst der Lage erkannte, dann waren das Benedikt und Dimi. Bisher hatte Moseley sie alle immer geduzt, jetzt war er zum distanzierten Sie übergegangen. Für Benedikt ein eindeutiges Zeichen, dass es sehr ernst werden würde.

Der Kapitän hatte nicht übertrieben. Schon wenig später kam der Wind, aber so rasch, dass keine Zeit mehr blieb, noch irgendetwas in Sicherheit zu bringen. Ein Matrose konnte sich gerade noch an einem Seil festhalten, sonst wäre er über Bord gegangen. Ein Kamerad zog ihn mit Mühe unter Deck. Regen peitschte unvermittelt auf das Schiff, die Wellen nahmen Ausmaße an, als wären sie zehn und noch mehr Meter hoch. Ein paar mutige Männer hatten sich an die kleinen Bullaugen ihrer Kajüten gewagt und schauten dem Schauspiel erst gebannt, dann aber angstvoll zu, und als sich die ersten übergeben mussten, zogen sie sich zurück, legten sich auf die Kojen und schlossen die Augen. Die Frauen mit ihren Kindern beteten laut. Selbst die leichten Mädchen fielen in das Gemurmel mit ein. Die TROJAN wurde wie eine Nussschale hin und her geschaukelt.

Fast zwei Stunden dauerte das Brausen, Stürmen und Heulen, dann legte sich der Wind etwas, aber die Wellen schäumten immer noch. Sie waren nur wenig niedriger geworden.

Unvermittelt schaute Kapitän Moseley herein.

»Wir haben das Schlimmste überstanden, aber noch sind wir nicht in Sicherheit. Wir befinden uns jetzt noch etwa hundertzwanzig Seemeilen von Durban entfernt. Morgen, wenn alles gutgeht, erreichen wir den Hafen.«

Es wurde eine fürchterliche Nacht. Das Schiff kam nicht zur Ruhe. Es schaukelte so stark, dass alle ohne Ausnahme seekrank wurden. Bald stank es entsetzlich nach Erbrochenem.

Das Gesicht des Griechen zeigte auch die Spuren des Sturmes mehr als deutlich. Er hatte sich für einen starken Mann gehalten und musste nun erkennen, dass er gegen Seekrankheit nicht gefeit war.

»Ein Gutes hat der Sturm«, grinste er zu Benedikt. »Du bist um die Entscheidung herumgekommen, ob es uns nach Südwestafrika oder Südafrika verschlägt. Jetzt fahren wir nach Durban.«

Benedikt antwortete nicht. Er hätte sich gewünscht, der Sturm wäre nicht gekommen, und er hätte sich entscheiden müssen.

Als Benedikt wieder aufstehen konnte, trat er an das kleine Bullauge. Der Frachter fuhr nun deutlich langsamer und hielt auf das Land in der Ferne zu.

An diesem Tag lag ungewohnte Stille über dem Schiff. Kein Stampfen der schweren Motoren mehr, kein Klatschen der Tampen, kein Quietschen der schweren Ketten. Der Sturm, der einzig gefährliche seit Beginn ihrer Reise, hatte sich gelegt, und die Oberfläche des Meeres war ruhig und glatt.

Sie durften alle an Deck. Benedikt lief die wenigen Stufen hinauf und stützte sich dann gegen die Reling. Er fühlte sich schwach, aber eine ungeahnte Freude und Anspannung machte sich bei ihm breit. Sie übertrug sich auf die anderen, die nach und nach neben ihm auftauchten.

Ein älterer Mann fing sich als Erster. »Wow!«

Es war nur ein kleines Wort, aber es drückte mehr als alles andere die Empfindungen der Männer aus.

»Endlich«, knurrte Marc. »Hat verdammt lange gedauert.«

»Nur fast sechs Wochen«, hielt ein anderer dagegen. »Das ist doch nichts. Du warst wohl noch nie auf einem Schiff, was?«

»Nein.«

»Dann hast du kein Gefühl für die Zeit. Wir sind hier und das ist gut. Auch wenn die meisten von uns nicht nach Durban wollten.«

Benedikt blinzelte zum Himmel. Es war August 1896. In Züschen im Hochsauerland lief die Ernte um diese Zeit auf Hochtouren. Hier in Südafrika würde es bald Frühling werden.

Der Winter in Durban ging nicht mit Schnee und Eis einher, und der Himmel war fast wolkenlos, aber dennoch pfiff ein eisiger Wind vom Südpol.

Die Familien verließen als Erste das Schiff. Am Ende der Gangway wurden sie von Helfern in dunkelblauen Uniformen empfangen. Die Männer und Frauen sprachen auf die Ankommenden ein, und diese nickten hin und wieder. Dann wurden sie in eine große Halle geführt. Die Männer der Begleitmannschaft wuchteten die Eisenbahnradreifen hinaus. Sie würden mit einem Zug nach Südwestafrika gebracht werden.

Kapitän Moseley und sein Erster Offizier Patrick MacGyver kamen näher.

»Wir bleiben einen Monat in Durban«, informierte sie Moseley. »Die meisten Männer und Frauen, die in Southampton zugestiegen sind, haben das Schiff bereits verlassen. Auch für euch ist die Reise jetzt zu Ende. Wenn ihr in einem Monat nicht wisst, was ihr machen wollt, könnt ihr getrost wieder an Bord kommen. Ansonsten wünsche ich euch viel Glück bei der Eisenbahngesellschaft. Hier ist der Name des Mannes, an den ihr euch wenden könnt. Mein erster Offizier wird euch an Land führen.« Er gab Dimi den Zettel, tippte an seine Mütze und stapfte davon, zwölf ratlos wirkende Männer zurücklassend.

Dimi warf einen Blick auf den Zettel. »Karl Jarogelski«, las er vor. »Offenbar ein Pole. Was sollen wir tun?«

Die Frage war an Benedikt gerichtet. »Wir haben nur die eine Möglichkeit, Arbeit bei der Eisenbahn zu suchen. Eine andere sehe ich nicht.«

Die Männer nickten leicht.

Sie gingen zurück in die Kajüte und packten ihre paar Habseligkeiten. Auch diejenigen, die wegen der Goldfunde nach Südafrika gekommen waren, schlossen sich ihnen an. In einer Gemeinschaft war man sicherer, man konnte immer noch auf die Goldfelder fahren, die liefen nicht weg. Zwölf Männer warfen sich ihre vollen Seesäcke über die Schultern und verließen das Schiff.

Der Hafen von Durban war der größte Südafrikas. Seit 1860 schon brachten die Briten Tausende von Landarbeitern, hauptsächlich aus Indien, über Durban nach Natal.

Unweit der Anlegestelle stand ein Pferdewagen. Ein gelangweilt wirkender dünner Mann blinzelte ihnen entgegen. Er war etwa eins siebzig groß, hatte einen dichten Bart und eine schwarze Ledermütze auf dem Kopf. Gekleidet war er mit einem karierten Hemd und einer Latzhose. Dazu trug er staubige, abgewetzte Stiefel.

Er sprach sie an. Marc Claasen übernahm das Gespräch. Nach einem kurzen Wortwechsel wandte er sich an die Männer.

»Es ist Karl Jarogelski. Er ist einmal in der Woche hier und wartet auf Arbeiter, hauptsächlich Inder. Er sagt, dass in Johannesburg eine neue Eisenbahnstrecke gebaut wird. Er kann uns zum Bahnhof bringen. Mit dem Zug könnten wir dann über Charlestown bis nach Pietermaritzburg fahren. Von dort sind es noch ungefähr vierhundertfünfzig Kilometer bis Johannesburg. Von Pietermaritzburg müssen wir aber die Postkutsche nehmen. Wir müssen uns jetzt entscheiden. Also, wer will mit nach Johannesburg?«

Die Männer brummten etwas vor sich hin. Diejenigen, die zum Goldschürfen gekommen waren, zögerten. Erst als Marc sagte, dass sie wohl zunächst keine andere Wahl hätten, wenn sie nicht verhungern wollten, nickten sie.

»Morgen geht der nächste Zug. Wir sollen auf dem Bahnsteig schlafen oder in ein Gasthaus gehen. Er kann uns zu einem fahren.«

Sie warfen ihre Seesäcke auf die Ladefläche und kletterten hinauf.

Die Fahrt dauerte nicht lange. Dann hielten sie vor einem Gebäude, das den Namen Gasthaus wohl kaum verdiente. Das Haus war ausschließlich aus Holz gebaut. Die Tür und die Fenster hingen schief in den Angeln, das Dach war löchrig. Es gab nur zwei Zimmer, die sie sich teilten. Zu Benedikt, Dimi und Marc gesellten sich noch zwei Engländer und Ferdinand Runge, ein Mann von fünfundvierzig Jahren. Ihn hatte es aus Essen nach Hamburg verschlagen. Er wollte ähnlich wie Dimi endlich mal etwas von der Welt sehen.

Die Matratzen waren schmutzig, aber es gab zum Glück für jeden eine. Die Männer waren so müde, dass bereits nach kurzer Zeit Schnarchgeräusche davon zeugten, dass sie eingeschlafen waren.

Am nächsten Morgen taten Benedikt sämtliche Glieder weh. Hinter dem Gasthaus befand sich ein kleiner Brunnen. Er wusch sich, zögerte dann kurz und trank einen Schluck Wasser. Zu seiner Überraschung war es klar und kalt.

Eine Stunde später erschien Karl Jarogelski. Er redete wieder auf Mark Claasen ein.

»Er muss noch eine Gruppe Inder vom Hafen abholen«, sagte Marc zu Benedikt und Dimi. »Sie müssten längst hier sein, aber die Schiffe aus Indien kommen nie pünktlich. Sobald sie da sind, geht es weiter.«

»Habt ihr eure Wasserflaschen noch?«, fragte Benedikt die anderen Männer. »Dann füllt sie schnell, bevor wir aufbrechen. Es ist möglich, dass wir stundenlang nichts anderes bekommen.«

Sie warteten noch zwei Stunden. Dann erschien Jarogelski mit etwa dreißig indischen Männern. Sie wirkten erschöpft, teilweise waren sie völlig fertig. Aber Jarogelski trieb sie zum Bahnhof. Da nicht genug Platz auf dem Pferdewagen war, mussten die Inder zu Fuß gehen.

Endlich waren sie im Zug. Langsam setzte er sich in Bewegung. Schwarze Wolken quollen aus dem Schornstein, der Zug gewann an Fahrt.

Benedikt bereute wieder seinen Entschluss, aus Züschen fortgegangen zu sein. Um sich abzulenken, dachte er an seine Frau, seine Kinder und an alle, die er kannte. Was mochten sie wohl gerade tun? Dachten sie auch an ihn oder war es ihnen gleichgültig, was er machte und wie es ihm ging?

Bruno Seibert ist bestimmt froh, dass ich weg bin, sagte sich Benedikt. Jakob wird mit der Landwirtschaft schon fertig. Aber Viktoria? Wird sie allein zurechtkommen? Erhalten wir einen strengen Winter mit viel Schnee?

Bald klebte seine Zunge am Gaumen. Er trank einen kleinen Schluck. Er wollte umsichtig mit dem Wasser umgehen, denn er wusste nicht, wie lange die Fahrt noch andauerte.

Stunden später verlangsamte die Lokomotive ihre Geschwindigkeit. Mit kreischenden Bremsen lief der Zug im Bahnhof Pietermaritzburg ein. Es war recht kalt. Der Wind pfiff von den Drakensbergen sehr eisig. Benedikt steckte seine Hände unter den dünnen Stoff seiner Jacke.

Kurze Zeit später stiegen sie in Kutschen um, die sie weiter nach Johannesburg bringen sollten. Die Fahrkarten hatten alle von Karl Jarogelski in Durban erhalten. Sie hatten dafür umgerechnet drei Mark bezahlt. Ungewöhnlich für die Deutschen war der Linksverkehr, die aus England kannten das bereits.

Die Kutschen rumpelten über die staubigen Straßen. Planwagen und Droschken kamen ihnen entgegen. Die Fahrer grüßten nicht. Stur sahen sie nur auf die Hinterläufe ihrer Pferde.

Es gab kaum Schutz gegen die Kälte. Einige zogen ihre Jacken über die Köpfe, andere ihre schweren Seesäcke. Sie redeten nicht miteinander. Als jemand ein leises Lied summte, brummten einige mit.

Unterwegs kehrten sie in verschiedenen Gasthäusern ein. Die Zeche war nicht sehr hoch und die Unterkunft bescheiden. Bei jeder Weiterfahrt gab es Fresspakete für die Reise. Bis Johannesburg dauerte es drei Tage, dann hatten sie die Stadt endlich erreicht.

»Na bravo«, rief jemand. »Gott sei Dank. Viel länger hätte ich die Fahrt auch nicht ausgehalten.«

Benedikt packte seinen Seesack. »Dann mal los. Johannesburg, was wirst du uns bieten können?«

9

Johannesburg, Südafrika. Eine Stadt, die gegensätzlicher nicht sein konnte.

Aus Zweigen und Lehm gebaute Hütten standen dicht an dicht wirr durcheinander. Die Türen waren die einzigen Öffnungen in den armseligen Gebäuden. Aus ihnen quoll dunkler Rauch von Feuerstellen. In den engen Gässchen wuselten schmutzige Kinder herum, umringt von Ziegen und Schafen, denen man jede einzelne Rippe ansehen konnte. Vor manchen Hütten wuschen junge Frauen und Mädchen in einem Holztrog Wäsche. Die Hütten wirkten so baufällig, als würden sie bei dem kleinsten Sturm umfallen.

Die Nebenstraßen waren verwahrlost. Die Hauptstraße, die

Market Street, sah völlig anders aus. Häuser im viktorianischen Stil standen am Straßenrand. Sie gehörten der Robinson Bank, dem Chamber of Mines Building, einem Juwelier Bonnenfeld. Daneben prangte das Löwenstein Building, ein kolossales Gebäude. Natürlich gab es verschiedene Bars, Gasthäuser und sogar Hotels. Viele andere Gebäude befanden sich noch im Bau. Hohe Gerüste ragten an den Fassaden empor.

Die Market Street und der angrenzende Marktplatz schienen überbevölkert zu sein. Überall hatten Händler ihre Stände aufgestellt, Kunsthandwerker, Kaufleute, Schneider und diejenigen, die Lebensmittel anboten. An den Ständen mit Kunstwaren hielten sich nur weiße Männer auf, die meisten in dunklen Anzügen und mit Hüten auf dem Kopf. Vor den Gemüseständen sah man einige Inder mit Turbanen. Kutschen und Droschken parkten kreuz und quer und versperrten den Kauflustigen den Weg.

Die müden Männer schlurften über den Marktplatz, wo sich die Händler wild gestikulierend gegenseitig fast in die Haare gerieten. Benedikt war besonders gereizt. Die letzten Tage hatte er zu oft und zu lange an seine Heimat gedacht. Den Brief an seine Frau hatte er zerrissen.

Am Rande der Market Street, neben einem imponierenden Gebäude blieben alle wie auf Kommando unschlüssig stehen. Schließlich griff Dimi in seine Jacke und zog den Zettel heraus, den ihm Jarogelski gegeben hatte. »Market Street«, sagte er nach einem kurzen Blick darauf. »Yates Bar. Dort sollen wir eintreten, hat der Pole gesagt.«

Sie wichen einer Gruppe von sechs Männern in Anzügen aus, die über die staubige Straße zur Robinson Bank gingen. Es waren Weiße. Schwarze waren auf der gesamten Market Street nicht zu sehen.

»Diese verdammte Kälte«, brummte einer. »Und das im August.«

»Kein Wunder«, antwortete Ferdinand Runge. »Hier ist Winter. Wir sind auf der Südhalbkugel, die haben Winter im Sommer.«

»Hä?«

Runge winkte ab. Es hatte keinen Zweck, diesem Tollpatsch

den Unterschied zwischen Europa und Südafrika zu erklären, er würde genau so wenig verstehen, dass die Sonne hier zur Mittagszeit im Norden und nicht im Süden stand.

»Was machen wir denn nun?«, wollte jemand anderes wissen.

Claasen deutete nach vorn. »Wir gehen jetzt in die Yates Bar, essen etwas und warten. Wie viel Geld haben wir?«

Sie legten zusammen und kamen auf acht deutsche Mark und vier englische Pfund. Sie entschieden, dass nur eine kleine Abordnung das Gasthaus betreten sollte.

Benedikt, Dimi, Runge und Marc gingen hinein. Fast alle Tische waren besetzt, aber sie fühlten sich nun viel besser, denn hier saßen Männer, die ähnlich aussahen wie sie.

»Auch Auswanderer?«, fragte Runge leise.

»Nee, glaube ich nicht«, antwortete Benedikt.

Ferdinand Runge ging ohne zu zögern zum Tresen. Dimi und Marc Claasen folgten ihm sofort. Ein stiernackiger Schwarzer sagte etwas in einer Sprache, die sie nicht verstanden und glotzte sie fragend an.

»Was hat er gesagt?«, wollte Dimi wissen.

»Keine Ahnung«, brummte Runge.

Benedikt hatte sich inzwischen neben einen der Männer am Tresen gestellt.

»Hallo, guten Tag«, sagte Benedikt.

Als keine Antwort kam, wiederholte er seinen Gruß auf Englisch. In den entbehrungsreichen Wochen auf dem Schiff hatte Benedikt von Marc Claasen ein wenig Englisch und Holländisch gelernt.

Einer der Männer hob den Kopf und schaute Benedikt an. Dann glitt sein Blick über die anderen drei.

»Neulinge? Eben erst angekommen?«

»Ja.« Benedikt hatte es verstanden, aber er winkte Marc herbei.

»Was wollt ihr hier?«

»Etwas trinken und essen.«

»Ich meine nicht in dieser Kneipe, ich meine in Johannesburg.«

»Wir sind mit dem Schiff aus Hamburg gekommen. Wir wollen mithelfen, die Bahn zu bauen.«

Der Mann sah zu den anderen beiden Gestalten neben sich. Er sagte etwas, aber so schnell, dass Benedikt ihn nicht verstand. Dann drehte er sich wieder zu Marc, der sagte: »Wir sollen hier warten. Jemand würde uns schon von der Niederländisch-Südafrikanischen Eisenbahngesellschaft ansprechen.«

»Nederlandsch-Zuid-Afrikaansche Spoorweg Maatschappij«, nickte der Mann. »So heißt sie richtig. Kurz NZASM. Ich bin Joren. Ich kann ein wenig Deutsch.«

Er sah den schwarzen Wirt an, der mit stoischer Miene hinter der Bar stand und machte mit der Hand ein Zeichen, worauf der Wirt durch eine Tür verschwand.

»Wir arbeiten für die NZASM. Wollt ihr euch setzen?«

Benedikt warf Dimi und Runge, die inzwischen nähergekommen waren, einen fragenden Blick zu, und als Runge leicht den Kopf schüttelte, meint Marc: »Wir wollen unsere Kumpels draußen nicht so lange im Unklaren lassen.«

»Das ist kein Problem, das verstehen wir.« Joren wandte sich an einen seiner Begleiter. »Tjalke, kümmere dich um die da draußen. Sie sollen sich irgendwo einen Platz suchen, wo sie warten können. Wir setzen uns.«

Er ging ohne ein weiteres Wort auf einen Tisch zu und ließ sich auf einen der harten, unbequemen Stühle nieder.

Dann sprach er auf Deutsch weiter. »Da habt ihr euch auf etwas eingelassen, Männer. Die Arbeit ist kein Zuckerschlecken. Wir sind hier in der Republik Transvaal. Die erste Bahnstrecke haben wir von Johannesburg nach Boksburg gebaut. Vier Jahre später gab es schon die Strecke Pretoria nach Lourenco. Ihr seht, wir sind fleißig.« Er lachte. »Im Januar konnte der durchgehende Betrieb bis Johannesburg eröffnet werden. Transvaal ist wirtschaftlich gut auf den, wie sagt man bei euch?, auf den Füßen. Wir wollen die Eisenbahn von Pretoria über Delagoa Bay weiter bauen und verhindern, dass wir immer wieder mit den Briten zusammenstoßen. Die sind nicht gut auf uns zu sprechen, aber wir auf die auch nicht. Habt ihr von Rhodes gehört? Cecil Rhodes?«

Marc schüttelte den Kopf, Benedikt nickte. »Etwas gelesen«, sagte er.

»Das ist gut. Dann seid ihr – wie heißt das noch – ah ja, nicht voreingenommen. Dieser britische Bastard wollte Südafrika zu einer englischen Kolonie machen. Die Kolonien nördlich von hier heißen schon Südrhodesien und Nordrhodesien, ganz nach ihm. Aber Krüger wird verhindern, dass er Südafrika auch noch besetzt.«

Sein Redeschwall wurde unterbrochen, denn der schwarze Wirt brachte das Essen. Einen Gemüsetopf, in dem mindestens vier verschiedene Sorten Gemüse durcheinander gestampft waren. Auf einem Teller lagen Fleischstücke, die meisten schwarz gebraten. Der Wirt grinste, als er Benedikts und Marcs entsetztes Gesicht bemerkte. Er sagte etwas in einer Sprache, die weder Holländisch noch Englisch klang, und Joren antwortete ihm in derselben Sprache. Aber an seinem Ton konnte Benedikt erkennen, dass Joren den Wirt zurechtwies. Dieser verzog das Gesicht und verschwand. Wenig später kam er mit besserem Fleisch und Gemüse zurück.

»Hier muss man aufpassen«, erklärte Joren. »Der Wirt spricht nur Afrikaans. Er sagt es jedenfalls, aber ich glaube, er versteht auch Holländisch und Englisch. Afrikaans kommt aus dem Holländischen. Seid auf der Hut vor jedem Mann, ganz egal wie freundlich er zu euch ist.«

»Auch vor dir?«, fragte Marc ein wenig schelmisch.

Joren war kein bisschen sauer. »Natürlich. Ich kann euch das Blaue vom Himmel erzählen. Solange ihr nicht das Gegenteil beweisen könnt, müsst ihr es halt glauben.«

Das Gemüse schmeckte nicht mal so schlecht wie es aussah, das Fleisch war sogar zart. Benedikt tippte auf Rinderbraten. Er fragte Joren danach. Der Holländer rief dem Wirt hinter dem Tresen wieder ein paar Brocken auf Afrikaans zu und wandte sich dann grinsend an Marc und Benedikt.

»Das war Giraffenfleisch.«

Benedikt wurde übel.

»Das Beste was es hier gibt«, sagte Joren. »Glaub mir, du wirst hier noch viel Ungewohnteres essen und für gut halten. Also, hört zu. Wir sind immer auf der Suche nach kräftigen Arbeitern. Meistens arbeiten für uns Inder, aber auch Europäer sind sehr recht. Wenn ihr wollt, können wir in einer Stunde aufbrechen.«

Benedikt nickte. Er brauchte eine geregelte Arbeit, dann wusste man wenigstens, was man verdiente und wohin man gehörte. Dimi und Ferdinand Runge nickten bald darauf. Nur Marc zierte sich.

»Ich bin eigentlich zum Goldschürfen nach Südafrika gekommen«, wandte er leise und etwas schüchtern ein.

Joren lachte. »Das wollen die meisten, die hier ankommen. Ich kann Sie nicht zwingen, für uns zu arbeiten. Versuchen Sie Ihr Glück. Die Tür zur Eisenbahngesellschaft steht immer offen.«

Von den Männern blieben schließlich drei in Johannesburg. Die anderen gingen bald darauf mit Joren zu einem Lastwagen. Auf der Ladefläche lagen Matratzen und sogar ein paar alte, ausgefranste Sessel befanden sich dort. Die Fahrt würde offenbar etwas gemütlicher zugehen, als die mit der Postkutsche nach Johannesburg.

10

Eine Viertelstunde später befanden sie sich zusammen mit etwa zwanzig Indern auf der Ladefläche von zwei klapprigen Lastwagen.

Sie fuhren aus Johannesburg hinaus. Die Stadt und ihre knapp dreitausend Einwohner verschwanden schnell hinter ihnen und endlose Einöde breitete sich vor ihnen aus. Sie kamen nur langsam voran. Die Wege, die Joren und seine Freunde Straßen nannten, waren übersäht mit tiefen Löchern, und nicht selten musste der Fahrer die festen Straßen verlassen, um auf die Steppe auszuweichen.

Die Lastwagen wechselten sich ab. Mal fuhr der eine voraus, mal der andere, so dass nicht immer dieselben Männer den aufgewirbelten Staub einatmen mussten.

Die Fahrt dauerte eine knappe Stunde, dann erreichten sie ein kleines Camp. Benedikt zählte neunzehn Hütten und mehrere kleine Zelte. Überall brannten Holzfeuer. Über der Glut hingen an einer Eisenstange Kessel oder aufgespießte Tiere. Hin und wieder kam ein Arbeiter und drehte den Spieß ein wenig.

Trotzdem roch es nach verbranntem Fleisch.

Die Männer sprangen von der Ladefläche, ergriffen ihre wenigen Habseligkeiten und folgten einem drahtigen Mann in zerschlissener Hose und khakifarbenem Hemd, das am Rücken und unter den Achseln Schweißflecken aufwiesen. Auf dem Kopf trug er einen Helm mit einem Tuch am hinteren Ende, das seinen Nacken bedeckte.

Er sprach schlechtes Englisch, was die meisten nicht verstanden. Benedikt und die anderen Männer von der TROJAN erhielten eine gemeinsame Hütte. Links und rechts an der Wand standen Etagenbetten, geradeaus auf einem Tisch befand sich eine Waschschüssel.

Benedikt drehte sich zu Dimi um. Der Grieche stand neben einem Etagenbett.

»Willst du das obere oder untere?«

»Das obere.« Benedikt warf seinen Sack auf das Bett.

»Die Matratzen sind aus Stroh, aber nicht sehr hart. Besser als die Pritschen auf dem Schiff.«

Ferdinand Runge hatte sich die untere Pritsche neben ihnen gesichert. Über ihm nahm ein junger Mann Platz. Er hieß Walter Böhmer, war blass und zitterte am ganzen Körper. Runge nahm sich seiner an.

»Wenn du Sorgen oder irgendwelche Probleme hast, Walter, dann wende dich an mich, oder besser noch an einen von uns dreien. Wir helfen dir. Warum bist du hier?«

Zuerst wollte Böhmer nicht antworten, aber dann erzählte er leise: »Meine Eltern sind kurz nacheinander gestorben. Da wusste ich noch nicht, dass unser Haus bis unters Dach verpfändet war. Die Bank hat alles eingesackt. Zu meiner Schwester, die in Norddeutschland lebt, habe ich schon lange keinen Kontakt mehr. Da dachte ich ... da wollte ich weg, einfach irgendwo hin. Jemand sagte mir, dass in Südafrika Gold gefunden worden ist. Deshalb bin ich hier.«

»Dann aber hättest du mit den anderen gehen müssen«, meinte Runge.

Böhmer schüttelte leicht den Kopf. »Das war mir zu unsicher.« Er atmete seufzend ein. »Ich habe mich lieber euch angeschlossen. Aber wenn ihr ...«

Runge schnitt ihm mit einer Handbewegung das Wort ab. »Du hast dich richtig entschieden.« Er klopfte ihm sacht auf den Unterarm.

Gemeinsam gingen sie nach draußen. Da die Hütten und Zelte in einem kleinen Kreis aufgebaut worden waren, hatte man in der Mitte einen Versammlungsplatz errichtet. Als Sitzgelegenheiten dienten verkrüppelte Baumstämme und dreibeinige Hocker. Die reichten natürlich nicht für alle, und so ließen sich die meisten Neuankömmlinge auf dem Boden nieder. Das Gras war trocken, und an Ungeziefer dachte niemand.

Der drahtige Mann trat aus einer Hütte und stellte sich in die Mitte. Dabei klemmte er beide Daumen hinter seinen breiten Gürtel.

»Meine Herren ...« Er sprach Englisch für die Inder und Deutsch für Benedikt und seine Kameraden, Deutsch mit starkem Holländischen Akzent. »Ich begrüße euch hier in Südafrika bei der Nederlandsch-Zuid-Afrikaansche Spoorweg Maatschappij Eisenbahngesellschaft. Ich will mich nicht lange mit einer Rede aufhalten. Ich hoffe, ihr wisst, worauf ihr euch eingelassen habt. Ihr werdet zehn Stunden am Tag arbeiten. Pausen gibt es drei am Tag, jeweils eine halbe Stunde. Wir haben einen Zeitplan, den wir einhalten müssen. Die Strecke von Kimberley bis Mafeking muss bis 1898 fertig sein. Ihr werdet ausreichend zu essen und zu trinken haben. Wir arbeiten im Schichtdienst, das heißt, zehn Tage Arbeit, dann drei Tage frei. An diesen Tagen könnt ihr mit einem Pferdewagen nach Johannesburg fahren. Der Wagen fährt nur einmal am Tag hin und einmal zurück. Ich empfehle euch, ihn bei der Rückfahrt nicht zu verpassen, denn in Johannesburg sind die Pensionspreise hoch. Was ihr dort macht und wie ihr euer Geld dort verschwendet, ist eure Sache. Die NZASM kümmert sich nicht darum. Sie wird euch aber auch nicht herausholen, wenn ihr Ärger mit der Polizei bekommt. Dann müsst ihr zusehen, wie ihr fertig werdet. Ansonsten geht hier alles seinen geregelten Weg. Die einzelnen Gruppen werden noch eingeteilt. Ach ja, noch eins: Wir dulden hier weder Streit noch Diebstahl oder Schlägereien. Wer dabei erwischt wird, ist sofort entlassen. Noch Fragen?«

Sie hatten keine.

Der erste Tag in der neuen Umgebung begann um halb sechs in der Früh. Es war noch dunkel. Benedikt hatte nur ein paar Stunden geschlafen, aber die fest und traumlos. Die Strapazen der langen Reise waren doch nicht spurlos an ihm vorbei gegangen.

Nach einem kargen Frühstück, bestehend aus lauwarmem Kaffee, Weißbrot und einer dünnen Scheibe Käse, wurden sie auf den Ladeflächen der Pferdewagen zu ihrer Arbeitsstelle gebracht und in eine Arbeitsgruppe eingeteilt. Die Männer von der TORJAN blieben zusammen.

Bis auf zwei Männer waren alle im Eisenbahnbau unerfahren und so wussten sie nicht, was auf sie zukam und wo und wie sie anzupacken hatten. Aber das wurde ihnen im Laufe des ersten Tages erklärt, auch wie sie ihre Kräfte schonen und trotzdem effektiv arbeiten konnten.

Die Weißen hatten eine relativ leichte Arbeit. Sie begradigten die Schotterflächen, schoben die Gleise in die korrekte Spur oder schaufelten den lockeren Lehmboden vor den nächsten zu legenden Bahnschienen fort.

Trotz der leichteren Tätigkeit glaubte Benedikt, seine Muskeln nicht mehr zu spüren. Jeden Abend fiel er hundemüde in sein Bett, aber seltsamerweise konnte er nicht sofort einschlafen. Später allerdings fiel er in einen todesähnlichen Schlaf, aus dem er nicht ausgeruht, so wie es hätte sein sollen, am Morgen aufwachte.

Erst nach fast zwei Wochen hatte er sich etwas an die Arbeit gewöhnt. Nein, das war nicht das, was er sich vorgestellt hatte. Wie gern hätte er jetzt auf seinem Bauernhof gelebt und Kühe gemolken oder das Feld bestellt.

Geradezu sehnsüchtig dachte er an Viktoria. Was machte sie gerade? Ging es ihr gut? Sorgte Jakob für sie? Wie ging er überhaupt mit seinem Grund und Boden um? Oder machte Linus Hartung alles allein?

Tagsüber holte ihn die Arbeit wieder ein. Eine weitere Woche später war er soweit, ohne Schmerzen aufzustehen.

11

Viktoria Halbach nahm das Zepter in die Hand. Sie war nicht gewillt, sich die Butter vom Brot nehmen zu lassen.

»Warum bist du schon auf?«, fragte Magdalena an diesem Morgen überrascht. »Du musst dich doch schonen und um Karl kümmern.«

Viktoria lachte. »Ich will dir nicht zu nahetreten, aber du warst niemals schwanger. Deshalb kannst du auch nicht wissen, wie das ist.«

Magdalena war nicht beleidigt. »Na schön, dann helfen wir uns gegenseitig.«

Das klappte gut. Magdalena bewegte sich sowieso seit einiger Zeit sehr langsam und geradezu bedächtig und war für die Hilfe dankbar. Viktoria hatte mehrmals beobachtet, wie sie sich am Tisch oder am Herd festhielt. Viktoria sah das mit großer Sorge.

Jeden Tag kamen Eva mit ihren Kindern und Helene mit Moritz und Sophia. Moritz war jetzt in einem Alter, in dem er körperlich geschlechtsreif wurde, aber sein Verstand nicht mitkam. Helene hatte ihn mehrmals dabei ertappt, wie er an sich herumfummelte.

Sie schrie ihn zuerst an, dann aber sagte sie mit fast ganz normaler Stimme: »Moritz, ich weiß, dass du dich auch nun für Mädchen interessierst ...«

Sie stockte, als ihr Sohn eifrig nickte. Obwohl sein Verstand nur langsam arbeitete, schien er sie zu verstehen. Dann bemerkte Helene eines Tages, wie er Evas Töchter ansah. Großer Gott im Himmel! Nur das nicht. Sie musste ihn im Auge behalten, mehr denn je.

Die Taufe von Anita, Linus´ und Franziskas Tochter, fand vier Wochen nach der Geburt statt, weil Pfarrer Josef Schmale krank geworden war. Er litt unter einer Ischiasentzündung und konnte sich kaum bewegen.

Das Zeremoniell war schnell erledigt. Pfarrer Josef Schmale legte keinen gesonderten Wert auf langes Geschwätz, und auch weil er sich noch nicht richtig fit fühlte, wollte er die Prozedur nicht zu lange hinauszögern. Danach begaben sich alle, mit

Ausnahme des Pfarrers, zum Haus der Halbachs. Die engsten Familienmitglieder und einige Nachbarn waren eingeladen. Linus Hartungs Mutter war aus Korbach angereist und übernachtete im Haus.

»Wie ich mich freue, dich wiederzusehen«, sagte Viktoria herzlich zu ihr.

»Das Vergnügen liegt ganz bei mir«, entgegnete Elvira Hartung. Sie wirkte sehr bescheiden, was Viktoria schon damals bei der Hochzeit von Franziska und Linus aufgefallen war. Doch jetzt lag ihr offenbar etwas auf dem Herzen. »Nur schade, dass ich deinen Mann nicht begrüßen kann. Ich habe gehört, dass er verreist ist?«

Das war eine Höflichkeitsfloskel, und Viktoria wusste sie richtig einzuschätzen. Elvira wollte nicht gleich mit der Tür ins Haus fallen.

»Er ist ins Ruhrgebiet gereist, um neue Geschäftsbeziehungen zu knüpfen«, antwortete Viktoria. Sie wusste ja selbst noch nicht, ob Benedikt wirklich nach Bremerhaven gefahren und dort auf ein Schiff gestiegen war. Noch war keine Post von ihm gekommen.

Elvira nickte. »Ich hörte davon. Allerdings ist er ja schon sehr lange fort.«

Viktoria lächelte süßsäuerlich. »Ich weiß. Aber es muss für ihn sehr wichtig sein.«

Da Franziska mit Anita auf dem Arm zu ihnen kam, war die peinliche Fragerei zunächst einmal beendet.

Bei der nächstbesten Gelegenheit gelang es Viktoria, sich in die Stube zurückzuziehen. Da die Tauffeierlichkeiten draußen stattfanden, war niemand auf die Idee gekommen, sich in der Stube aufzuhalten.

Schon seit längerem war ihr die Anrichte in der Ecke ins Auge gefallen. Sämtliche Schubladen waren abgeschlossen, und niemand wusste, wo sich die Schlüssel befanden. Viktoria hatte sie vor zwei Tagen gefunden. Sie steckten in der Futtertasche einer alten, schmutzigen Jacke, die Benedikt stets getragen hatte, wenn er auf den Feldern arbeitete. Viktoria wollte sie in den Müll werfen, nicht aber, bevor sie alle Taschen genauestens untersucht hatte.

Zum Glück!

Mit zitternden Fingern öffnete sie die erste Schublade. Sie hatte sich keine Gedanken darüber gemacht, was sie finden würde. Sie hatte auch keine Gewissensbisse, dass sie hinter Benedikts Rücken in seinen Angelegenheiten herumschnüffeln würde. Benedikt hätte eben nicht verschwinden dürfen.

Obenauf lag ein gelbbrauner Umschlag. Er war leer. Darunter befanden sich mehrere Schreibblöcke, auf denen einige Zahlen gekritzelt und wieder durchgestrichen waren. Viktoria legte die Blöcke zur Seite und legte einen Pappordner frei. Er war mit einer Kordel umschlungen und sehr dick. Sie öffnete ihn.

Das Erste, was ihr entgegenfiel, war die Urkunde eines Grundstücks, unterzeichnet von Robert Halbach, Benedikts Vater und einem Vertreter des Amtsgerichtes Medebach, dessen Namen sie nicht entziffern konnte. Als sie weiterlas, wurde sie blass. Das, was sie da erfuhr, raubte ihr buchstäblich den Atem.

Viktoria musste sich im Stuhl zurücklehnen. Robert Halbach war der erstgeborene Sohn von Benedikts Großvater Johann Halbach, also war er auch der legitime Erbe. Da gab es kein Vertun! Das war gesetzlich so geregelt. Da auch Benedikt der erste Sohn Robert Halbachs war, war ihr Mann der rechtmäßige Erbe.

Ihr schwirrte der Kopf. Mehrere Minuten lang konnte sie keinen klaren Gedanken fassen.

Als sie wieder einigermaßen zur Besinnung gekommen war, dachte sie darüber nach, wie sie mit ihrer Entdeckung umgehen sollte. Benedikt hatte es stets vermieden, darüber zu reden. Das wird schon seinen Grund gehabt haben. Also beschloss Viktoria, auch zu schweigen. Sie packte alles wieder in den Pappordner und wollte ihn gerade zurücklegen, als die Tür geöffnet wurde.

»Hier treibst du dich herum«, herrschte Jakob sie an. »Die Leute vermissen dich schon. Was hast du denn da?«

Er kam schnell näher und schaute auf den Pappordner. »Geheimnisse?«

»Nein.«

»Was dann? Zeig doch mal.«

»Das sind Aufzeichnungen von Geschenken meines Schwiegervaters an seine Frau Elisabeth.«

Jakob kniff die Augen zusammen. »Na schön«, sagte er leise. »Dann habt ihr ja eine schöne Erinnerung.«

Er drehte sich um und ging hinaus.

Viktoria hatte in ihrem ganzen Leben noch nie einen Menschen belogen, und deshalb fühlte sie sich jetzt ganz erbärmlich. Aber dann sagte sie sich, dass es eine Notlüge war, und die würde Gott ihr verzeihen.

Ganz kurz überlegte sie, ob sie Linus einweihen sollte. Nach reiflichem Nachdenken entschloss sie sich, es nicht zu tun. Erst wollte sie sich selbst einen kompletten Überblick verschaffen.

Wenig später war sie wieder auf der Terrasse und mischte sich unter die Feiernden.

12

Das größte Problem war für Jakob Halbach, dass sich zwei weitere Kandidaten für die Bürgermeisterwahl hatten aufstellen lassen. Es waren Peter Harkort und Arnold Grahms.

Wegen Harkort machte sich Jakob keine großen Sorgen, aber um Grahms schon. Seit Arnold die Solstätte von seinem Vater übernommen hatte, war er im Gemeinderat sehr geschätzt. Seine Reden zeugten von gut durchdachter Rhetorik, waren kurz und trafen stets den Nagel auf den Kopf. Das liebten die anderen Gemeindemitglieder, denen sowieso nicht nach langen Reden zumute war.

Am Tag der Bürgermeisterwahl waren alle Solstätter und sogar der Pastor in der Gaststätte bei August Grafenau im Zentrum des Ortes anwesend. Peter Harkort sollte als Erster seine Rede halten.

Er stand auf und fuhr sich umständlich durch das Haar. Er hatte seinen besten Anzug an, dazu ein weißes Hemd und einen dunklen Schlips.

»Liebe Bürger«, begann er. Das war schon mal gut. Er sagte nicht: Liebe Solstätter. »Wie ihr wisst, ist es schon eine geraume Zeit her, seit unser aller verehrter Bürgermeister Georg Auer verstorben ist. Wir brauchen daher dringend einen Nachfolger, vor allem auch deswegen, weil wichtige Entscheidungen für Züschen anstehen.«

Die Solstätter horchten auf und spitzten ihre Ohren. Wusste Harkort etwas, das sie nicht kannten?

»Das Gerücht geht schon lange umher, nun ist es wahr geworden. Ich habe aus einer zuverlässigen Quelle gehört, dass eine Eisenbahnlinie von Bestwig bis nach Frankenberg gebaut werden soll, und dass die Eisenbahn auch in Züschen Halt machen wird.«

Ein überraschtes Rufen der meisten Anwesenden ließ ihn kurz innehalten.

Peter lächelte. Er frohlockte und beglückwünschte sich innerlich, dass er seine Verkaufstouren bis weit hinter Bestwig ausgedehnt hatte. So hatte er zufällig mitbekommen, was die Reichsregierung im Zusammenspiel mit dem Land Westfalen plante. Natürlich war das erst ein Konzept, deshalb durfte er es auch nicht übertreiben, denn wenn sich alles als Luftblase herausstellte, war er der Blamierte.

»Ich möchte nicht nur davon sprechen. Das hat noch Zeit. Inzwischen gibt es hier genug Probleme, um die sich der Bürgermeister kümmern muss. Wir brauchen eine neue Straße. Die Hauptstraße versinkt bei Regen im Morast. Unsere Wagen bleiben stets stecken. Dann müssen wir daran denken, dass die Neuhinzugezogenen Häuser brauchen. Jetzt schon schlafen viele Familien in einem Raum. Aber es gibt noch andere Aufgaben. Ich will sie nicht alle aufzählen, ihr kennt die Probleme. Aber ich denke, dass ich der richtige Mann für diese Aufgaben bin. Ich würde euch nicht enttäuschen.«

Er setzte sich und merkte, dass er schweißnass geworden war. Eine Rede hatte er nie gern gehalten, noch dazu vor den versammelten Solstättern. Wenn doch wenigstens der Pastor nicht dabei gewesen wäre. Aber Josef Schmale verzog keine Miene.

Der Versammlungsleiter, der Älteste unter den Solstättern, forderte nun Arnold Grahms auf, seine Bewerbungsrede zu halten.

Arnold stand auf. Er sah sich um. »Meine lieben Mitbürger. Eigentlich braucht man in unserer Situation keine Bewerbung abzulegen. Das haben wir noch nie so gehandhabt, das ist auch völlig überflüssig. Wichtig ist ausschließlich, dass wir so schnell wie möglich einen neuen Bürgermeister wählen, damit wieder so etwas wie Ordnung im Dorf eintritt. Ich möchte mich nicht mit fremden Federn schmücken, ich greife Vorschläge auf, die von euch gemacht worden sind. Ihr wisst, was in unserem Dorf am Dringendsten erledigt werden muss. Lasst es uns gemeinsam anpacken. Nicht nur der Bürgermeister, sondern alle Solstätter sind für die Veränderungen verantwortlich. Der Bürgermeister hat sozusagen nur die Pflicht, dafür zu sorgen, dass alle Genehmigungen eingeholt werden und die Arbeiten beginnen können. Ihr alle seid intelligente Menschen, die sich von niemanden bevormunden lassen müssen, und denen man nicht erst sagen muss: Mach dies oder mach jenes. Deswegen bin ich auch überzeugt, dass ihr die richtige Entscheidung treffen werdet.«

Nach diesen Worten setzte er sich wieder hin. Es blieb mehrere Minuten still. Erst als sich jemand räusperte, klingelte der Versammlungsleiter mit einer kleinen Glocke und bat dann Jakob Halbach, das Wort zu ergreifen.

Jakob war der festen Überzeugung gewesen, dass jemand, der als Letzter sprach, am Besten in Erinnerung blieb. Aber er musste sich eingestehen, dass das ein Fehler gewesen war. Beide Anwärter – Peter Harkort und Arnold Grahms – hatten bereits die Punkte angesprochen, die er so gerne erwähnt hätte. Jetzt saß er in der Patsche, jetzt konnte er nicht mehr auftrumpfen. Er besaß kaum noch Argumente, oder besser gesagt: keine mehr.

Umständlich, wie es seine Art war, stand er auf.

»Liebe Solstätter«, begann er. »Ihr kennt mich alle und wisst, dass ich ein eingefleischter Bürger Züschens bin …« Was sollte das werden?

Er räusperte sich. »Ich will es kurz machen …« Durch die Reihen der Anwesenden ging ein Aufatmen. Sie hatten schon viel zu lange den Reden zugehört. Kaum jemand konnte sich noch konzentrieren.

»Ich stehe voll und ganz hinter den Ausführungen meiner Vorredner. Ich habe selbst an alle Punkte gedacht, die Peter und Arnold vorgetragen haben.«

Er merkte, dass Arnold Grahms die Stirn runzelte und die Augen zusammenkniff. »Ich will sie nicht noch einmal wiederholen, nur so viel, dass ich inzwischen der größte Bauer im Dorf bin und deshalb steht mir das Amt des Bürgermeisters zu. Auch weil ich in dieser Hinsicht viel von meinem Vater gelernt habe.«

Er setzte sich und schaute sich um. Viele nickten beifällig. Er hatte offenbar doch noch die richtigen Worte getroffen.

Sie machten eine kleine Pause. Die Solstätter gingen hinaus und bildeten Gruppen. Es wurde eine längere Unterbrechung, dann bat der Versammlungsleiter alle wieder in den Saal. Er fragte, ob jemand noch Fragen an die Kandidaten haben würde, und als alle den Kopf schüttelten, kam es zum Wahlgang. Normalerweise ging das per Handzeichen, doch in diesem Fall beantragte ein Solstätter geheime Wahl. Man wollte es sich mit niemanden der drei Bewerber verderben.

Nachdem alle Zettel ausgezählt worden waren, räusperte sich der Versammlungsleiter und stand auf.

»Ich gebe das Ergebnis bekannt. Von neununddreißig abgegebenen Stimmen entfielen drei auf Peter Harkort, zwölf Stimmen erhielt Jakob Halbach, und vierundzwanzig Arnold Grahms. Damit ist Arnold zum neuen Bürgermeister gewählt. Meinen herzlichen Glückwunsch Arnold. Nimmst du die Wahl an?«

Arnold Grahms erhob sich. »Ich nehme die Wahl an und versuche, ein guter Bürgermeister für alle Einwohner Züschens zu sein.«

Jakob konnte seine Wut nur mühsam zurückhalten. Sein Gesicht war rot angelaufen. Nur gut, dass das Licht im Saal diffus genug war, dass man es nicht sehen konnte. Es kostete ihn ungeheure Anstrengung, Arnold Grahms die Hand zu schütteln.

»Tut mir leid«, sagte dieser. »Ich hoffe, dass wir dennoch gut zusammenarbeiten werden. Deine Ratschläge nehme ich an, Jakob, und du bist in unserem Gemeindebüro gern gesehen.«

Jakob nickte nur. Eine Antwort hätte Arnold gezeigt, dass seine Stimme zitterte und er nur krächzende Worte herausgebracht hätte.

Schon bald verabschiedete sich Jakob. Das fiel gar nicht auf. Die meisten Solstätter standen nach der Wahl an der Theke, rauchten und tranken und redeten über Gott und die Welt. Jemand sagte, dass es eine gute Wahl gewesen war und der richtige Mann zum Bürgermeister gewählt worden sei.

13

Isolde Halbach, die Frau von Benedikts jüngstem Bruder Paul, war gern und oft bei ihrer Mutter, Mathilde Grahms. Besonders ihre drei Kinder freuten sich immer, wenn es zu Oma und Onkel Arnold ging. Arnold Grahms war nicht verheiratet, was seine Mutter Mathilde mit Skepsis und Sorge sah. Frauen im heiratsfähigen Alter gab es genug, aber Arnold machte keine Anstalten, um sie zu werben.

Deshalb war Mathilde immer glücklich, wenn ihre Tochter kam. Vielleicht würden Isoldes drei Kinder in Arnold einen Stimmungswechsel hervorrufen. Gerade jetzt, da er zum neuen Bürgermeister gewählt worden war, sollte er eine Frau haben.

Mathilde machte Arnold den Haushalt, so dass der sich ganz um die Landwirtschaft und sein neues Amt kümmern konnte.

»Komm, Kind, du kannst gleich mitessen.« Mathilde begrüßte Isolde immer noch so, als wäre sie erst vierzehn Jahre alt. Anfangs hatte sich Isolde darüber geärgert, aber als es nichts nützte, ließ sie ihrer Mutter den Spaß.

Heute hatte Isolde viel Zeit. Ihr Mann Paul war mit seinem Schwager Lutz Saalfeld in Korbach bei einer Familie, die mehrere Schränke und eine Anrichte in Auftrag geben wollten, die aber unbedingt darauf bestanden, dass sie mit diversen Schnitzereien verziert waren. Natürlich hatte sich Pauls Kunst auch bis Korbach herumgesprochen. Paul war sehr geschickt, wenn es darum ging, Bänke, Kommoden, Schlafzimmerschränke und Betten mit Figuren zu verschönern. Schon als kleiner Junge hatte er im Winter aus gefrorenem Eis Skulpturen geformt, die von den Einwohnern Züschens bestaunt wurden.

Am Tisch saßen Isoldes Brüder Herbert und Dietrich. Sie grinsten verschmitzt, als sie ihr überraschtes Gesicht sahen.

»Ja, Schwesterchen, wir sind mal wieder hier«, sagte Herbert lachend, während Dietrich sich laut schmatzend über den Eintopf hermachte.

Herbert und Dietrich waren Handlungsreisende geworden, nachdem sie sich in verschiedenen Berufen vergeblich versucht hatten. Ihr Hauptverkaufsgebiet lag in der Eifel und in Belgien. Gerade dort hatten sie sich eine Stammkundschaft geschaffen. Aber sie kamen immer wieder gern nach Züschen zurück.

»Seit wann seid ihr zurück?«, fragte Isolde, während sie ihre Kinder nicht aus den Augen ließ. Ihr Ältester, Simon, saß bereits auf Herberts Schoß. Der Jüngste, Anton, bewunderte gerade die Kiepen der beiden, und ihre Tochter Monika schaute interessiert zu, was Oma Mathilde am Herd zubereitete.

»Seit gestern Abend«, sagte Dietrich schmatzend, was gleich den Protest von Simon hervorrief: »Man spricht nicht mit vollem Mund«.

Dietrich schluckte. »Da hast du völlig recht. Das war unhöflich von mir. Ich werde mich bessern.«

Simon nickte großzügig, worauf die anderen sich ein leichtes Grinsen nicht verkneifen konnten.

»Dann wisst ihr, dass Arnold zum neuen Bürgermeister gewählt wurde?«

»Natürlich«, nickte Herbert. »Das haben wir schon in Winterberg gehört. Sowas spricht sich rum. Wenn er damit nicht einen Fehler begangen hat.«

»Wieso?«

»Na, ist doch klar. Alle haben mit Jakob Halbach gerechnet. Der ist doch jetzt wütend. Das lässt er nicht auf sich sitzen.«

»Was will er denn dagegen tun?«, wunderte sich Isolde.

»Er kann die Wahl anfechten«, mischte sich jetzt zum ersten Mal Arnold ein. Bisher hatte er ruhig am Schrank gelehnt und ein Bier getrunken. »Er könnte zum Beispiel sagen, dass einige der Solstätter schon viel zu betrunken waren, als es zur Abstimmung kam, oder dass sich einige abgesprochen haben. Es gab zwar eine geheime Wahl, aber vorher war eine lange Pause. Zudem werde ich erst ab dem nächsten Ersten Bürgermeister.«

»Du wirst dich schon durchsetzen«, sagte seine Mutter Mathilde. »Es wäre doch gelacht, wenn sich ein Grahms von Jakob bloßstellen lassen würde.«

»Was heißt bloßstellen?«, fragte Simon.

»Eh ... das bedeutet so viel wie ... wie blamieren«, sagte Isolde, weil ihr kein anderes Wort einfiel. Aber Simon gab sich damit zufrieden.

»Was treibst du denn so den ganzen Tag?«, wollte Herbert wissen und lenkte damit geschickt vom Thema ab.

»Ach ...« Isolde zuckte mit den Schultern. »Ich kümmere mich ausschließlich um den Haushalt und die Kinder. Paul hat genug zu tun, und er verdient gut. Dadurch haben wie keine Sorgen. Außerdem bin ich oft bei Mama und Arnold.«

»Bei Oma«, meinte Anton altklug, »du bist unsere Mama.«

Isolde strich ihm zärtlich über den Kopf. »Natürlich. Aber deine Oma ist meine Mama.«

Anton runzelte die Stirn und schien darüber nachzudenken.

»Wollt ihr mit in den Stall?«, fragte Oma Mathilde. »Wir haben zwei neue Kälbchen bekommen.«

»Au ja«, rief Monika, und sogar die beiden Jungen fielen in den Ruf mit ein und rannten zur Tür hinaus.

»Ich habe gehört, dass du eine neue Freundin gefunden hast«, sagte Dietrich, als sie allein waren. »Gunhild Seibert.«

Isolde lachte auf. »Neue Freundin? Das stimmt so nicht ganz. Wir treffen uns hin und wieder zu einem Spaziergang oder beim Bäcker und Metzger. Gunhild ist ein regelrechtes Plappermaul. Sie spricht ohne Punkt und Komma. Man kommt kaum dazwischen, wenn sie erst einmal losprudelt. Aber so erfahre ich immer das Neueste. Auch nicht schlecht.«

»Wie macht sich denn Bruno als Förster?«, wollte Dietrich wissen.

Arnold Grahms stieß sich vom Küchenschrank ab und setzte sich an den Tisch. Er fuhr sich durchs Gesicht, und jetzt bemerkte Isolde, dass er sehr erschöpft wirkte.

»Du magst ihn nicht, stimmts?«

Arnold seufzte. »So ist es nicht. Ich glaube nur, dass Bruno überfordert ist. Manchmal macht er Sachen, die uns nur Kopfschütteln verursachen. Er lässt Buchen abholzen, die kerngesund sind und andere, die es nötig hätten, stehen.«

»Kann man ihm das denn nicht verbieten?«, fragte Isolde.

»Er ist der Förster«, kam die knappe Antwort von Arnold.

»Wenn du als Bürgermeister eingesetzt bist, dann kannst du

doch etwas dagegen unternehmen?«

»Schon, aber ich will es mir mit ihm nicht verderben. Ich möchte Frieden und Ruhe im Dorf haben, weiter nichts.«

Es war nicht so einfach, ein Amt zu übernehmen und es allen recht zu machen. Isolde hatte das Gefühl, dass sich Arnold jetzt schon ärgerte, überhaupt kandidiert zu haben.

Herbert stand auf und machte sich am Herd zu schaffen. »Wenn du Hilfe brauchst, dann kannst du auf uns zählen.«

»Das ist nett von euch«, sagte Arnold. »Vielleicht ... vielleicht ist das keine schlechte Idee. Ich kann jetzt schon ins Gemeindebüro, um die wichtigsten Unterlagen einzusehen. Ihr könntet mir dabei helfen.«

Dietrich gluckste. »Brüderchen, wir haben immer zusammengehalten, und das werden wir auch jetzt. Wie Herbert schon sagte, wir können uns unsere Arbeit einteilen. Außerdem ... es ist gar nicht so übel, von Mama wieder bemuttert zu werden.«

Sie lachten, und auch Isolde fiel mit ein. »Ich verstehe leider nichts von Bürokram. Ich wäre euch nur im Weg. Da kümmere ich mich lieber um meine Kinder.«

»Damit hast du weiß Gott auch genug zu tun«, sagte Herbert.

14

Das Gemeindebüro in Züschen bestand wie in fast allen sauerländischen Dörfern aus zwei Räumen. Der größere war mit einem Eckschrank, in dem die wichtigsten Akten aufbewahrt wurden, einem kleinen Schreibtisch, einem gepolsterten Stuhl und zwei Sesseln für Besucher eingerichtet. Im Nebenraum lagerten die älteren Akten.

Während Arnold sich Zeit ließ, bevor er den ersten Ordner hervorzog, waren seine Brüder von Anfang an mit Begeisterung bei der Sache. Herbert hatte sich gleich drei Kartonagen gegriffen und auf dem Boden ausgebreitet. Dietrich begnügte sich mit zweien.

Arnold sah sich derweil im Raum um. An den Wänden hingen Zeichnungen von Züschen: Waldmotive, Straßen des Dorfes, Wildtiere, Bäche und die schönsten Häuser, jedenfalls musste das die Auffassung des Zeichners gewesen sein. Er hatte jedes Bild mit seiner Unterschrift gekennzeichnet, aber so sehr Arnold auch versuchte, den Namen zu entziffern, er kam nicht dahinter.

»Weiß jemand von euch, wer die Bilder gemalt hat?«, fragte er seine Brüder.

Die sahen kurz auf. Herbert schüttelte den Kopf. »Warum willst du das wissen?«

»Nur so. Es interessiert mich einfach.«

»Mach dich lieber an die Arbeit. Wie ich das hier so sehe, sind das Unmengen von Unterlagen. Bis du die alle gelesen und verstanden hast, sind dir graue Haare gewachsen.«

Arnold setzte sich an den Schreibtisch. Er wackelte bedenklich. Arnold sah sich suchend um und nahm dann mehrere alte Blätter, faltete sie und legte sie unter das kürzere Tischbein. Er nickte zufrieden. Das sah doch schon viel besser aus.

Er nahm die erste Mappe in die Hand. Protokolle von den Gemeindeversammlungen. Sie gingen bis zum Jahre 1875 zurück. Niemand hatte sich die Mühe gemacht, für jedes Jahr eine neue Akte anzulegen. Warum auch? Es gab nur zwei, manchmal drei Versammlungen pro Jahr. Da galt es, sparsam mit Material umzugehen. Die nächste Mappe handelte von Veranstaltungen im Dorf. Da gab es nur wenig. Kaum etwas konnte die Züschener aus ihren Häusern locken. Viele verschiedene Hochzeitsfeiern waren vermerkt, unter anderem die Heirat von Benedikt Halbach mit Viktoria. Gut, das war schon ein Fest gewesen, das man so schnell nicht vergaß. Aber war es notwendig, dafür eine Notiz im Gemeindebüro aufzubewahren? Georg Auer, der letzte Bürgermeister vor Arnold Grahms, musste sehr gewissenhaft gearbeitet haben, denn auch andere Hochzeiten, sofern die Familie groß gefeiert hatte, waren aufgelistet.

Arnold seufzte unterdrückt. Das war in der Tat eine Sisyphusarbeit.

Dietrich lachte auf. »Das muss man sich mal vorstellen. Hier steht, dass Hermann Wengenroth seinen Nachbarn angezeigt hat, weil der ihm angeblich zwei Hühner gestohlen haben soll. Dabei hatte Wengenroth nur vergessen, dass er sie selbst eine Woche zuvor geschlachtet hatte. Ja, ja, das Alter. Da wird man schon mal vergesslich.«

Herbert ergänzte: »Fritz Breden hat seine Schweine nicht unter Kontrolle gehabt. Sie sind davongelaufen bis zum Ikesberg. Dort haben sie den ganzen Acker von Rahmers umgewühlt und die neue Saat vernichtet.«

»Das sind wichtige Details«, meinte Arnold etwas lahm. »So was muss festgehalten werden.«

Er nahm einen weiteren Ordner in die Hand und schlug ihn auf. Zunächst war nur Unwichtiges aufgeschrieben, von Grundstücken und Äckern, die vor allem die Beilieger bearbeiteten. Arnolds Blick fiel auf die Unterschrift. Georg Auer. Hatte er das extra aufgeführt? Wenn ja, für wen?

Arnold vertiefte sich in die Aufzeichnungen. Es waren notariell beglaubigte Unterlagen. Jedes Verzeichnis trug ein Datum und eine Nummer, die erste Notiz stammte aus dem Jahr 1784. Ein Johann Halbach hatte an dem Tag vier Grundstücke erworben.

Arnold hob den Kopf und sah über seine Brüder hinweg zur gegenüberliegenden Wand. Johann Halbach! Soweit er sich erinnerte, hieß Benedikts Großvater so.

Arnold blätterte fasziniert weiter.

Auf den nächsten Seiten stand, dass Johann Halbach weitere Felder, Wälder und Äcker käuflich erworben hatte. Dahinter stand der Name Robert Halbach mit einem Ausrufezeichen versehen. Benedikts Vater!

Er war als Erbe Johann Halbachs vermerkt und zweimal unterstrichen. Klar, Robert war der älteste Sohn von Johann. Deswegen stand ihm auch das ganze Vermögen zu.

Arnold konnte es nicht fassen. Jeder im Dorf war im Glauben, dass das Land, das von den Beiliegern gepachtet und bewirtschaftet wurde, der Gemeinde gehörte. Aber es war jetzt Benedikt Halbachs Land. Das würde bedeuten, dass Benedikt halb Züschen gehörte.

Arnold überlegte. Er musste sich Gewissheit verschaffen. Sicher war auch Georg Auer eingeweiht gewesen und davor ganz bestimmt Ludwig Halbach, Benedikts Onkel, als der noch Bürgermeister war.

Arnold sah auf die Uhr. Es war jetzt halb elf am Vormittag. Die Gelegenheit war günstig. Er wollte keine Zeit verlieren.

»Ich muss mal kurz weg«, sagte er zu Herbert und Dietrich. »Macht ihr hier weiter. Alles, was euch wichtig erscheint, legt auf den Schreibtisch.«

Und schon war er aus der Tür.

Viktoria Halbach war nicht überrascht, Arnold Grahms zu sehen. Irgendwie hatte sie ihn sogar erwartet, aber eigentlich erst dann, wenn er als Bürgermeister eingesetzt worden war. Viktoria war klar, dass Arnold keine Zeit verlieren wollte. Sie bat ihn in die Stube.

»Möchtest du einen Tee, Kaffee oder etwas Stärkeres?«

»Etwas Stärkeres wäre jetzt gerade recht«, sagte Arnold mit süßsäuerlicher Miene. »Aber danke, nein.«

Viktoria setzte sich in den großen Ohrensessel, in dem Benedikt immer gesessen hatte. Sie sah Arnold forschend an.

»Du weißt es also.« Es war eine Feststellung, keine Frage.

Arnold nickte leicht.

»Du bist nun gekommen, um zu erfahren, was das alles soll, oder was ich dazu zu sagen habe, oder was nun geschehen soll. Richtig?«

Wieder nickte Arnold schweigend.

Viktoria stand auf, ging zur Anrichte und zog die oberste Schublade auf. Sie nahm den zerschlissenen Pappordner heraus und legte ihn auf den Tisch.

»Das habe ich vor einigen Tagen entdeckt. Ich hatte bis dahin keine Ahnung, dass uns so viel gehört.« Sie schlug den Ordner auf und deutete auf eine Urkunde.

»In dieser Urkunde ist vermerkt, dass die Ländereien in der Brembach mit Wirkung vom 1. Februar 1853 an Robert Halbach verkauft worden sind. Die genauen Parzellen sind alle aufgelistet.«

Viktoria hob den Kopf und wartete auf eine Reaktion von Arnold. Aber dieser schwieg noch immer.

Viktoria schlug eine andere Seite auf. »Hier ist eine weitere Urkunde«, sagte sie in die Stille. »Sie ist auf den 1.Juni 1832 datiert. Benedikts Großvater hat sie unterzeichnet. Darin geht es um die Wiesen und Felder entlang der Ahre. Das Land, das jetzt Beilieger bearbeiten, gehört Benedikt.«

Auf jeder Seite waren Eigentumsrechte aufgeführt. Sie betrafen die Ebenau, den Flachengrund und den Ikesberg.

»Unglaublich!«, brachte Arnold schließlich hervor.

Er stieß hörbar die Luft aus und atmete tief und kräftig ein. »Ich wusste, dass Benedikt reich ist, aber ich wusste nicht, dass ihm halb Züschen gehört.«

»Ich hatte bislang auch keine Ahnung«, sagte Viktoria.

»Weiß noch jemand davon?«

Viktoria zuckte die Achseln. »Ich nehme es an. Georg Auer hat nie etwas gesagt. Vielleicht hatte er mit Benedikt ein geheimes Abkommen geschlossen, was weiß ich. Ich bitte dich, zu schweigen, zumindest bis Benedikt zurück ist.«

»Das kann ich nicht.«

»Warum nicht?«

»Ich muss den Solstättern reinen Wein einschenken. Sie haben ein Recht darauf, alles zu wissen.«

»Ist dir klar, welchen Unfrieden du damit stiften würdest?«, fragte Viktoria leise.

Daran hatte Arnold auch schon gedacht. Er fuhr sich durch die Haare. Sein Gesicht war gerötet, und er schwitzte.

»Ich muss darüber nachdenken.« Er stand auf und ging zur Tür. Dort drehte er sich um und sah Viktoria aus schmalen Augen an. »Was hättest du gemacht, wenn Jakob der neue Bürgermeister geworden wäre. Ich glaube nicht, dass er schweigen würde. Nein ...« Arnold schüttelte den Kopf. »Er neidet euch den Erfolg ... Benedikts Erfolg. Er ist einer der wenigen Solstätter, die froh sind über sein Verschwinden. Pass auf dich auf, Viktoria, pass auf eure gesamte Familie auf.«

Er nickte ihr noch einmal zu und ging dann hinaus.

Viktoria blieb regungslos sitzen. Auf einmal spürte sie die Anspannung, die sie die ganze Zeit über befallen hatte, so sehr, dass ihr Herz zu rasen begann. Sie fasste sich an die Brust. Genauso schnell wie es gekommen war, ließ ihr Herzklopfen wieder nach. Sie musste Magdalena, Helene und Eva von ihren Entdeckungen erzählen. Sie mussten wissen, wie reich sie waren. Schließlich konnte es sein, dass Benedikt niemals wiederkommen würde.

Bei diesem Gedanken kamen ihr die Tränen. Sie liebte ihn

doch, mehr denn je. Daran konnte auch sein Verschwinden nichts ändern. Wie es ihm wohl gehen mag? Denkt er an mich, an zu Hause?

Viktoria hätte jetzt eine Schulter gebraucht, an die sie sich anlehnen konnte. Aber es war niemand da, der sie in den Arm nahm und tröstete.

15

An den nächsten freien Tagen fragte Ferdinand Runge die drei, ob sie mit nach Johannesburg wollten. Benedikt war nicht abgeneigt. Ein bisschen Abwechslung konnte nicht schaden. Außerdem hatte er Hunger. Durch das eintönige Essen auf der Baustelle hatte er bestimmt schon vier Kilo abgenommen. Der Koch bemühte sich zwar nach Kräften, aber mit der Nahrung konnte man keine schwer arbeitenden Männer satt kriegen und bei Laune halten.

Benedikt war erstaunt, wie schnell sich die Stadt Johannesburg verändert hatte. Noch vor einem Monat gab es nur zwei Kneipen, jetzt zählte er auf der staubigen Market Street bereits fünf, und Ferdinand Runge erzählte ihnen von einem Geheimtipp, der in einer der Seitenstraßen zu finden sei.

Dimi runzelte die Stirn. »Du kennst dich ja schon gut aus.«

Runge schüttelte heftig den Kopf. »Ich bin erst einmal hier gewesen. Den Tipp habe ich von einem Pokerspieler.«

Walter Böhmer sagte nichts. Er war der einzige der Vier, der sich zu seinem Vorteil verändert hatte. Sein blasses Gesicht war leicht gebräunt, er trug sein Haar länger bis über die Ohren und tief im Nacken und hatte auch ein paar Pfund zugenommen. Benedikt fragte sich, wie er das gemacht hatte.

Langsam schlenderten sie über die Market Street. Benedikt beobachtete die Menschen. Die meisten waren weiße Männer, die sich vor den Schaufenstern der Geschäfte postierten, ihre Jacken zurechtrückten und ihre Hüte geradesetzten. Sie sahen in die Auslagen der Goldgeschäfte, machten hier und da eine protzige Bemerkung über die Waren oder stolzierten einfach nur daher. Ein paar Schwarze mit voll beladenen Stofftaschen, die sie über die Schultern geworfen hatten oder auf dem Kopf trugen, eilten an ihnen vorbei. Sobald sie auf einen Weißen trafen, wichen sie ihm aus und machten einen großen Bogen.

Das Schild »Hensons Pup« sah sehr einladend aus. Der Eingang war sauber.

»Das ist der Geheimtipp. Sollen wir?«, fragte Runge.

»Warum nicht«, sagte Dimi.

Die Kneipe war überfüllt. Unzählige Männer standen an der Bar, tranken und redeten hektisch miteinander. Die Tische waren von Kartenspielern belegt und selbst im Gang zum einzigen Ausgang zur Toilette rekelten sich Männer jeden Alters. Sie trugen alle die raue Arbeitskleidung: eine schwarze Hose aus robustem Stoff, ein dunkles oder großkariertes Hemd und die obligatorische Weste. Ohne die ging kein Mann aus dem Haus, hierin verbargen sich seine wichtigsten Utensilien: eine Pfeife, Tabak und Streichhölzer. Das Geld steckte in losen Scheinen in der Hosentasche.

Im Hintergrund pokerten einige Männer aus Benedikts Arbeitsgruppe.

Während Runge, Böhmer und Dimi sich an den Spieltisch stellten, drängte Benedikt sich zwischen zwei ältere Männer an die Bar. Da er nicht genau wusste, was man hier trank, bestellte er dasselbe wie sein Nachbar. Es war ein Brandy, der ihm überhaupt nicht schmeckte. Angeekelt verzog er das Gesicht. Jemand neben ihm lachte verhalten. Als er den Kopf drehte, blickte er in ein braungebranntes Gesicht. Der Mann neben ihm war ein ganzes Stück größer als Benedikt, ungefähr eins fünfundachtzig. Er trug ebenfalls die raue Arbeiterkleidung, aber sie war nicht schmutzig wie die der anderen Männer. Sein Alter war schwer zu schätzen, vielleicht um die vierzig. Sein Haar war dunkel und erst, wenn man genauer hinsah, konnte man leichte graue Strähnen an den Schläfen entdecken.

»Ich heiße Darius«, sagte der Fremde nun und streckte Benedikt die Hand hin. Er sprach Deutsch mit Holländischem Akzent. »Darius Langerfort. Sie sind doch Deutscher?« Benedikt nickte, schlug ein und stellte sich vor.

»Eisenbahner?«

»Ja.«

»Harte Arbeit, schlecht bezahlt.«

»Es geht.«

Darius lehnte sich mit dem Rücken gegen die Bar und deutete mit einem kurzen Kopfnicken in die Runde.

»Das sagen alle. Aber sehen Sie sich die Männer an, Ben. Ich darf doch Ben sagen?«

Benedikt hatte sich immer gegen eine Verunzierung seines Namens gewehrt, aber hier konnte er wohl nichts dagegen machen. »Sicher«, murmelte er deshalb.

»Danke. Alle schuften wie die Verrückten, um etwas Geld zu verdienen, das sie entweder wieder verspielen oder für eine Familie zu Hause sparen. Die meisten sind nach wenigen Jahren so kaputt, dass sie nicht mehr lange leben. Sie kommen als Greise oder Kranke nach Hause und müssen gepflegt werden. Haben Sie sich so ein Leben vorgestellt?«

»Nein, natürlich nicht.«

»Was haben Sie wirklich gearbeitet?«

Benedikt zögerte, sagte dann aber: »Ich bin Landwirt.«

Darius zog überrascht die Augenbrauen hoch. »Landwirt? Bauer also. Haben Sie ein großes Anwesen?«

Benedikt legte den Kopf etwas zur Seite. »Das kommt auf den Blickwinkel an. Für das kleine Dorf, in dem ich aufgewachsen bin, ist es ein großer Hof. Sechs Pferde, siebzehn Kühe, zwölf Schafe und über zwanzig Hühner. Die Größe aller Wiesen und Wälder, die mir gehören, beträgt mehrere Hektar. Ich denke, dass sich das schon sehen lassen kann.«

»In der Tat«, nickte Darius. »Sie haben Ihren Hof verlassen und sind hierhergekommen? Das nenn ich Courage. Warum haben Sie das getan?«

Da Benedikt es selbst nicht mehr so genau wusste, blieb er die Antwort schuldig und zuckte nur kurz mit den Schultern.

»Was ist mit Ihnen?«, fragte er nun Darius. »Ich habe Sie noch nie bei den Eisenbahnern gesehen.«

Darius nippte an seinem Brandy. »Ich arbeite auch nicht für die NZASM. Ich habe eine Farm weit draußen, weit weg von Johannesburg. Ich bin hier, um ein paar Dinge einzukaufen. Viel gibt es in Johannesburg allerdings nicht. Zweimal in der Woche ist Markt.«

Sie wurden für einen kurzen Moment abgelenkt, denn ein Spieler stieß einen Jubelschrei aus und hieb so fest auf den Spieltisch, dass ein Teil des Geldes und der Karten herunterfiel. Jemand fluchte, ein anderer schimpfte laut.

»So sind sie«, grinste Darius. »Eisenbahner, Goldsucher, Glücksritter und Gauner. Was sie hier nicht verlieren, wird ihnen von den Banditen oder den Briten gewaltsam abgenommen. Ich gebe Ihnen einen guten Rat. Halten Sie sich von den Briten fern. Die meinen es nicht ehrlich.«

»Wieso nicht?«

»Ach«, wich Darius aus. »Das ist eine lange Geschichte. Ich sehe, Sie kennen die Rivalität zwischen den Menschengruppen nicht.«

Benedikt starrte nachdenklich in sein Glas. Der Mann hatte ja recht. Er war regelrecht Hals über Kopf aus Deutschland abgereist, nur in ein anderes Land wollte er und neue Menschen kennenlernen.

»Südafrika ist ein fantastisches und gleichzeitig seltsames Land«, sagte Darius leise. »Wenn Sie wollen, kann ich Ihnen einiges darüber erzählen. Besuchen Sie mich doch mal auf meiner Farm.«

»Warum? Ich meine, warum gerade ich?«

»Sie sehen so aus, als gehörten Sie nicht zu den gewöhnlichen Arbeitern«, lächelte Darius. »Die meisten sind ungebildet, haben die Schule nicht oder nur kurz besucht. Sie betrinken sich und verspielen ihr Geld. Sie dagegen sind niemand, der den Alkohol schätzt. Ich habe nichts gegen ein Gläschen, aber sich in jeder freien Stunde zu betrinken, führt doch zu nichts. Wenn ich mich irre und Sie sind genauso gewöhnlich wie die anderen hier, dann … na ja, dann vergessen Sie unser Gespräch. Ansonsten sind Sie herzlich eingeladen. Überlegen Sie es sich. Ich bin hin und wieder hier.«

Mit einem kurzen Tippen an seinen Hut stellte er das Glas auf den Tresen zurück und ging hinaus.

Benedikt sah noch lange auf die Tür, die hinter Darius zugeschlagen war. Das Gespräch machte ihn nachdenklich. Es stimmte, er hatte schon auf dem Schiff gemerkt, dass bis auf Marc Claasen und Ferdinand Runge kaum jemand lesen und schreiben konnte. Wohl fühlte er sich tatsächlich nicht in der Hütte bei den verschwitzten, stinkenden und furzenden Kameraden.

Eine halbe Stunde später drang aus der Küche, die hinter dem Tresen lag, Essensgeruch. Die ersten Männer an der Bar bestellten lauthals einen Teller, andere Rufe folgten schnell. Kurz darauf war der Raum vom Klirren der Löffel auf Kochgeschirr erfüllt.

Da Benedikt auch Hunger verspürte, ließ er sich ebenfalls einen Teller bringen. Die Suppe war undefinierbar, aber zu seinem Erstaunen schmeckte sie gut. Der Schwarze, der sie servierte, hatte ein freundliches Lächeln auf den Lippen, kam mit einer großen Schüssel unter dem Arm aus der Küche und fragte auf Afrikaans, die Benedikt und die meisten Arbeiter inzwischen halbwegs verstanden, ob sie einen Nachschlag haben möchten.

Benedikt wehrte dankend an. Die Suppe war zwar gut, aber er war doch etwas anderes gewohnt. Er sehnte sich nach Züschen und nach Viktorias guter Küche, nach Magdalenas Kuchen und nach dem Duft, der den ganzen Tag über im Haus hing. An diesem Abend schrieb er einen langen Brief, den er am Morgen bei der Postsammelstelle aufgab.

16

Die indischen Arbeiter schienen kaum unter der brennenden Sonne zu leiden. Sie schleppten die schweren Schwellen, als seien es leichte Bretter.

Wenn Benedikt ihnen näherkam, sah er jedoch in leere, erschöpfte Augen, auf Lippen, die viel blasser waren als ihre dunklen Gesichter. Diese Menschen litten, und sie arbeiteten nur, um ihre Familien ernähren zu können.

Zwei Monate waren sie nun schon bei der Eisenbahngesellschaft beschäftigt. Runge hatte es bis zum Aufseher geschafft, Benedikt war für den Nachschub verantwortlich.

Der Zug kam auf der Talsohle gut voran. Hier verlief die Strecke an einer vulkanischen Felsnase entlang oder wich einem

Felsvorsprung aus. Ein zerklüfteter Landstrich war zu sehen, auf dem überall kleine Ziegen- oder Rinderherden weideten, die von einem in Rot gekleideten Hirten gehütet wurden.

Die Lokomotive kam zischend und ruckelnd langsam näher. Die Inder, Schwarzen und Europäer an den Gleisen wurden in eine dicke weiße Dampfwolke gehüllt. Schließlich blieb die Lok mit metallischem Quietschen nur fünf Meter vor dem Ende der Gleise stehen. Der Lokomotivführer streckte sein verschmutztes Gesicht zum Fenster hinaus, grinste und hob den Daumen vor Freude. Wieder war ein Teilstück der neuen Eisenbahnstrecke fertig.

Ein großer Mann in einem weißen Leinenanzug stieg aus dem einzigen Wagen. Er hielt einen Augenblick inne und schaute sich zufrieden um. Niemand der Arbeiter kannte ihn, aber es musste sich um einen leitenden Angestellten handeln, denn er ging zielstrebig auf Joren und Tjalke zu, redete auf sie ein, worauf die beiden nur immer wieder eifrig nickten. Kurz darauf stieg der Mann im Leinenanzug wieder ein. Er gab dem Lokomotivführer ein Zeichen und zischend setzte sich der Zug nun rückwärts in Bewegung. Bald war er um die nächste Biegung verschwunden. Nur sein Fauchen und Zischen war noch eine ganze Weile zu hören.

Joren kam auf die Arbeiter zu. Zuerst sprach er Afrikaans mit den Schwarzen, dann Englisch mit den Indern und schließlich Deutsch zu den Holländern und Deutschen.

»Vor uns liegen schwere Hindernisse. Es sind steile Berghänge und tiefe Taleinschnitte. Sie liegen unweit von Komatipoort im Bereich des Crocodile River. Die Eisenbahnstrecke ist deshalb so wichtig, weil der Zug später Kohle, Stahl und Zucker an die Häfen von Maputo und zu den Kraftwerken an der Küste von Südafrika liefern soll. Wir können die Gleise nicht über die Hügel legen, sondern müssen durch die Talsohle durch. In einer Woche, spätestens zwei haben wir den Fuß des Berges erreicht. Wir werden bald einen Trupp losschicken, der die Gegend erkunden soll. Vielleicht melden sich Freiwillige. Ihr könnt es euch schon mal überlegen. Es springt für jeden eine Menge dabei heraus. Also dann, weiter an die Arbeit, Männer.«

Die Stadt wuchs fast täglich. Immer mehr Goldsucher aus allen Ländern der Welt tauchten auf, denn man hatte auch in der Nähe von Johannesburg Gold gefunden.

Bewaffnete Banden zogen außerhalb der großen Städte durch die Lande und überfielen jeden, der nur einigermaßen nach Geld aussah. Die Straßen außerhalb Johannesburgs konnte man nur in einer größeren Gruppe mutiger Männer befahren, und auch das war nicht immer sicher. Die Regierung war zu schwach, um Polizeitruppen aufzustellen oder um die Kaufleute auf ihren Wegen von der Stadt zu ihren Farmen zu schützen. Alle hatten eigene Sicherheitstrupps aufgestellt.

Ein weiterer Tag am Bau der Eisenbahn begann. Sie hatten aufgehört zu zählen. Zu viele Tage waren bereits vergangen und noch viele würden folgen.

Benedikt stand auf, während am östlichen Himmel gelb rosa Streifen hingen. Noch war es recht angenehm warm, aber schon bald würde die Sonne wieder unbarmherzig auf sie herniederbrennen.

Heute hatte er die Aufgabe, mit acht anderen Männern die Gegend zu erkunden. Dimi und Walter Böhmer waren mit von der Partie, Ferdinand Runge musste mit hohem Fieber das Bett hüten. Vor ihnen lag die Hügelkette, von der Joren gesprochen hatte. Sie sollten Schluchten ausfindig machen, aber die durften nicht zu eng sein. Außerdem sollten die Kurven der Eisenbahnstrecke sanft und nicht zu scharf werden. Eine halbe Stunde später brachen sie auf.

Die ersten Meilen kamen sie gut voran. Dann war es so heiß, dass sie im Schatten einer Pinie die erste Rast einlegten, ein wenig tranken und eine halbe Scheibe Zitrone kauten.

Vor ihnen lag die Bergkette der Magaliesberge.

»Das ist ein ehemaliger Vulkan«, meinte der junge Hendrik Peters. Er war achtundzwanzig Jahre alt, sah aber aus wie fünfzig. Die Wochen der harten Arbeit waren an ihm nicht spurlos vorbei gegangen.

»Vielleicht ist er noch aktiv«, vermutete Böhmer.

»Glaube ich nicht.« Benedikt schüttelte den Kopf. »Dann würden wir irgendwo Rauch sehen. Eine dünne Fahne nur, aber sie würde uns zeigen, ob er im Inneren noch aktiv ist.«

Peters schaute mit zusammengekniffenen Augen umher. »Ich hoffe nur, die Eingeborenen lassen uns in Frieden.«

»Vor denen habe ich mehr Angst als vor den Banditen«, erwiderte Benedikt.

»Was macht dich so sicher?«

»Die Banditen wissen, dass wir Eisenbahner sind. Arme Schlucker also. Die sind doch nur auf schnelles Geld aus. Den Schwarzen aber sind alle Weißen Feinde.«

Sie unkten nicht weiter.

Benedikt legte eine Hand schützend über die Augen und sah hinüber zu dem Massiv. Plötzlich stutzte er. Vielleicht lag es an der gleißenden Sonneneinstrahlung, doch nach mehrmaligem Blinzeln war er sich sicher. Dort drüben, in einer halben Meile Entfernung standen Menschen. Es waren Schwarze, Eingeborene.

Benedikt gab seinen Kameraden einen stummen Wink, worauf sie auf den Pferdewagen stiegen. Sie verhielten sich ruhig und wagten auch nicht loszufahren. Fast eine halbe Stunde verging. Die Schwarzen rührten sich nicht. Ihre Leiber verschmolzen mit der Umgebung. Dann plötzlich, von einer Sekunde auf die andere, waren sie verschwunden.

Benedikt kaute auf der Unterlippe. Er wusste so wenig wie die anderen, was das zu bedeuten hatte. Schließlich meinte Dimi: »Wir sollten umkehren. Wer weiß, wo sie uns auflauern.«

Nach einer kurzen Beratung traten sie den Rückweg an. Im Lager wurden sie von Joren und Tjalke mit Erstaunen empfangen.

»Wir sind auf Eingeborene gestoßen«, erklärte Dimi. »Es schien uns zu gefährlich zu sein, weiter zu fahren. Wir haben nicht mal Waffen dabeigehabt. Es wäre ein Leichtes für sie gewesen, uns abzuschlachten.«

Joren schüttelte den Kopf. »Wenn sie das vorgehabt hätten, dann wäre es jetzt aus mit euch. Sie haben keine Angst vor den Weißen, nicht mehr. Waren es Zulu oder Xhosa?«

»Keine Ahnung«, antwortete Dimi. »Auf jeden Fall sahen sie nicht vertrauenserweckend aus.«

Joren sah Tjalke an. »Wir müssen die Ausläufer der Magaliesberge auf jeden Fall erkunden, ohne genaue Kenntnisse können wir nicht weiterbauen.«

»Wir schicken eine größere Abteilung los«, entschied Joren. »Zwanzig, dreißig Mann, alle bewaffnet und zwar so, dass die Schwarzen es sehen. Vor den Gewehren haben sie Respekt.«

Einen Tag später zogen vierunddreißig schwerbewaffnete Männer los. Ein Teil von ihnen auf Pferdewagen, ein anderer Teil auf Pferden. Benedikt und Peters waren nicht dabei. Sie hatten genug von der ersten Begegnung mit Eingeborenen. Nur Dimi wollte es sich nicht nehmen lassen, den Schwarzen, wenn sie wieder auftauchten, eine gehörige Abreibung zu verpassen.

Die Anspannung im Lager war nicht zu übersehen. Besonders die Inder liefen mit angstvollen Gesichtern umher. Ihre sonst unbeweglichen Mienen waren mit einem Mal von tiefen Falten durchzogen.

Am zweiten Abend war der Stoßtrupp noch nicht zurück, was einige noch nervöser werden ließ.

In der Nacht wurden die Wachen verstärkt, aber kaum jemand schlief richtig.

Gegen neun Uhr am nächsten Morgen tauchten die Männer in der Ferne auf. Als sie das Lager erreichten, erschraken die Zurückgebliebenen. Von vierunddreißig Mann waren nur neunundzwanzig übriggeblieben. Joren sprang als erster vom Pferd. Sein Gesicht war grau, und er wirkte übermüdet.

»Sie haben uns in einen Hinterhalt gelockt«, brach es über seine Lippen. »Etwa zwanzig Xhosa. Sie haben uns mit Speeren angegriffen. Erst als wir zurückfeuerten, liefen sie davon.« Er zeigte auf die Männer. »Leider haben wir fünf Mann verloren. Verdammt! Es ist zum Verzweifeln.«

»Sollen wir aufgeben?«, fragte jemand leise.

Joren sah ihn aus zwar müden Augen an, aber unterschwellig loderte ein Feuer. »Nein. Wir haben einen Auftrag zu erledigen, und den werden wir erfüllen. Jetzt sind wir gewarnt. Sobald sich alle ausgeruht haben, geht es weiter. Wir konnten die Strecke inspizieren, bevor die Halunken auftauchten. Es ist nicht schwer, um den Berg herumzukommen. Dauert nur etwas länger, aber die Zeit haben wir.«

Die Männer verzogen sich langsam. Benedikt suchte nach

Dimi, aber der Grieche war nicht zu sehen. Benedikt hielt einen der müden Männer am Arm fest.

»Was ist mit dem Griechen?«, fragte er heiser.

Dimi kannten alle. Seine große Gestalt war nie zu übersehen gewesen.

»Tot«, antwortete der Mann mit müder Stimme. »Wir konnten ihn nicht mitnehmen, genauso wenig wie die anderen, wir haben sie an Ort und Stelle begraben müssen.« Er zuckte die Schultern. »Tut mir leid. Ich weiß, dass ihr befreundet gewesen seid.«

Benedikt warf einen Blick zum Himmel. Es würde bald Regen geben. Aber das war ihm in diesem Moment egal. Auch dass dann sich alles hier in Lehm und Matsch verwandeln würde, war ihm völlig gleichgültig. Mit Tränen in den Augen ging er in seine Hütte, warf sich auf sein Bett und weinte bitterlich.

17

Die Tage reihten sich aneinander. Die Eintönigkeit wurde bald zur Routine. Zehn Tage harte Arbeit, dann drei Tage Entspannung bei Brandy, Bier und Wein und Kartenspielen. Benedikt hatte inzwischen etliche Rand gespart, während andere, unter ihnen auch Runge, von dem er es nicht erwartet hätte, ihr verdientes Geld für Alkohol und Mädchen ausgegeben oder beim Pokern verloren hatten. Es schien sie aber keineswegs zu stören, denn sie hatten ihre Fröhlichkeit nicht verloren.

Benedikts kam nur schwer über den Tod des Griechen Dimi hinweg. Walter Böhmer und Ferdinand Runge erging es kaum anders. Dimi fehlte an allen Ecken und Enden. Nur die Arbeit half ihnen über den Verlust. Bald war Dimi zwar nicht vergessen, aber sein Fehlen weit in den Hintergrund geraten, denn zwei Unglücke am Schienenbau trugen dazu bei. Ein Gleisstück von fünf Metern Länge war vom Pferdewagen gerutscht und hatte drei Inder unter sich begraben. Sie hatten keine Chance. Nur vier Tage danach kam die Lokomotive zu schnell um die Kurve und tötete fünf Gleisarbeiter, ausnahmslos Europäer.

»Der Bahnbau ist immer mit Verlusten behaftet«, meinte Joren.

Er war aufrichtig traurig. »Aber dennoch geht die Arbeit weiter, auch wenn es schwerfällt.«

Benedikt hatte Darius kein einziges Mal wieder getroffen. Der Mann schien seine Einladung offenbar nicht ernst gemeint zu haben.

An die trockene Hitze gewöhnten sie sich, nur an das Essen nicht. Wäre der Hunger nicht gewesen, hätten sie es verweigert. Der schwarze Koch lächelte den ganzen Tag und nickte freundlich zu jedem verfluchten Schimpfwort, das die Arbeiter ihm an den Kopf warfen. Er verstand sie sowieso nicht. Außerdem hätte er nichts ändern können.

So kam es, dass alle in den Kneipen in Johannesburg Geld auch für ein besseres Essen ausgaben.

Nach über zwei Monaten fuhr Benedikt wieder mit in die Stadt. An diesem Sonntag waren die Kneipen wie immer überfüllt. Wieder war eine mehr aus dem Boden gestampft worden. Nun gab es bereits sechs. Die Wirte verdienten sich eine goldene Nase damit, und das schaumlose Bier wurde ihnen förmlich aus den Händen gerissen.

Wo man sich auch hinbegab, einen oder mehrere Bekannte traf man immer. Runge und Böhmer kannten inzwischen viele, sie wurden überschwänglich begrüßt.

»Komm her zu uns, Ben«, rief ein rotblonder junger Mann von einem Tisch aus. Er arbeitete seit einigen Wochen in Benedikts Gruppe, war fleißig und pünktlich und redete dauernd. Er hieß Franz und stammte aus einem kleinen Dorf bei Köln, dessen Namen Benedikt nicht mehr wusste. Franz hatte ein Mädchen geschwängert. Als ihre Eltern ihm die Pistole auf die Brust setzten und ihn zwingen wollten, ihre Tochter zu heiraten, war er davongelaufen. Drei Wochen hatte er sich in einer Scheune versteckt, war dann mit einem Wanderzirkus nach Essen gekommen und von dort nach Hamburg. Franz war schon seit fast einem Jahr in Südafrika. Außer ihm saßen noch vier andere Männer am Tisch. Sie hatten alle einen Teller vor sich. In der Mitte lag eine große Holzplatte mit Fleisch, allerlei Gemüse und Brot. Benedikt schlenderte langsam auf den Tisch zu.

»Nun sieh dir das an, Ben«, sagte Franz. »Wir fünf haben

Geld zusammengelegt, um einmal etwas Ordentliches essen zu können, und was kriegen wir dafür? Zebrafleisch, aber so zäh, dass einem die Zähne abbrechen. Und das Gemüse ist bestimmt eine Woche alt. Koste mal! Du bist doch Bauer, du wirst doch wissen, was frisch ist und was nicht. Wir schuften jetzt über zwei Monate. Bald sind unsere Kräfte aufgebraucht, wenn wir solch einen Fraß kriegen. Kann man da nicht was machen?«

Benedikt hatte nie beabsichtigt, sich in den Vordergrund zu drängen. Er hatte nur hin und wieder beschwichtigend eingegriffen, wenn es nach Streit aussah oder bei einem Vorarbeiter vermittelt, wenn jemand zu erschöpft war und eine Pause brauchte. Vielleicht war das gerade die Art, die bei den Männern ankam.

Er sah von einem zum anderen. Die Älteren sahen nicht gut aus. Ihre Gesichter waren hager, mit tiefen Falten, ihre Augen ohne jeden Glanz und müde. Zwei von ihnen wirkten so erschöpft, als würden sie jeden Moment vom Stuhl fallen.

Wortlos drehte er sich um und ging am Tresen vorbei in die Küche. Ein undefinierbarer Geruch lag im Raum. Von einigen Kesseln auf dem Herd stieg heller Dampf auf.

Drei schwarze Arbeiter befanden sich in der Küche. Der Koch war groß und breit, mit einem dicken Gesicht und kleinen Augen, die Benedikt zwar misstrauisch aber keineswegs feindselig ansahen.

»Verstehst du Deutsch? Englisch? Holländisch?«

Bei jeder Frage schüttelte der Schwarze den Kopf. Die beiden anderen rührten in den schwarzen Tonschüsseln stoisch weiter.

Benedikt wandte sich ab. Es brachte nichts, wenn er weiter versuchte, diesen Einheimischen von gutem Essen zu überzeugen. Er musste es anders versuchen. Nur wie, war ihm nicht klar.

Er ging wieder nach vorn in den Schankraum. Ein schwarzer Kellner bediente einen Tisch nahe dem Toilettenausgang. Plötzlich brüllte dort jemand. Benedikt, der wie alle anderen den Kopf in die Richtung drehte, sah gerade noch, wie ein Stuhl zurückgestoßen wurde, zu Boden krachte, und wie ein Mann aufsprang und einen Inder am Kragen packte. Obwohl gut fünf Meter entfernt, erkannte Benedikt die Angst in den Augen des

Inders. Aber der Mann wehrte sich nicht, er ließ es zu, dass der Weiße ihm ins Gesicht schlug. Worte wie »du dreckiger Kuli« und »Saupack« waren zu hören.

An dem Tisch mit Benedikts Kumpanen sprangen drei Mann ruckartig auf. Bevor sie sich jedoch einmischen konnten, hielt sie jemand zurück.

Darius Langerfort.

»Nicht«, zischte er. »Das bringt nichts. Glaubt mir.«

Sie ließen sich wieder langsam auf ihre Stühle sinken, behielten aber den Tisch mit den Streithähnen im Auge.

»Das sind Briten.« Darius zog sich einen Stuhl heran und setzte sich. Benedikt nahm den Stuhl neben ihm.

Darius schielte hinüber zu dem Tisch neben den Toiletten. Dort war wieder Ruhe eingekehrt. Die lautstarken Männer hatten ihre Köpfe zusammengesteckt und tuschelten aufgeregt miteinander.

»Zum Glück war es kein Streit zwischen Buren und Briten, denn das hätte gefährlich ausgehen können. Die Buren und Briten sind wie Todfeinde.«

Benedikt wollte mehr erfahren. »Erzählen Sie mir etwas über Buren und Briten«, sagte er.

Darius lächelte ein wenig gequält. »Etwa ab dem 18. Jahrhundert hat sich der Name Buren im Süden Afrikas eingebürgert. Buren sind die Nachkommen niederländischer und deutscher Einwanderer. Die Menschen waren Viehzüchter und lebten mal hier und mal dort.«

Er nahm einen kleinen Schluck Brandy und schaute sich verstohlen nach den Briten um. Sie schienen kein Wort gehört zu haben.

»Die geschichtlichen Ereignisse im Südafrika des 19. Jahrhunderts sind durch den »Groot Trek« geprägt. Die sogenannten Voortrekker verließen mit ihren Familien die Kapkolonie und zogen nach Norden und Nordosten bis ins Hinterland. Der Grund war vor allem die Unzufriedenheit mit der englischen Kolonialmacht. Sie gewährte keinen ausreichenden Schutz. Der Große Treck führte etwa zwanzigtausend Buren in die Gebiete jenseits der Flüsse Oranje und Vaal, unter anderem weil sie die englische Amtssprache ablehnten. Bald gründeten die Buren die

Burenrepublik Natalia, eigentlich Port Natal. Völlig unverständlich für die Burengemeinden war die Haltung der britischen Regierung in Kapstadt gegenüber den schwarzen Einheimischen. Sie arbeiteten bei fast allen Farmern als Sklaven.«

»Als Sklaven?«, fragte einer aus der Runde.

»Ja«, nickte Darius. »Das war seit Jahrhunderten so. 1833 schafften die Briten die Sklaverei ab. Durch die Aufhebung der Sklaverei sahen sich die Buren ihrer ökonomischen Grundlage beraubt. Dann begann der große Treck.«

»Wie ging es weiter?«, fragte ein pickelgesichtiger junger Mann. Er war wie alle am Tisch sehr neugierig geworden.

»Die Republik war von keiner langen Lebensdauer. Schon bald wurde die Stadt Durban von den Briten annektiert. Den Voortrekkern blieb nichts anderes übrig, als sich hinter die Drakensberge zurückzuziehen. Dort gründeten sie einen neuen Staat, genauer gesagt zwei, nämlich den Oranje-Freistaat und die Südafrikanische Republik Transvaal mit der Hauptstadt Pretoria. Auch diese beiden Burenrepubliken standen dem britischen Expansionsstreben im Wege. Aber wie das so geht. Die Briten ließen sich nicht abhalten, auch Transvaal und den Oranje-Freistaat zu annektieren.«

»Dadurch kam es zum Krieg«, sagte Benedikt.

»Genau«, nickte Darius. »Er dauerte aber zum Glück nicht lange. Mit dem Frieden von Pretoria garantierten die Briten die Unabhängigkeit der Südafrikanischen Republik. Sie behielten sich allerdings ein Mitspracherecht in der Außenpolitik vor. Seit 1890 war in der britischen Kapkolonie Cecil Rhodes der Ministerpräsident. Cecil Rhodes hatte den Traum von einem englischen Afrika vom Kap bis Kairo. Aber er hatte sich getäuscht. Paulus Krüger vereitelte den Staatsstreich, mit dem Rhodes ihn stürzen wollte. Vor einem Jahr musste Rhodes zurücktreten.«

»Dann ist doch alles in Ordnung.«

»Es sieht nur so aus. Unterschwellig brodelt es gewaltig. Die Buren sind nicht zufrieden und die Briten auch nicht. Deshalb kommt es immer wieder zu kleinen Rangeleien. Seit man 1885 am Witwatersrand Gold entdeckt hat, wird das Land von Glücksrittern regelrecht überfallen. Wir Buren sind die rechtmäßigen Besitzer des Goldes. Es ist unser Land. Aber diese verfluchten Uitlanders stehlen es uns.«

»Uitlanders?«, fragte Benedikt. »Was ist das?«

»Nichtburische europäische Siedler, besonders die aus Großbritannien. Seit den verdammten Goldfunden wollen die Briten uns erst recht an den Kragen.« Er grinste boshaft. »Aber nicht mit uns, nicht mit Paulus Krüger. Unter seiner Führung haben wir den Briten eine empfindliche Niederlage zugefügt. Danach gab es endlich einen Friedensvertrag, der uns Buren in Transvaal Selbstverwaltung sicherte, allerdings, und das ist das Verfluchte, unter britischer Oberherrschaft.«

Sie blickten alle zu dem Tisch hin. Die drei Männer dort saßen ruhig auf ihren Stühlen, als wäre nichts geschehen und aßen ihre Mahlzeit. Ein älterer Schwarzer bediente sie. Er hatte einen krummen Rücken und hielt den Kopf gesenkt, ein Demutszeichen vor den weißen Herren. Denen schien es zu gefallen. Immer, wenn der Mann an ihrem Tisch vor Ehrfurcht buckelte, schlugen sie sich vor Freude auf die Oberschenkel.

»Die Konflikte mit der Republik Transvaal bestehen weiterhin«, fuhr Darius fort. »Es brodelt gewaltig im Staate.«

»Soll das heißen, dass wir schleunigst verschwinden sollten?«, fragte Benedikt.

Darius schüttelte den Kopf. »Nein, das würde ich nicht sagen. Wir alle sollten nur Augen und Ohren offenhalten. Wir Buren wollen nicht, dass unser Präsident Paulus Krüger eines Tages gestürzt wird.«

Als sie viel später zurück zum Camp fuhren, waren alle sehr nachdenklich. Sie gehörten zwar weder der einen Gruppe noch der anderen an, aber sie saßen zwischen zwei Stühlen, wenn es zum Kampf käme.

18

Zehn Tage später fragte Benedikt einen höherrangigen Mann, ob er sich einen Wagen ausleihen könne.

Der Mann, ein Holländer mit einem dichten Bart und stets einem Schlapphut auf dem Kopf, sah ihn überrascht an. »Warum wollen Sie mit einem Pferdewagen allein nach Johannesburg? Der Gemeinschaftswagen ist doch viel bequemer, und Sie kommen pünktlich wieder zurück, wenn Sie ihn nicht verpassen.«

»Ich will nicht nach Johannesburg. Ich möchte einfach mal die Landschaft erkunden. Die Gegend ist so schön, das muss man einfach mal gesehen haben.«

»Sie sind Bauer, nicht wahr? Ich kann das verstehen, ich meine, dass Sie was von dem Land sehen wollen. Ich hatte selbst ein bisschen Eigentum in der Nähe von Arnheim. Aber passen Sie auf die wilden Tiere auf. Selbst wenn Sie meinen, die tun einem nichts, sind sie unberechenbar. Nehmen Sie den dort drüben.« Er deutete auf einen etwas älteren Wagen, den Benedikt bereits mehrmals zum Transportieren von Schotter benutzt hatte.

Bisher hatte Benedikt die freien Tage dazu genutzt, die nähere Umgebung des Camps zu erkunden. Dabei war er auf dreizehn Zebras, eine kleine Herde Gnus, vier Giraffen und mehrere Elefanten gestoßen. Er hatte sich immer hinter Büschen oder dicken Bäumen versteckt gehalten, einerseits, weil er die scheuen Tiere nicht vertreiben wollte, andererseits, weil er bei den Elefanten nicht wusste, ob sie gefährlich waren.

Benedikt hatte nicht vor, zu weit zu fahren. Er wollte gern einige Löwen sehen. In seinen Träumen stellte er sich vor, wie genussvoll er in Züschen von diesen Wildtieren erzählen, und wie die Dorfbewohner und die Kinder gebannt an seinen Lippen hängen würden. Das Gebrüll der Löwen war nachts meilenweit zu hören, aber zu Gesicht bekam niemand ein Tier.

Auf dem Weg zu dem Pferdewagen kam ihm Walter Böhmer entgegen. »Wo willst du hin?«, erkundigte er sich. Benedikt sagte es ihm.

Walter zögerte. Er kaute auf seiner Unterlippe. »Nimmst du mich mit?«, fragte er dann.

Benedikt kniff die Augen zusammen. »Du willst nicht nach Johannesburg?«

Walter schüttelte den Kopf. »Heute nicht. Mein Geld ist alle.«

»Steig auf. Aber ich warne dich. Es könnte sehr eintönig und langweilig werden.«

»Damit kann ich leben.«

Je weiter sie fuhren, desto unebener wurde der Weg. Hin und wieder war kaum ein Pfad zu sehen, dann mussten sie über vertrocknetes Gras fahren, bis wieder so etwas Ähnliches wie eine Straße auszumachen war. Manchmal sahen sie Zebras, Elefanten und Giraffen, seltener Affen und noch weniger Hyänen und Wildhunde. Leoparden oder gar Löwen bekamen sie nicht zu Gesicht. Es war heiß, fast fünfunddreißig Grad.

Benedikt reichte Walter seine Wasserflasche. Er nahm sie dankbar entgegen und nahm nur einen kleinen Schluck. Walter selbst hatte an Trinkwasser nicht gedacht. Er wischte sich den Schweiß von der Stirn.

»Wie verträgst du diese Hitze, Ben?«

»Gar nicht. Ich bin froh, dass wir ein bisschen Fahrtwind haben.«

In der Tat. Die flotte Gangart der Vierbeiner trug dazu bei, dass die Hitze etwas erträglicher wurde.

Das prächtige Farbenspiel der Landschaft wirkte fast surreal. Purpurfarbene Wolkenfelder hingen am Himmel. Bald erreichten sie die Ausläufer des Berges, den sie oft von weitem gesehen hatten.

Plötzlich zog Benedikt ruckartig an den Zügeln. Die Pferde gingen mit den Vorderhufen kurz in die Luft, schnaubten einige Male und standen dann still.

»Was ist?«, fragte Walter.

Benedikt deutete auf eine Buschgruppe in etwa fünfzig Metern Entfernung. »Ich habe dort eine Bewegung gesehen.«

»Löwen?«

»Möglich. Vielleicht auch ein Leopard oder ein Nashorn. Wir sollten jedenfalls vorsichtig sein.« Er schaute auf die Pferde. Sie waren erstaunlich ruhig. Demnach konnte dort in den Büschen kein wildes Raubtier sein. Pferde hatten einen untrüglichen Instinkt für Gefahr.

Benedikt kaute auf seiner Unterlippe, kniff die Augen zusammen und versuchte, etwas zu erkennen. Aber dort rührte sich nichts. Schon wollte er weiterfahren, als Walter einen unterdrückten Schrei ausstieß und den Arm ausstreckte. Direkt neben den Büschen waren schwarze Männer aufgetaucht. Sie standen in der prallen Sonne, aber jeder von ihnen hielt einen

Speer in der Hand. Ihre nackten Leiber glänzten. Benedikt zählte rasch. Es waren fünf. Zuviel für sie beide.

»Zulu«, raunte er Walter zu. »Oder Xhosa.«

»Die sind gefährlich. Denk an Dimi.«

»Ich weiß. Auf jeden Fall sollten wir machen, dass wir fortkommen.«

Er wendete den Wagen. In diesem Moment sah er, dass der Weg, den sie gekommen waren, versperrt war. Dort warteten weitere drei Schwarze.

»Verdammt!«, stieß er aus.

Die Eingeborenen machten keine drohende Geste. Vielleicht waren sie ja friedlich, aber darauf wollte es Benedikt nicht ankommen lassen.

Es gab nur einen Weg: nach Westen. Benedikt hoffte nur, dass der Boden fest genug war, um den Wagen zu tragen. Wenn sie in ein Bodenloch gerieten, war es aus mit ihnen, sofern die Schwarzen feindlich gesinnt waren.

Er trieb die Pferde an. Fast aus dem Stand fielen sie in den Galopp, und ehe die Schwarzen begriffen hatten, was geschah, waren Benedikt und Walter gut hundert Meter von ihnen entfernt.

Walter drehte sich um. »Sie folgen uns nicht«, sagte er erleichtert. Er schaute wieder nach vorn. »Weißt du, wo wir sind?«

Benedikt schüttelte den Kopf. Jetzt wagte er auch einen knappen Blick über die Schulter. Die Schwarzen waren nicht mehr zu sehen. Er ließ die Pferde langsamer gehen. Dann hatten sie mehr Glück, durch ein Bodenloch heil hindurchfahren zu können.

Rechts von ihnen lag der Berg. Sie durften also nicht parallel zu ihm weiterfahren, sondern von ihm weg. Das aber war schwierig. Riesige Bäume und dichtes Buschwerk versperrten ihnen den Weg. So wie es aussah, blieb ihnen nichts anderes übrig, als weiter am Berg entlang zu fahren, bis sie eine günstige Gelegenheit fanden, nach links abzubiegen.

Bald stießen sie auf ein Löwenrudel. Walter sah es zuerst. Er begann am ganzen Körper zu zittern. Die Löwen nahmen kaum Notiz von ihnen. Benedikt sah, dass sie eine Giraffe erlegt hatten und somit hoffentlich satt waren.

Sie fuhren vorsichtig weiter. Benedikt sah zum Himmel. Wenn es dunkel werden würde, waren sie verloren. Aber es gab immer noch keine Möglichkeit, nach links auszuweichen, und zurück wollte er auf keinen Fall.

Sie hatten schon längst keinen Blick mehr für die Landschaft übrig. Ihr einziges Ziel galt der Suche nach einer Lücke im dichten Buschwerk.

Plötzlich tippte Walter Benedikt an die Schulter. Er deutete nach vorn. Ein Haus war in der Ferne aufgetaucht.

Benedikt hielt an. Walter kaute auf seiner Unterlippe.

»Zulu und Xhosa bauen keine Häuser«, sagte Benedikt leise und mit Hoffnung in der Stimme.

Er trieb die Pferde wieder an. Etwa zehn Minuten später lenkte er den Wagen in eine breite Hofeinfahrt. Schwaches Licht schien im Inneren. Es war also jemand im Haus.

Der Pferdewagen machte natürlich Krach, und so kamen sie nicht unbemerkt bis zum Haus. In der Tür tauchte ein riesiger Schwarzer auf, mit einem Gewehr in der Hand. Er schrie ihnen etwas entgegen.

Benedikt zog an den Zügeln, die Pferde blieben sofort stehen. Er wusste nicht, was er machen sollte, und so blieb er ruhig, aber bis in die Haarspitzen angespannt auf dem Bock sitzen. Benedikt konnte inzwischen etwas Afrikaans, aber der Schwarze hatte so schnell gesprochen, dass er kein Wort verstanden hatte. Erst nach gefühlten fünf Minuten kam ein weiterer Mann durch die Tür. Ein Weißer.

»Wer sind Sie? Was wollen Sie hier?«

Benedikt stieß erleichtert die Luft aus. Das war Darius Langerfort.

»Ich bin es, Ben. Wir haben uns verfahren, nein, wir sind auf der Flucht vor einigen Zulu.«

»Ben ...? Mein Gott. Bist du sicher, dass es Zulu waren?«

»Oder Xhosa. So genau kenne ich mich nicht aus. Auf jeden Fall wirkten sie sehr bedrohlich.«

Darius gab dem Schwarzen mit dem Gewehr ein Zeichen, so dass er im Haus verschwand. »Die Eingeborenen sind harmlos, jedenfalls die Zulu. Wenn sie euch bedroht haben, waren es andere Stämme. Aber kommt erst mal herein. Heute könnt ihr sowieso nicht mehr zurückfahren.«

Das Farmhaus war solide gebaut. Auf ihrer Flucht vor den Schwarzen hatten sie nicht mehr auf die Umgebung geachtet, sonst wäre ihnen die schöne Lage der Farm aufgefallen. Sie lag in einem grünen Tal, umgeben von sanften bewaldeten Hügeln, weit entfernt vom Bergmassiv. Benedikt sah hochaufragende Zedern, mit einem Umfang von mehreren Metern. Es war unmöglich zu erkennen, wie weit dieser Wald reichte.

Darius führte sie in den Wohnraum. Er war groß, mit schweren Clubsesseln ausgestattet, die um einen breiten Glastisch standen. An den Wänden hingen Porträts, vermutlich von Darius Vorfahren. Ein großer Schrank stand an der Wand, und daneben hing eine riesige Karte von Südafrika.

Darius bat die beiden, Platz zu nehmen. Er gab einem Schwarzen, der sich bisher diskret im Hintergrund aufgehalten hatte, einen freundlichen Wink. Der Mann nickte und verschwand. Schon kurz darauf kam er mit einem Tablett, auf dem neben Getränken auch kleine Süßspeisen standen, zurück. Die Art und Weise, mit der Darius mit ihm umging, zeigte, dass sie nicht nur Herr und Diener waren, sondern auch Vertraute. Darius gab dem Schwarzen sogar ein Zeichen, selbst etwas von der Süßspeise zu nehmen. Doch der Mann lächelte nur und schüttelte den Kopf.

»Ehe die Eisenbahn gebaut wurde, war hier niemand. Nicht einmal Eingeborene«, sagte Darius, nachdem sie sich bedient hatten. Er nahm einen Schluck Wasser und wandte sich dann an Benedikt. »Jetzt sind Sie eher als gedacht bei mir gelandet, Ben. Ich freue mich, auch wenn der Grund nicht so vortrefflich ist.«

Benedikt erwiderte sein Lächeln.

»Erzählen Sie uns etwas über die Zulu«, bat er.

19

Darius nahm einen weiteren tiefen Schluck Wasser.

»Die Geschichte der Xhosa und Zulu hängt eng mit den Buren zusammen. Die Treckburen waren ein buntes Volk von Migranten, überwiegend holländischer Abstammung, aber es gab auch Khoikhoi unter ihnen. So nennt man Gemischtrassige, französische Hugenotten, indonesische Sklaven und Malaien. Mit Zelt und Ochsenwagen zogen sie umher und verzichteten ganz bewusst auf den Schutz durch die korrupten städtischen Verwaltungsbehörden. Der Preis dafür war die ständigen kriegerischen Auseinandersetzungen mit den einheimischen Völkern.

Zu der Zeit lebten Xhosagruppen in dem Gebiet zwischen Bushmans River und Kei River. Seit etwa 1770 konkurrierten diese Xhosagruppen mit den von Westen heranziehenden Treckburen. Es war klar, dass die Konkurrenz um das Weideland zu ersten Streitigkeiten zwischen beiden Volksgruppen führen würde.«

Darius stand auf und trat an die Wandkarte. Während er weitersprach, zeigte er auf die Gebiete und Flüsse.

»Die Politik der Regierung war eine Trennung der Siedlungsgebiete von Weißen und Schwarzen. Der Fish River sollte als Grenzfluss dienen. Doch schon bald stellten sich die Xhosa den Treckburen entgegen. Immer wieder kam es zu Scharmützeln. Mitte des 19. Jahrhunderts war das gesamte von den Xhosa besiedelte Gebiet in der Hand von weißen Siedlern.«

»Das heißt«, sagte Walter leise, nachdem Darius eine Pause einlegte, »dass wir uns vor den Xhosa in Acht nehmen müssen.«

Der Farmer nickte leicht.

»Und die Zulu sind nicht gefährlich?«, fragte Benedikt.

»Die Zulu sind eine afrikanische Volksgruppe der Bantu und die größte ethnische Gruppe Südafrikas. Sie werden von den Buren Kaffer genannt oder Bantus. Das Königreich Zululand erstreckte sich von den Flüssen Tugela im Süden zum Pongola im Norden. Im Westen wurde es durch den Oranje Freistaat begrenzt, im Osten durch den Indischen Ozean. Im Jahre 1852 gewährte Zulukönig Mpande burischen Farmern Siedlungsrechte südlich des Flusses Pongola.«

Darius hob den Deckel der Teekanne in die Höhe, um zu sehen, ob noch genug Tee darin war. Da das nicht der Fall war, gab er seinem Bediensteten, der unauffällig in der Ecke stand, ein Zeichen, neuen zu holen.

»1867 beschloss der britische Kolonialminister eine Verfassung für Südafrika. Er wollte damit erreichen, dass Südafrika eine gewisse Eigenständigkeit gegenüber Großbritannien bekam. Er entsandte Henry Bartle Frere nach Südafrika. Nur – es gab ein Problem. Inzwischen waren zwei unabhängige Staaten entstanden: Die Südafrikanische Republik und das Königreich Zululand. Die Briten befürchteten Zuluangriffe auf ihr Territorium. England annektierte ganz einfach auch die Provinz Natal, so dass das Zululand vollständig von britisch beherrschtem Gebiet umschlossen war. König Cetshwayo, der Nachfolger Mpandes, verfügte über eine sehr gut organisierte Armee seiner Zulukrieger. Immer wieder überfielen sie die Briten und fügten ihnen teilweise heftige Verluste bei.«

Der Diener kam herein und stellte neuen Tee auf den Tisch. Darius schenkte jedem ein. Er wirkte angespannt, der Bericht ließ ihn nicht ohne Emotionen.

»Jahre später«, sprach Darius weiter, »setzte der Gouverneur von Natal eine Grenzkommission ein. Sie sollte zur Klärung der Grenzfrage zwischen Transvaal und Zululand beitragen. Aber sie urteilte anders, als die Briten gehofft hatten. Sie entschied in fast allen Punkten zu Gunsten der Zulu. Frere warf Cetshwayo starrköpfige Haltung und die Duldung von Grenzverletzungen in Transvaal und Natal vor und fand Unterstützung bei Generalleutnant Lord Chelmsford. Dieser war seit Februar 1878 militärischer Oberbefehlshaber.

Ein Jahr später erhoben die Briten Ansprüche auf das gesamte Zululand. Frere stellte Zulukönig Cetshwayo ein praktisch unannehmbares Ultimatum. Die Zulu sollten die Überfälle auf britische Siedler einstellen. Darüber hinaus forderten die Briten, dass ein britischer Gesandter über die Neuordnung der Zuluarmee entscheiden und deren Einsatz stets von britischer Zustimmung abhängig sein sollte. Die Zulu-Regimenter hatten sich jedoch schon voll mobilisiert.«

Darius hielt wieder inne. Es war still im Zimmer. Von draußen klangen Tierlaute herein. Darius schaute zum Fenster hinaus, nippte an seiner Teetasse und stellte sie wieder auf den Tisch.

»Der folgende Krieg war für die Briten sehr verlustreich. Über zwanzigtausend Zulu-Krieger überrannten ihr Lager. Fast zweitausend britische Soldaten wurden von den wütenden Zulu niedergemetzelt. Doch die Engländer erholten sich und schlugen zurück. Das Zulugebiet Kwazulu wurde von Natal annektiert.«

»Aber ich verstehe nicht, was das mit euch Buren zu tun hat«, wand Böhmer ein, »und warum ihr von den Zulu nichts zu befürchten habt.«

»Das ist leicht zu erklären«, erwiderte Darius. »Die Zulu baten im Kampf gegen die Briten die Buren um Hilfe. Und die halfen. 1884 trat der Häuptling der Zulu Cetshwayos den Buren für ihre Hilfe eine Million Hektar Land ab. Seitdem gibt es so etwas wie ein Stillstandsabkommen zwischen Buren und Zulu. Ich weiß, dass es eingehalten wird.«

»Woher?«, fragte Benedikt.

Darius lächelte. »Ich treibe Handel mit den Zulu. Wir kommen dabei großartig zurecht.«

Es waren so viele Informationen, dass Benedikt und Walter der Kopf rauchte. Außerdem merkten sie jetzt, dass sie doch sehr erschöpft waren.

Darius sah es ihnen an. »Ich werde euch ein Zimmer herrichten lassen, und morgen zeige ich euch einen Weg, wie ihr schnell und gefahrlos wieder zum Eisenbahncamp gelangt.« Er schlug sich an die Stirn. »Ich habe eine großartige Idee. Was haltet ihr davon, wenn wir gemeinsam zu den Zulu reisen?«

Benedikt sah Böhmer an. »Ich weiß nicht. Lass mich darüber nachdenken.«

»Gut«, nickte Darius. »Ich will euch nicht drängen.«

20

Frieda Bruhner und Walburga Kohlmann hatten sich angefreundet. Walburga war die Haushälterin des Pfarrers. Die beiden Frauen waren übereingekommen, dass es so nicht weitergehen konnte. Jeder im Dorf war mit sich selbst beschäftigt, kaum jemand nahm noch Anteil am Schicksal anderer Familien. Gut, es ging um das tägliche Überleben, aber konnte man dennoch nicht ein freundliches Wort mit seinen Nachbarn wechseln? Früher war es ganz anders. Man half sich bei der Ernte, beim

Schlachten, oder besonders bei Krankheit. Jetzt aber hatten Frieda und Walburga das Gefühl, es sei kalt im Ort geworden, und das nicht nur, wenn der eisige Winter die Oberhand gewonnen hatte.

Frieda und Walburga wollten etwas verändern.

Zunächst wussten sie nicht, wie sie das anstellen sollten, aber bald hatten sie einen Plan. Sie wollten gegen die Unmoral ankämpfen. Unmoral nannten sie alles, was ihrer Meinung nach gegen die christliche Norm verstieß. Also beschlossen sie, Zucht und Ordnung in Züschen wiederherzustellen, zumindest was die Gottesfürchtigkeit anbetraf.

Pfarrer Josef Schmale hatte nichts dagegen. Er befürwortete sowieso alles, was der Kirche guttat. Aber er verdammte auch diejenigen nicht, die sonntags nicht die Heilige Messe besuchten, sondern lieber gleich ins Gasthaus zu August Grafenau oder Lamers gingen.

Frieda und Walburga hatten sich fest vorgenommen, für die guten Sitten und den katholischen Glauben alles zu tun, was möglich war.

Dabei kam ihnen die Fastenzeit gerade recht. Natürlich empfingen fast alle Züschener am Aschermittwoch das Aschenkreuz aus verbrannten Palmblättern. Die meisten liefen tagelang mit dem Kreuz auf der Stirn herum, weil sie nicht wagten, es abzuwischen.

Frieda und Walburga fanden schnell Gleichgesinnte, und bald gab es in jedem zweiten Haus jemanden, der über die Fastenzeit wachte.

»Wir haben das schnell hingekriegt«, meinte Frieda an einem Tag in der zweiten Woche der Fastenzeit. »Kaum einer wagt noch, das Fasten zu brechen.«

Auch Walburga war zufrieden.

Als nächstes geboten sie, dass ein guter Katholik jeden Morgen die Frühmesse besuchen musste. In der ersten Zeit taten das nur die alten Frauen, weil sie vor Langeweile nicht wussten, was sie machen sollten.

Frieda und Walburga war das nicht genug. Sie bedrängten den Pfarrer, von der Kanzel auf die Gemeinde einzureden, dass nur derjenige, der regelmäßig die Messe besucht, ins Paradies kommen würde.

Wie durch ein Wunder war die Frühmesse jeden Morgen voll besetzt. Dass die Bauern dabei manchmal einschliefen, war nicht so wichtig. Schließlich taten sie ihre Pflicht, obwohl sie jeden Tag schwer arbeiten mussten.

Eine gute und verlässliche Mitstreiterin fanden sie in Magdalena Halbach. Magdalena fühlte sich seit Wochen nicht wohl. Sie litt unter Herzbeschwerden und Schlaflosigkeit. Gerade weil sie nachts kaum Ruhe fand, lief sie jeden Morgen in die Kirche. Schon nach kurzer Zeit arbeitete sie bei Frieda und Walburga mit. Sie nannten es »Arbeit«, weil sie viel Freizeit und Kraft für ihre »Aufgaben« aufbrachten. Magdalena fand das normal. Dass sie dadurch ihre hausfraulichen Tätigkeiten im Hause Halbach vernachlässigte, fiel nicht weiter auf. Ihre Nichte Franziska kümmerte sich schon längst um alles, was in der Küche getan werden musste. Sie entlastete somit Viktoria, die mit Linus zusammen den Hof leitete.

Magdalena war häufiger in der Kirche zu finden als zu Hause. Insgeheim hoffte sie, dass Gott sie in sein Himmelreich aufnehmen würde. Bis auf ihre Schwester Eva, die sie manchmal von der Seite her prüfend anblickte, ahnte wohl kaum jemand etwas von ihren Leiden – das hoffte sie jedenfalls. Helene war mit Moritz viel zu beschäftigt, als dass sie einen Blick auf ihre Mitmenschen übrighatte.

Die drei Frauen entwickelten weitere Initiativen. Sie gründeten einen Nähnachmittag. Einmal in der Woche sollten sich die Frauen des Dorfes im Pfarrhaus zum gemeinsamen Nähen treffen. Die ersten drei Wochen entpuppten sich als Reinfall. Nur wenige ältere Frauen kamen. Frieda Bruhner beschloss, das Treffen anders zu nennen.

»Wir taufen es Häkel-, Strick- und Nähnachmittag für werdende Mütter und Großmütter.«

Und siehe da! Der Raum war gleich am ersten Tag überfüllt. Kaum eine zukünftige Großmutter wollte sich nachsagen lassen, dass sie nicht für das Wohl ihrer Enkel parat stand.

Sie organisierten noch weitere gute Dinge. So wurden in regelmäßigen Abständen die Kranken des Dorfes besucht. Rita Auer, die noch zu der Zeit, als ihr Bruder Georg Auer Bürgermeister war, die Rolle der Krankenschwester übernommen hatte, sah das gerne. Wurde sie doch so entlastet.

Wenige Wochen darauf hatte Walburga eine neue Idee.

»Was hältst du davon, wenn wir wieder eine Prozession einführen?«, fragte sie Frieda beim nachmittäglichen Kaffeetrinken.

Die hätte sich beinahe am Kuchen verschluckt. »Ist das dein Ernst?«

»Ja.« Walburga nickte. »Früher gab es die Fronleichnamsprozession. Dann ist sie aus welchen Gründen auch immer eingestellt worden. Niemand hat sie bisher vermisst. Aber das wäre doch eine wunderschöne Möglichkeit, die Gemeinde wieder zusammenzubringen. Ich habe auch schon mit dem Leiter der neuen Musikkappelle gesprochen. Er will den Vorschlag beim nächsten Treffen zur Sprache bringen.«

Die Musikkappelle war erst im letzten Jahr gegründet worden. Sie bestand aus zwölf Teilnehmern, die alle mehr oder weniger gut ein Instrument spielen konnten.

»Es muss nicht gleich die Fronleichnamsprozession zu sein«, schickte Walburga hinterher, als Frieda sich nicht äußerte. »Es kann eine Prozession zum Ende der Erntezeit sein, sozusagen als Dank für die guten Erträge.«

Frieda stellte ihre Kaffeetasse ab. »Das ist die beste Idee seit Jahren«, sagte sie mit Triumph in der Stimme. »Das wird die Menschen zusammenbringen.«

Schon am nächsten Tag unterbreiteten sie dem Pastor ihren Vorschlag. Pfarrer Josef Schmale war begeistert.

21

Die Landwirte in Züschen hatten einen neuen Absatzmarkt gefunden. Im nahen Hessen verkauften sie ihr Gemüse und Obst an einsam gelegene Gehöfte. Davon gab es genug. Viele Orte bestanden nur aus drei oder vier Häusern und lagen so unwirtschaftlich in Tälern und an Hängen, dass die Bewohner darauf angewiesen waren, in die nächste Stadt zu fahren, um Lebensmittel einzukaufen. Doch sie hatten keine andere Wahl. Einiges bauten sie zwar selbst an, aber es war einfach zu wenig. Auch hinter Winterberg begann eine Region, die schon durch die zerklüfteten Berge mehr als schwierig zu begehen war. Deshalb waren die Bewohner froh, dass es Bauern gab, die zu ihnen kamen.

Natürlich gab es nicht nur in Züschen Landwirte. Aber die Züschener waren für ihre guten Waren bekannt. Sie betrogen nicht und hatten immer ein nettes Wort für die Menschen übrig. Nicht selten ließen sie sogar anschreiben, obwohl sie wussten, dass sie das Geld womöglich niemals erhalten würden.

Angeführt von Peter Harkort und Theodor Ortken machten sie sich wieder auf den Weg. Peter sah über die Wagenkolonne zurück. »Hätte nie gedacht, dass wir diesmal so viele zusammen bekommen.«

»Das liegt daran, dass du dich für die Beilieger eingesetzt hast«, meinte der junge Franz-Josef Auer.

Das stimmte. Peter hatte durchgesetzt, dass auch die Beilieger mit von der Partie sein durften. Viele von ihnen hatten die besten Pflaumen und Äpfel und sogar einige von ihnen Kirschen. Das Gemüse und die Kartoffeln war den Solstättern vorbehalten geblieben.

Den Menschen in Züschen ging es relativ gut. Sie lebten zwar immer noch von der Hand in den Mund, aber sie hatten genug zu essen und zu trinken. Erst kürzlich hatte man eine neue Quelle zwischen Hackelberg und Homberg entdeckt. Gleich darauf begann man mit Blechen eine Leitung bis ins Bentheim zu legen, wo das Wasser in einem großen Bassin aufgefangen werden konnte. Jeden Tag durften die Einwohner so viel Wasser holen, wie sie tragen konnten.

Die Tage verliefen wie eh und je. Man stand in aller Herrgottsfrühe auf, versorgte das Vieh, frühstückte, kümmerte sich wieder um das Land und ging abends früh schlafen. Das tägliche Einerlei wurde niemandem so recht bewusst.

Abgesehen von Jakob Halbach, Bruno Seibert und wenige Beilieger sehnten sich alle danach, dass Benedikt Halbach wiederkommen würde. Was machte er? War er gesund? Lebte er überhaupt noch?

Bisher waren zwei Briefe von ihm gekommen. Sie wussten,

dass er in Südafrika gestrandet war und beim Bau der Eisenbahn mitarbeitete.

Eisenbahn?

Hatte davon nicht auch Peter Harkort kurz vor der Bürgermeisterwahl gesprochen? Hatte er sich etwa mit Benedikt verbündet und wusste deshalb, dass eine Eisenbahn durch das Sauerland geplant war?

Fragen über Fragen schwirrten durch das Dorf. Aber darauf würde wohl nur Benedikt eine Antwort geben können.

Der Beilieger Albert Faulner bestellte ein kleines Feld, das ihn und seine Familie soeben über die Runden brachte. Albert Faulner war mit sich und seinem Leben zufrieden, zumal seine Frau Annegret eine Putzstelle im Gemeindebüro hatte, was sie quasi unkündbar machte.

In diesem Jahr frohlockte Albert. Man hatte ihn belächelt wegen seiner Pflaumenbäume. »Das wird doch nie etwas«, stichelten die Züschener.

Albert Faulner hatte sich nicht beirren lassen, und nun genoss er seinen Triumph.

Jeden Tag betrachtete er seine Pflaumenbäume, und jedes Mal wurde er stolzer auf seine prächtigen Früchte. In ein, zwei Tagen würde er sie ernten können.

Über Nacht setzte ein kurzes Gewitter ein, das dem Obst der Bauern aber nichts ausmachte. Regen war zu dieser Zeit nichts Außergewöhnliches.

Als Albert am nächsten Morgen aufstand und zu seinen Pflaumen ging, fiel ihm zunächst nichts auf. Er hatte schlecht geschlafen, was auf sein zunehmendes Alter zurückzuführen war, und deshalb sah er morgens nicht so gut.

Automatisch ging er näher – und dann traf ihn fast der Schlag.

Alle Pflaumen waren abgepflückt, die Bäume leer.

Albert schrie auf, er schrie so lange, bis seine Frau aus dem Haus stürzte und auf ihn zu rannte.

»Albert ... Mein Gott, was ist passiert?« Sie war vollkommen aufgelöst und ergriff seinen Arm.

Dann sah auch sie die Bescherung! Mit offenem Mund und

totenbleichem Gesicht starrte sie auf die Bäume.

»Was … ist … das …?«, stieß sie aus.

»Man hat uns bestohlen.« Albert war nun wieder in der Lage, einen vollständigen Satz zu formulieren. »Wir sind beraubt worden.«

»Oder lag das an dem Gewitter gestern Abend?«

»Dann müssten die Pflaumen hier im Gras liegen. Siehst du irgendwelche Früchte?«

Sie schüttelte den Kopf.

Inzwischen waren von Alberts Schreie verschiedene Nachbarn eingetroffen. Manche feixten, aber die meisten hatten Mitleid mit Albert und seiner Frau. Jemand sagte: »Wir müssen die Polizei holen.«

»So ein Unsinn. Die kommen doch nicht aus Brilon wegen eines dummen Jungenstreichs.«

»Jungenstreich?«, fuhr Albert erbost auf. »Das ist die übelste Tat, die man uns antun konnte. Wer auch immer das gemacht hat, hat es gezielt auf uns abgesehen. Oder ist sonst noch bei jemanden Obst geplündert worden?«

Sie sahen sich an und schüttelten die Köpfe.

»Vielleicht willst du ja die Preise hochtreiben, Albert und hast deshalb die Pflaumen selbst gepflückt. Wer weiß das denn schon?«

Der Redner wurde aber schnell niedergemacht.

Sie ließen ihn bald allein. Was hätten sie auch tun können? Der Dieb wäre nicht so verrückt, die Pflaumen auf seinem Land zu lagern. Wahrscheinlicher war, dass er sie in den weiter entfernten Orten verkaufen würde.

Alber Faulner und seine Frau Annegret waren am Boden zerstört. Von diesem Schlag würden sie sich kaum erholen können.

Nach zwei Tagen hatten sich die Wogen über den Diebstahl in Züschen wieder geglättet. So etwas ging rasch. Man hatte genug eigene Sorgen. Nur Walburga und Frieda kamen jeden Tag zu den Faulners, versuchten sie zu trösten und ihnen Mut zuzusprechen. Aber das nützte den beiden wenig.

Am nächsten Morgen stapfte Albert nach draußen zu seinem kleinen Stall, in dem er vier Hühner sein Eigen nannte. Wenigstens frische Eier wollte er seiner Frau bringen.

Im Stall war es dunkler als draußen. Albert stolperte. Er fluchte, weil er in etwas Weiches trat. Wieder einmal hatten seine Hühner mitten in den Weg geschissen. Er hob seine Füße etwas an, um sich die Beschmutzung anzusehen. Zu seiner Verwunderung stank es nicht.

Er krümmte seinen ramponierten Rücken so weit wie möglich, und dann wollte er seinen Augen nicht trauen.

Der gesamte Hühnerstall war mit Pflaumen übersät. Mit zitternden Händen griff er danach, steckte sich eine in den Mund und kaute langsam.

Tatsächlich! Das waren seine Pflaumen! Das mussten seine sein. Er hatte seine Pflaumen mindestens schon zehnmal probiert. Sie hatten den eigentümlichen Geschmack eines Albert Faulners.

Albert rannte zurück zum Haus. Seine Frau war inzwischen in der Küche. Sie sah ihm angstvoll entgegen, weil sie befürchtete, er habe den »Deibel« gesehen. Albert konnte kaum ein Wort herausbringen, dann, als sich sein Herzschlag wieder beruhigt hatte, sprudelten die Worte nur so aus ihm heraus.

Danach setzte er sich erschöpft an den Tisch und legte seinen Kopf in beide Hände.

»Das ... das ist doch herrlich«, meinte seine Frau schließlich.

Albert hob den Kopf. Aus roten Augen schaute er sie an.

»Es ist keineswegs herrlich«, sagte er mit brüchiger Stimme. »Jeder wird sagen, der alte Mann ist senil. Er weiß nicht mehr, was er tut. Oder kannst du mir erklären, dass nicht ich die Pflaumen gepflückt und im Hühnerstall deponiert habe? Ich habe meinen Verstand noch beisammen. Ich weiß genau, was ich tue und was nicht. Aber so und nicht anders wird man es auslegen. Das ist doch ein gefundenes Fressen für die Leute hier in Züschen. Wir sind doch nur Beilieger. Wir werden geduldet, solange wir arbeiten und die anderen in Frieden lassen.«

Es war die längste Rede, die Albert Faulner je gehalten hatte. Deshalb sah ihn seine Frau auch verwundert und gleichzeitig bestürzt an.

»Was ... was willst du denn nun tun?«

Albert atmete einige Male tief ein und aus. »Nichts. Ich werde die Pflaumen verkaufen müssen. Nicht hier und nicht in den Nachbarorten, sondern im Hessenland oder im Münsterland.«

22

Welche Ungeheuerlichkeit!

Da hatten Frieda und Walburga gerade erst für Zucht und Ordnung gesorgt, und nun so etwas!

In Winterberg, so war ihnen zu Ohren gekommen, hatten sogenannte »leichte Mädchen« Station gemacht, in einem Haus am Waltenberg, das bisher leer stand. Der Besitzer hatte ursprünglich vorgehabt, es abreißen zu lassen, dann aber dem Drängen eines Zugereisten nachgegeben. Er wolle das Haus in Schuss bringen, hatte er gesagt, und der Eigentümer hatte es ihm sehr günstig verkauft.

Nun hatten sie die Bescherung!

Der neue Besitzer kam aus Düsseldorf, einer Stadt, in der die freie Liebe auf dem Vormarsch war, ganz wie in Paris, wo es noch schlimmer zuging.

Frieda und Walburga waren entsetzt. Sie hatten bisher so viel in Züschen erreicht! Sogar die Mädchen vermieden es, auf der Straße mit jungen Männern zu reden. Wenn sie sich begegneten, wechselte das eine Geschlecht die Straßenseite.

»Wir müssen etwas tun«, sagte Frieda bei den Nähabenden. Der Raum war mit zwölf Frauen besetzt. Manchmal kamen sogar bis zu zwanzig.

»Ich weiß nicht, was ich machen soll«, stöhnte Ingeborg Kreisler. »Ich hatte meine Söhne schon fast verheiratet. Jetzt aber hat keiner mehr Lust, die Ehe einzugehen. Ich bin sicher, dass das an dem Hurenhaus in Winterberg liegt.«

So krass hatte es bisher noch niemand ausgesprochen, aber Ingeborgs Worte trafen den Nagel auf den Kopf.

»Was können wir denn tun, damit unsere Männer und Söhne nicht in das … hm, besagte Haus gehen?«, fragte Maria Willmer. Sie war blass wie immer und sah schmächtig aus. Gegen ihren Mann Josef, der stark wie ein Bär war und gegen ihre beiden Söhne hatte sie keinen leichten Stand.

Frieda sah Walburga an, als könne sie von ihr Hilfe erwarten. Aber auch Walburga war ratlos.

»Wir müssen auf Gott vertrauen«, war das einzige, was ihr einfiel. »Unser Pfarrer muss über das lasterhafte Leben der ...«, sie räusperte sich, »... Damen von der Kanzel aus reden. Er muss den Gläubigen sagen, dass sie im Fegefeuer darben werden. Das wird jedem einleuchten.«

Das war gut. Die meisten Frauen atmeten auf. Ja, wenn der Pfarrer von der Gottlosigkeit der Huren predigte, würden alle einen großen Bogen um das Haus machen.

Am Sonntag darauf saßen alle Frauen vom Nähabend erwartungsvoll in der Bank, als Pfarrer Josef Schmale die Kanzel betrat. Er ließ seinen Blick über die Gemeinde schweifen und freute sich, dass das Gotteshaus wieder mal aus allen Nähten platzte.

»Liebe Gemeinde«, begann er. Nicht wie sonst: Liebe Schwestern und Brüder. »Ich habe mir lange überlegt, was ich euch heute sagen soll. Ihr wisst alle, dass sich in Winterberg eine Ungeheuerlichkeit niedergelassen hat. Ja, ich bin der felsenfesten Überzeugung, dass sich der Teufel in Gestalt des Satans dort eingenistet hat.«

Er redete sich in Rage, was den Frauen gefiel. Jeder, der sonst bei seiner Predigt einschlief, war nun hellwach.

»Es ist nicht nur eine Sünde, den fleischlichen Gelüsten freie Bahn zu lassen. Nein, es ist die größte Todsünde, die vor unserem Herrgott begangen werden kann. Er wird das nicht zulassen. Er wird die Sünder bestrafen und zwar mit der ewigen Verdammnis. Wollt ihr das wirklich?«

Er machte eine Pause und stellte befriedigt fest, dass die meisten Männer den Kopf schüttelten.

Pfarrer Josef Schmale lächelte still in sich hinein. Wie oft hatten ihm Frieda und Walburga vorgehalten, dass er zu weich sei, dass er doch manchmal so sein sollte wie der selige Pfarrer Adam Fricke. Schmale kannte ihn nur aus Erzählungen. Aber was er gehört hatte, war nicht nach seinem Geschmack. So wie Adam Fricke wollte er niemals werden. Fricke war in Züschen nicht beliebt gewesen. Doch jetzt wurde ihm ein Heiligenschein aufgesetzt. Josef Schmale seufzte innerlich. So war es immer.

Erst wenn jemand nicht mehr da war, wusste man, was man an ihm hatte, und seine Verherrlichung stieg teilweise ins Unermessliche.

Er erhob seine Stimme wieder. Er sprach noch einmal vom zehnten Gebot. Niemand darf sein Weib betrügen, und das würde man schon tun, sollte man nur einen Blick auf das verruchte Haus werfen.

Die Männer gingen nach der Messe mit gesenkten Köpfen nach Hause, die Frauen hocherhobenen Hauptes. Niemand zweifelte daran, dass die Worte des Pfarrers ihre Wirkung hinterlassen hatten. Ab sofort würde wieder Ruhe und Ordnung in der Gemeinde einkehren. Dazu diente auch die Prozession, die wenige Wochen später durch das Dorf zog.

Keinen Mann aus Züschen trieb es mehr in das Etablissement in Winterberg. Frieda Bruhner und Walburga Kohlmann waren sehr stolz auf ihren Erfolg.

Jakob Halbach konnte seine Niederlage bei der Bürgermeisterwahl immer noch nicht verkraften, deshalb tat er alles, was ihn bei den Bürgern in ein gutes Licht setzte. Er spendete viele Mark für die Nähnachmittage, so dass Frieda und Walburga Dinge kaufen konnten, die sie für die ärmeren Mitbewohner ausgaben. Manche hatten noch nicht mal das Geld, sich Nähnadel oder Strickzeug zu kaufen. Natürlich erzählten Frieda und Walburga bei jedem Treffen, wem sie die Gunst zu verdanken hatten, und manche Frau brachte Jakob als Dank dafür Milch oder Brot und Wein. Obwohl es Jakob nicht nötig hatte, diese Gaben anzunehmen, wies er sie jedoch nicht ab. Das wäre einer Beleidigung gleichgekommen.

Als Jakob Halbach an diesem frühen Morgen aus dem Haus ging, war das Dorf Züschen noch nicht erwacht. Nur in einigen Wohnungen brannten Petroleumlampen, sonst war die Straße dunkel. Man musste aufpassen, wohin man trat.

Überrascht blieb er stehen, als er ein Geräusch vernahm. Er lugte um die Ecke. Da sah er den Wagen. Jakob konnte nicht ausmachen, wer es war, dazu war es noch zu dunkel. Erst als die Pferde dichter an ihm vorbeikamen, erkannte Jakob ihn.

Albert Faulner!

Neben ihm hockte eine weitere Person, die Jakob schnell als Alberts Frau erkannte.

Was, um Himmels Willen, machten die beiden schon so früh?

Albert fuhr langsam, als wolle er keinen Krach machen. Doch das Klimpern des Pferdegeschirrs konnte er nicht verhindern.

Jakob warf einen Blick auf die Ladefläche. Er kniff die Augen zusammen. Waren das nicht Pflaumen? Natürlich! Obwohl es noch dunkel war, konnte Jakob die dicken, dunkelblauen Früchte erkennen, und er hätte fast vor Überraschung einen Pfiff ausgestoßen. Doch dann verhielt er sich völlig still und regungslos und sah den beiden hinterher, wie sie nach Süden aus dem Dorf hinausfuhren.

Noch eine ganze Weile stand Jakob Halbach auf derselben Stelle. Er kannte wie jeder im Dorf die Geschichte von den gestohlenen Pflaumen in Albert Faulners Garten, und er hatte kaum Mitleid mit Albert gehabt.

Jakob wartete bis zum Abend. Albert und seine Frau kamen spät zurück. Das war für beide Seiten gut. Albert wollte nicht gesehen werden, und Jakob wollte kein Aufsehen erregen, wenn sich doch alles als ganz harmlos herausstellen würde.

Jakob ging langsam. Er wollte die beiden nicht erschrecken. Doch als er unverhofft auf einen Ast trat, fuhren Albert und seine Frau herum.

»Wer ist da?«, fragte Albert mit leicht zitternder Stimme.

»Ich. Jakob Halbach.«

Jakob spürte förmlich, wie die beiden aufatmeten.

»Jakob! Hast du uns erschreckt. Was tust du hier? Warum bist du uns gefolgt?«

Jakob deutete auf die Ladefläche des Pferdewagens. Wo heute Morgen noch unzählige Pflaumen gelegen hatten, war jetzt alles leer.

»Ich habe euch heute in aller Herrgottsfrühe aus Züschen losfahren sehen«, sagte Jakob leise. »Die Ladefläche war voll mit Pflaumen, euren Pflaumen. Ist ein Wunder geschehen oder habt ihr uns alle angelogen?«

Albert ließ einige Minuten verstreichen. Er kletterte umständlich vom Bock und trat dann näher an Jakob heran. Dicht vor ihm blieb er stehen.

»Ich habe nicht gelogen, Jakob.« Seine Stimme klang brüchig. »Die Pflaumen wurden mir gestohlen. Aber der Dieb ist zurückgekommen. Er hat die gesamte Ernte, na ja, fast die gesamte Ernte zurückgebracht.«

Jakob stieß ein verächtliches Lachen aus. »Das soll ich dir glauben?«

»Es stimmt aber,« mischte Annegret Faulner ein. »Dass du uns nicht glaubst, bestätigt unseren Entschluss, dass wir in aller Herrgottsfrühe aufgebrochen sind, um die Pflaumen zu verkaufen. Niemand würde uns glauben. Das hat der Dieb vielleicht beabsichtigt.«

»Das ist Unsinn«, erwiderte Jakob barsch. »Ihr seid alteingesessene Bürger.« Fast hätte er hinzugefügt: Auch wenn ihr nur Beilieger seid. Aber er verkniff sich die Worte und sagte stattdessen: »Vielleicht habt ihr recht. Wahrscheinlich wird man euch nicht glauben, wenn die Wahrheit ans Licht kommt.«

Albert kniff die Augen zusammen. »Du bist der einzige, der davon weiß. Was wirst du machen, Jakob?«

Jakob zögerte noch einige Minuten.

»Ich werde euch nicht verpfeifen. Aber dafür müsst ihr mir einen Gefallen tun.«

»Und welchen?«

Jakob deutete auf Annegret Faulner. »Du arbeitest doch im Gemeindebüro, nicht?«

»Klar«, nickte Annegret. »Jeder weiß das. Ich putze dort die Räume.«

»Eben. Ich möchte, dass du mir ... sagen wir ... hin und wieder über die Aktivitäten Arnold Grahms´ berichtest.«

Annegret riss die Augen auf. Auch Albert starrte Jakob überrascht und ungläubig an.

Dieser ließ sich nicht beirren. »Ich werde bei der nächsten Wahl sowieso gewählt. Die meisten Solstätter bereuen jetzt schon ihre Stimme für Arnold. Deshalb möchte ich mich schon frühzeitig informieren. Dann ist alles viel einfacher, auch für euch Beilieger. Glaubt mir, ich werde euch immer unterstützen. Ganz besonders interessieren mich die Vermögen der Solstätter.« Er lachte verhalten. »Wenn ich die kenne, dann kann ich genau sagen, wer euch was abgeben muss. Also? Wie ist es? Kann ich mich darauf verlassen? Ansonsten ...« Jakob sprach nicht weiter, aber sein Blick zu Faulners Wagen sagte alles.

Endlich fand Annegret wieder zu sich. Sie glaubte zu träumen, aber Jakob Halbach stand wirklich vor ihnen.

»Ich ... ich weiß nicht ... Ich bekomme selten oder fast nie Einblicke. Arnold schließt alles hinter sich gut ab. Wie soll ich das machen?«

»Hast du keinen Schlüssel zu den Schränken?«

Annegret schüttelte den Kopf.

»Dann musst du eben warten, bis Arnold mal vergisst, abzuschließen. Schließlich ist er auch ein Mann mit Fehlern. Es wird sich schon für dich eine Gelegenheit bieten. Ich habe keine Eile.«

Eine Zeitlang standen sie sich schweigend gegenüber. Albert und Annegret Faulner wussten, dass sie keine Wahl hatten. Jakob hatte sie in der Hand. Er würde keine Sekunde zögern, allen in Züschen zu sagen, was er beobachtet hatte.

Nach etlichen Minuten nickte Annegret. »Gut. Ich werde mein Möglichstes tun.« Sie konnte kaum sprechen.

Jakob Halbach lächelte zufrieden. »Abgemacht. Ich werde hin und wieder bei euch vorbeischauen. In aller Freundschaft natürlich.«

Er tippte an seinen Hut, drehte sich um und ging davon. Albert und Annegret schauten ihm noch lange nach. Dann sagte Albert leise:

»Ich habe gewusst, dass Jakob ein schlechter Mensch ist, aber ich habe nicht geahnt, dass er ein Teufel ist.«

Wütend stapfte er ins Haus. Seine Frau folgte ihm kurz darauf.

23

Darius hatte Benedikt zwei Wochen später mit zu den Zulu genommen.

Sie saßen im Kreis um das große Feuer. Benedikt beobachtete die Krieger, die bis auf einen Lendenschutz nackt waren. Aus den Augenwinkeln warf er einen kurzen Blick zu Darius. Der Bure hatte ihm eingetrichtert, dass er schnelle Kopfbewegungen möglichst vermeiden sollte. So etwas könnte leicht als Kopfschütteln gedeutet werden und damit zu Missverständnissen führen.

Die Zulu benutzten Klicklaute. Bei manchen Wörtern erzeugten Mund und Zunge das Geräusch anstelle eines Konsonanten. Ein Händedruck wurde wie in Europa gemacht, allerdings mit dem Unterschied, dass die Finger am Anfang eingehakt wurden, um dann zum ursprünglichen Händedruck zurückzukehren. Es war unhöflich, zu schnell loszulassen.

Eine kulinarische Spezialität der Zulu war »Mapane«, das heißt Würmer. Darius hatte Benedikt darauf vorbereitet.

Zwei junge Mädchen brachten einen Kessel mit Wasser und hingen ihn an das Gestell über dem Feuer. Da sie sich dabei bücken mussten, hingen ihre nackten Brüste herab wie große reife Kürbisse. Benedikt spürte plötzlich ein Ziehen in der Lendengegend. Der Höhepunkt seiner Sexualität war noch nicht überschritten. Schnell wandte er den Blick ab.

Darius stieß ihn in die Seite.

Einer der Ältesten hob einen kleinen Stock auf, stieß die Spitze in die Asche und steckte sie dann in den Mund. Die anderen Männer folgten seinem Beispiel. Benedikt schüttelte sich, vor allem auch deswegen, weil sie nun gleichzeitig wie auf ein Kommando auf dem Stock zu kauen begannen. Sie machten es mit solcher Hingabe und mit geschlossenen Augen, dass Benedikt jede Vorsicht vergaß und den Kopf zu Darius drehte.

»Die Zulu sind sehr penibel«, raunte Darius. »Sie säubern ihre Zähne mit dem Stock und der Asche. Auf ihre Zähne sind sie besonders stolz. Sie sind sehr stark. Das müssen sie aber auch sein, denn das Fleisch ist nicht immer durchgebraten und oft zäh.«

Die Zeremonie dauerte nicht lange. Dann wurden die Stöckchen ins Feuer geworfen, wo sie sofort in Flammen aufgingen. Die beiden Mädchen und noch drei ältere Frauen schöpften Wasser in Holzschalen und reichten sie den Männern. Auch Benedikt erhielt eine Schale. Er blickte ratlos in das kochende

Wasser. Bevor er jedoch eine Frage stellen konnte, hatte ihm ein Mädchen einen Klumpen in die Schale geworfen. Das Wasser brodelte.

»Das ist Fleisch«, erklärte Darius.

»Wovon? Ich meine, von welchem Tier?«, fragte Benedikt.

Darius zuckte die Achseln. »Keine Ahnung. Aber wenn du es verweigerst, gilt das als Beleidigung. Beobachte die Zulu und tue genau das, was sie auch machen.«

Nach ein paar Minuten griffen die Zulu in ihre Schalen und holten das Fleisch heraus. Sie steckten es in den Mund und kauten fröhlich darauf herum. Darius und Benedikt taten das gleiche. Zuerst hatte Benedikt einen wässrigen Geschmack im Mund, dann schmeckte es wie Hühnerfleisch. Es war erstaunlich zart. Benedikt schluckte es hinunter. Er hatte nicht mal ein Ekelgefühl dabei. Eine der älteren Frauen brachte ihm einen Holzkrug mit Flüssigkeit. Er nahm einen kleinen Schluck. Rotwein, oder so etwas Ähnliches.

Darius zuckte abermals mit den Schultern. Er wusste offenbar auch nicht, was sie tranken.

Na prima, dachte Benedikt. Hier wird man vergiftet und merkt es nicht mal. In diesem Moment bereute er es, Darius´ Angebot zu den Zulu zu fahren, angenommen zu haben

Inzwischen war es dunkel geworden. Urplötzlich, von einem Moment zum anderen war die Sonne untergegangen.

Die Zulu saßen im Schneidersitz immer noch im Kreis. Fast alle hatten die Augen geschlossen und wiegten ihre Oberkörper vor und zurück. Dabei summten sie ein Lied.

»Sie vertreiben die bösen Geister der Nacht«, raunte Darius zu Benedikt. Der Bure sprach mit langsamer schwerer Stimme. Benedikt bemerkte, dass Darius´ Gesicht einen seltsamen, nahezu gleichgültigen Ausdruck angenommen hatte. Der Blick seiner Augen wirkte glasig. Darius war betrunken.

Benedikt erhob sich. Dabei taumelte er leicht, alles drehte sich vor ihm, und bevor er zu fallen drohte, setzte er sich schnell wieder.

Der Kreis der Zulu verschwamm vor seinen Augen. Auch das junge Mädchen, das vor ihn trat und ihm einen neuen Krug zu trinken reichte, schien doppelt vorhanden zu sein.

Seine Zunge klebte an seinem Gaumen. Benedikt hatte großen Durst, und so nahm er einen kräftigen Schluck des seltsam schmeckenden Getränks. Sein Zustand verschlechterte sich, und fast ohne Übergang sank er zu Boden. Dann spürte Benedikt nichts mehr.

Als er erwachte und die Augen öffnete, sah er ein helles Laken über sich. Nur langsam begriff er, dass er in einem Zelt lag. Der Boden unter ihm war hart, eine dünne Matte schützte ihn gegen die Erde. Ein Kopfkissen gab es nicht. Jemand hatte ihm seine Schuhe unter den Kopf geschoben.

Er wollte sich aufrichten, als er merkte, dass jemand neben ihm lag.

Das junge Zulumädchen. Sie schlief und – sie war splitternackt.

Im selben Moment wurde Benedikt sich bewusst, dass auch er keine Kleidung mehr am Körper trug. Ihre nackten Körper berührten sich. Die Haut des Mädchens war zart und warm, und im Halbschlaf murmelte sie undeutliche Worte und rutschte noch näher an Benedikt heran.

Er wagte nicht, sich zu rühren. Stocksteif blieb er liegen. Wie lange, wusste er nicht. Es kam ihm wie eine Ewigkeit vor, in der er verzweifelt darüber nachdachte, was gestern Abend und vor allem in der Nacht geschehen sein mochte. Das nackte Zulumädchen erregte ihn. Er machte sich nichts vor. In dieser Nacht hatte er mit ihr geschlafen. Das war so sicher wie das Amen in der Kirche.

Zuerst stellten sich Gewissensbisse ein, aber nur kurz, dann dachte er daran, dass er ein gesunder Mann in den besten Jahren war. Er hatte zwar seine Frau betrogen, aber nach einem kurzen Anfall von Reue bedauerte er das nicht weiter.

Das Zulumädchen neben ihm regte sich und öffnete die Augen. Sie sah ihn an und lächelte. Dieses Lächeln gab ihm die Gewissheit. Sie sagte ein paar Worte, wovon er allerdings nur »Masende« verstehen konnte.

Benedikt stand auf und zog sich an. Dabei ließ sie ihn nicht aus den Augen. Als er aus dem Zelt trat, erhob auch sie sich, legte den knappen Lendenschurz um und ging ebenfalls nach draußen.

Benedikt trat an den Fluss. Von Krokodilen war nichts zu sehen. Er bückte sich und warf sich mit der geschlossenen Handfläche das Wasser über Arme, Rücken und ins Gesicht. Es war kalt und erfrischte ihn.

Als er eine Bewegung neben sich verspürte, sprang er erschrocken auf, um dann erleichtert aufzuatmen.

»Ach, du bist es«, stieß er aus.

Darius wusch sich ebenfalls.

»Was ist passiert?«, fragte Benedikt.

»Das Getränk«, antwortete der Bure. »Es ist das reinste Gift. Ich weiß nicht genau, woraus die Zulu das Gesöff brauen. Ich habe mal gehört, dass sie damit auch ihre Pfeilspitzen vergiften. Es wirkt wie eine Droge. Damit bringen sie sich in einen Rauschzustand.«

»Wir hätten tot sein können.«

»Nein. Die Zulu wissen genau, wie sie es zubereiten müssen. Wir hätten nur nicht so viel davon trinken sollen.«

»Ich hatte Durst.«

»Das ist das Verrückte daran. Je mehr du davon trinkst, desto durstiger wirst du, und etwas anderes gibt es hier nicht.«

Benedikt ließ sich neben ihm nieder. Gemeinsam schauten sie über den Fluss, der träge in der aufgehenden Morgensonne dahinfloss.

»Was ist heute Nacht noch passiert?«, fragte er leise.

Darius lachte verhalten. »Wir haben die Gastfreundschaft der Zulu in Anspruch genommen. Der Häuptling ist stolz auf uns.«

»Du meinst, es war von ihm beabsichtigt, dass wir mit den Zulumädchen schlafen?«

»Natürlich. Wenn wir es nicht getan hätten, wäre das eine Beleidigung gewesen.«

»Beleidigung, Beleidigung. Immer wieder Beleidigung. Kann man diese Wilden denn nur beleidigen?«

»Das nicht. Aber durch viele Kleinigkeiten. Dazu zählt, dass du ihre Mädchen nicht abweisen darfst.«

»Was ist, wenn die beiden einem anderen Krieger versprochen waren?«

»Dann ... dann haben wir ab sofort ein Problem.«

Sie schwiegen eine Zeitlang. Hinter ihnen erwachte das Zuludorf nach und nach. Die Männer kamen nicht an den Fluss, nur die Frauen sprangen hinein, bespritzten sich und sahen immer wieder lächelnd zu den beiden Weißen.

»Wie geht´s jetzt weiter?«

»Erstmal frühstücken wir mit den Zulu«, antwortete Darius. »Ein einfaches Frühstück nur. Wurzeln und Wasser aus dem Fluss.«

»Was haben wir eigentlich gestern Abend gegessen?«

»Zebra«, antwortete Darius lakonisch. »Hat es dir nicht geschmeckt?«

»Immer noch besser als Würmer.«

Darius lachte.

Der Tag schien nie zu Ende zu gehen. Die Zulu hatten kein Zeitgefühlt. Jedenfalls schien es Benedikt so. Die Frauen hockten in den Zelten oder primitiven Hütten, man hörte sie lachen und in ihrer gutturalen Sprache erzählen, aber man sah sie nicht.

Der Häuptling kam auf sie zu, lächelte und sagte: »Khotse.« Dann ließ er sie wieder allein.

»Das heißt Frieden. Sie wollen keinen Streit mit uns.«

Benedikt fiel wieder ein, was das Zulumädchen am Morgen gesagt hatte. »Was heißt Masende?«

Darius verkniff sich ein Grinsen. »Penis.«

Benedikt fühlte, wie das Blut in seine Wangen schoss.

»Warum fragst du?«, hakte Darius nach.

»Nur so«, wich Benedikt aus. »Ich habe das Wort irgendwie aufgeschnappt.«

Die Krieger saßen an den Feuern. Sie beschäftigten sich ausschließlich mit ihren Waffen. Speere wurden hergerichtet und Pfeile neu geschnitzt.

Gegen Mittag erhoben sich sieben Krieger und verschwanden fast geräuschlos im Busch.

Darius schaute mit besorgter Miene den Kriegern nach, dann zu den anderen und warf auch dem Häuptling mehrfach verstohlene Blicke zu. Einen Häuptling offen anzusehen, war verboten. Das wusste Benedikt inzwischen.

»Warum gehen wir nicht?«, fragte er Darius.

»Nur der Häuptling kann die Erlaubnis dazu geben. Aber das wird nicht mehr heute sein. Sie bereiten etwas für uns vor. Sieh mal dort drüben.«

Er deutete auf einen Baum von etwa fünf Metern Höhe. Der Stamm war so dick wie der Oberschenkel eines ausgewachsenen Mannes. Die starken Äste waren kahl. Zwei Krieger kletterten wie Geckos an dem Stamm empor und befestigten ein dickes Seil an einem der Äste. Das Ende des Seils baumelte in etwa zwei Metern Höhe.

»Ein Galgen?« Benedikt war blass geworden.

Doch Darius schüttelte den Kopf. »Glaube ich nicht. Wenn sie uns aufhängen wollten, wäre das längst geschehen. Sie haben etwas anderes vor. Sie wollen uns ein Schauspiel bieten.«

»Sie fangen den Krieger eines anderen Stammes und hängen ihn vor unseren Augen auf.«

»Möglich. Wir müssen abwarten.«

Noch bevor die Dämmerung heraufzog, kamen die sieben Zulukrieger zurück. Zwei von ihnen trugen einen Ast auf ihren Schultern, und daran war eine Schlange gebunden, eine Boa. Sie war etwa zwei Meter lang. Ihre Zunge züngelte, und dabei stieß sie zischende Laute aus.

Die jüngeren Kinder kamen angelaufen und bestaunten die Beute. Manche Jungen streckten die Hand aus, um sie dann im letzten Moment vor dem Zustoßen der Schlange zurückzuziehen. Es war gleichzeitig eine Mutprobe für sie und ein Spiel.

Die Boa wurde nun so an einen Baum gebunden, dass ihr Kopf nach unten hing. So konnte sie nur noch etwa dreißig Zentimeter ihres Körpers bewegen.

Ein Zulukrieger, vermutlich der persönliche Diener des Häuptlings, kam auf Benedikt und Darius zu und bedeutete ihnen, ihm zu folgen.

Er führte sie in die Nähe des Baumes. Dort hatten die Männer in gebührendem Abstand Platz genommen. Ein Krieger, das Gesicht bunt bemalt, wurde in die Nähe der Schlange geführt. Dort verband man ihm die Augen und drückte ihm ein Schwert in die Hand. Die Trommeln setzten ein, jemand drehte den Zulu mit den verbundenen Augen mehrmals im Kreis herum und führte ihn dann direkt unter die Schlange.

Sie hing so tief, dass sie den Zulu mit ihrer zischenden Zunge erreichen konnte, und das war für den Mann nicht ungefährlich.

Der Trommelwirbel hörte abrupt auf und der Zulu begann augenblicklich mit dem Schwert in die Luft zu schlagen. Es war klar, dass er versuchte, der Schlange den Kopf abzuhacken, aber da er zuvor mehrmals um die eigene Achse gedreht worden war, wusste er nicht so recht, wohin er schlagen sollte.

Die Zulu verzogen keine Miene, nur von den Hütten und Zelten kam manchmal leises Lachen, wenn er wieder einmal nur ein Luftloch geschlagen hatte. Benedikt drehte leicht den Kopf. Die Frauen und Mädchen standen vor den Hütten und beobachteten von dort aus das Schauspiel.

Plötzlich traf der Zulu die Schlange, jetzt hatte er die Richtung erkannt. Er holte gewaltig aus und hieb zu. Der Holzstock zerbrach und auch der Schlangenkörper wurde getroffen. Aber noch immer lebte das Tier.

Der nächste Schlag traf besser. Ihre Zunge, die sie gerade zischend vor Wut, Angst oder Schmerz ausgefahren hatte, wurde abgetrennt. Der Trommelwirbel setzte wieder ein, wohl ein Zeichen für ihn, dass er getroffen hatte.

Abermals holte er aus, traf aber nicht. Ein zweites und drittes Mal, dann endlich trennte er den Kopf der Schlange vom Rumpf.

Die Zulu erhoben sich. Der Häuptling persönlich ging zu dem Zulu und nahm ihm die Augenbinde ab. Dann zeigte er auf den enthaupteten Körper der Schlange am Baum, nickte seinen Krieger stolz zu und entfernte sich.

Benedikt war schlecht geworden. Er hatte Mühe, sich nicht zu erbrechen. Darius ahnte es wohl, denn er legte ihm eine Hand auf den Unterarm. Auch Darius Gesicht sah nicht besser aus. Sein Adamsapfel ging auf und nieder.

Sie wurden wieder zurück geführt zu einem Feuer. Es gab abermals dieses scharf schmeckende Getränk, aber jetzt war Benedikt dankbar dafür. Er brauchte es, um sich zu beruhigen.

Als das Essen serviert wurde, hatten Benedikt und Darius schon wieder großen Hunger. Außer dem kargen Frühstück hatten sie noch nichts zu sich genommen.

Es gab eine Suppe mit Fleisch. Benedikt fragte nicht, was das für Fleisch sei, sondern aß es einfach.

»Hätte ich gewusst, dass die Zulu uns mit einer solchen Gastfreundschaft belohnen, wäre ich nicht mitgefahren.«

Darius zeigte auf die Suppentopf.

»Weißt du, was wir da essen?«

»Nein. Ich will es auch gar nicht wissen.«

»Das solltest du aber. Es ist Schlangenfleisch.«

Benedikt schloss die Augen. Er hatte es im Stillen vermutet, den Gedanken daran dann aber wieder weit von sich geschoben. Natürlich. Sie hatten die kopflose Boa gehäutet und gebraten und dann in den Suppentopf getan. Für die Zulu war das ein Leckerbissen, für ihn die Hölle.

An diesem Abend trank er noch mehr von dem betäubenden Schnaps, und als er am Morgen wieder neben der dunkelbraunen Schönheit nackt aufwachte, machte es ihm nichts mehr aus.

Kurz nach dem Frühstück gab der Häuptling das Zeichen, aufzubrechen. Benedikt suchte vergeblich nach dem Zulumädchen. Überhaupt waren gar keine Frauen zu sehen. Nur ein paar Krieger, die sie über verschlungene Pfade hinaus in die Zivilisation führten.

Als sie die Häuser von Johannesburg wiedersahen, glaubte Benedikt, im Paradies angekommen zu sein.

24

Der Raum war etwa zwanzig Quadratmeter groß. An jeder Wand stand ein Regal, das vom Boden bis zur Decke reichte. Jedes war sorgfältig in unzählige Rechtecke aufgeteilt. Die Holzleisten waren poliert, die Bretter gehobelt und weiß gestrichen. In jedem Viereck lag ein Schmuckstück: ein Ring, ein Armreifen, eine Uhr oder nur ein kleiner Goldklumpen.

Benedikt hatte schon ein paar Mal vor dem Fenster gestanden und hineingestarrt. Aber er hatte die Vielfalt der ausgelegten Stücke draußen nicht sehen und schon gar nicht den Wert der Ware ermessen können. Jetzt war er mehr als beeindruckt.

Ein kleiner kahlköpfiger Mann betrat den Laden durch die Hintertür. Sein Alter war nur schwer zu schätzen. Erst als er näherkam, bemerkte Benedikt, dass er schon alt und grau war. Er ging gebeugt, seine Hand, mit der er Benedikt begrüßte, zitterte leicht.

»Welcome«, sagte er mit einer brüchigen Stimme, die sein Alter noch untermauerte. »Sie sprechen Englisch?«

»Wenig.« Benedikt schüttelte verlegen den Kopf. Der Mann wiederholte seine Begrüßung auf Holländisch. Als Benedikt abermals den Kopf schüttelte, lächelte er und sagte in recht gutem Deutsch: »Sie sind aus Deutschland, nicht wahr? Ich kann mich auf Deutsch verständigen. Wenn Ihnen etwas unklar bleibt, dann sagen Sie es einfach.«

Benedikt hob beide Hände in die Höhe. »Wie sollte es? Sie sprechen ein ausgezeichnetes Deutsch.«

Der alte Mann lächelte und verbeugte sich leicht.

Aus dem Nebenraum trat eine Frau. Benedikt schätzte ihr Alter auf Ende Dreißig. Sie war etwa so groß wie er, lächelte mit Lippen, die Benedikt zu groß fand. Sie trug ein langes Kleid, und sie hatte eine Ausstrahlung, die ihn leicht verwirrte.

»Oh, pardon, ich wollte Sie nicht stören. Ich ...«

»Sie stören nicht. Das ist Sarah, meine Haushälterin. Sie hilft mir manchmal im Geschäft aus.«

Sie reichte Benedikt die Hand. Ihr Händedruck war fest und angenehm. Schnell ließ Benedikt die Hand wieder los.

»Isch nur wenig Deutsch«, sagte sie mit einer dunklen Stimme. Sie hatte pechschwarzes Haar, das in leichten Wellen bis in den Nacken fiel. Sein Blick schweifte über ihre Gestalt. Dabei bemühte er sich, nicht zu indiskret zu sein. Sie war schlank, nicht so unförmig wie die meisten südafrikanischen Frauen.

»Sarah stammt aus Ägypten«, erklärte der alte Mann. »Aber sie wohnt schon seit Ewigkeiten in Johannesburg.«

Sarah sagte etwas zu ihm, was Benedikt nicht verstand, dann verließ sie nach einem weiteren Händedruck das Geschäft.

»Ich habe schon mehrmals von draußen Ihre Ware bestaunen können«, sagte Benedikt, nachdem er Sarah nachgesehen hatte, bis sie auf der Straße verschwunden war. »Aber ich hätte nicht gedacht, dass es so viele Stücke sind, die Sie hier anbieten. Ist das alles echt?«

Der Alte deutete mit seiner knochigen Hand auf verschiene Goldstücke. »Das alles wurde hier in der Nähe gefunden. Ich habe das Gold gewogen und nach dem üblichen Unzenpreis bezahlt. So, wie es jetzt aussieht, habe ich es natürlich nicht bekommen. Ich habe es gereinigt, geschliffen und in die jetzige Form gebracht. Wissen Sie, aus einem Haufen Erde gewinnt man nur etwas Gold.«

Benedikt nickte. »Das habe ich schon gehört. Lohnt es sich denn für Sie, das Gold zu kaufen?«

Der Alte wiegelte mit dem Kopf. »Nicht sehr. An manchen Tagen gebe ich mehr aus als ich einnehme. Aber ich will die Goldsucher nicht verärgern. Am Anfang wurden sie jähzornig, haben auf mich eingeprügelt, weil ich ihnen angeblich zu wenig bezahlte. Ich kann sie sogar verstehen. Sie schuften wie die Tiere. Tagelang, manchmal wochenlang liegen sie im Dreck, im Schlamm ohne ein einziges Nugget zu finden. Wenn es ihnen endlich mal gelungen ist, einen fingernagelgroßen Goldklumpen auszugraben, denken sie sogleich, dass sie reich sind.« Er schüttelte seinen kahlen Kopf. »Reich wird man dabei nicht. Es ist eine Knochenarbeit. Sie sind kein Goldschürfer?«

»Nein. Ich arbeite bei der Eisenbahn.«

»Auch keine angenehme Arbeit. Schade. Ich dachte schon, Sie würden mir was abkaufen. Aber so wie ich die Eisenbahngesellschaft kenne, zahlen die auch nicht besonders, wie?«

»Nein, wirklich nicht.«

Benedikt betrachtete die Ware in den Regalen. Er merkte erst nach einigen Minuten, dass der Alte ihn musterte.

»Was haben Sie gemacht, bevor Sie in dieses Land kamen und Eisenbahner wurden?«

»Ich war Bauer.« Benedikt sagte es leise und ein wenig wehmütig. Wie gerne wäre er jetzt auf seinem Land gewesen, hätte den Pflug gehalten, die Kühe gemolken oder ein Schwein geschlachtet.

»Warum gehen Sie nicht zurück?«

»Ich habe noch nicht genug Geld für die Rückfahrt.«

»Tja.« Der Alte schlurfte hinter den klapprigen Tisch, der so etwas wie eine Verkaufstheke darstellen sollte. Er setzte sich auf einen Stuhl.

Benedikt trat zu ihm. »Haben Sie etwas dagegen, wenn ich

Sie ab und zu besuche? Auch ohne etwas zu kaufen?«

Der Alte hob überrascht den Kopf. »Aber nein. Kommen Sie ruhig so oft Sie wollen.«

»Danke.«

Benedikt wollte noch etwas sagen, besann sich dann aber, tippte an seinen Hut und ging hinaus. Als die Türklingel hinter ihm verklang, fragte er sich, warum er überhaupt hinein gegangen war. Der alte Mann musste doch denken, dass er vollkommen übergeschnappt war. Er hatte gleich gemerkt, dass Benedikt überhaupt keine Ahnung von Gold hatte.

Benedikt kam von nun an regelmäßig zu dem Goldgeschäft. Der alte Mann hieß Tyron Butler, war Bure und nicht gut auf die Briten zu sprechen. Am liebsten, so sagte er einmal, würde er diesen Bastarden nichts verkaufen, aber zum Teufel, sie besaßen das meiste Geld und hielten so seinen Laden am Leben.

Bald hatten sie sich angefreundet. Tyron war in Durban geboren, aber schon nach kurzer Zeit waren seine Eltern nach Johannesburg gegangen. Sein Vater hatte erst in einer Mine geschuftet. Es hatte ihm immerhin so viel eingebracht, dass er von dem Geld dieses Geschäft gründen konnte.

»Er ist früh gestorben. Nach seinem Tod habe ich es übernommen«, sagte Tyron. »Ich wollte es erst verkaufen, aber dann hingen zu viele Erinnerungen daran. Na ja, ich bin stets über die Runden gekommen.«

Benedikt warf ihm einen prüfenden Blick zu. »Willst du es denn immer noch verkaufen?«

Der Alte zuckte seine mageren Schultern. »Ich weiß es nicht. Ich kann meine Kunden nicht so einfach im Stich lassen. Besonders nicht unseren Präsidenten.«

»Du sprichst aber jetzt nicht von Paul Krüger, oder?«

Über Tyrons Gesicht ging ein Leuchten. »Doch«, nickte er heftig. »Ich meine Paul Ohm Krüger. Er kommt immer, wenn er in Johannesburg ist, zu mir.«

»Nein!«

Tyron grinste verschmitzt. »Das überrascht dich, nicht wahr? Aber es ist so. Er musste damals unauffällig bleiben, aber er wollte seiner Frau ein Geschenk mitbringen. Deshalb hat er diese Seitengasse aufgesucht und mich gefunden. Er war offenbar begeistert. Jetzt sind wir gute ... naja, wie soll ich sagen?, ... Bekannte.«

Im Eisenbahnercamp hatten sie oft von Paul Krüger gesprochen, aber keiner hatte ihn jemals zu Gesicht bekommen.

»Wann ... wann kommt er denn so?«

Tyron hob die Achseln. »Das kann man nie voraussagen. Meistens an einem Wochenende. Manchmal meldet sich sein Sekretär vorher bei mir, damit ich schöne Stücke parat habe.«

Das war immerhin schon mal ein Hinweis.

»Wir arbeiten im Schichtdienst. Zehn Tage Arbeit und dann drei Tage frei. Alle paar Wochen fallen die freien Tage auf ein Wochenende.«

»Also, wenn du ihm begegnen willst, dann musst du samstags oder sonntags kommen und Glück haben. Wenn du willst, dann kann ich dich in die Geheimnisse des Goldes einweisen.«

»Geheimnisse? Gibt es denn welche?«

»Nun, Gold trägt immer ein gewisses Rätsel in sich. Manche meinen, in einem kleinen Stein schon den großen Goldfund gemacht zu haben. Aber das ist in den seltensten Fällen so. Man darf sich als Goldaufkäufer nicht über den Tisch ziehen lassen.«

»Dann will ich alles darüber lernen«, sagte Benedikt.

Bei seinem nächsten Besuch in dem Goldgeschäft war nur Sarah anwesend. Sie lächelte erfreut, als sie Benedikt sah und errötete leicht, als sie ihm die Hand gab.

»Isch mich freue«, sagte sie.

Auch Benedikt freute sich. Er rieb verlegen die Hände ineinander. »Wo ist Tyron?«

»Er ein wenig krank. Hat Fieber. Nicht schlimm, aber er soll im Bett bleiben.«

»Das ist die beste Medizin«, nickte Benedikt.

Es stellte sich rasch heraus, dass Sarah fast genauso viel von Gold verstand, wie Tyron Butler. Sie erklärte Benedikt geduldig alles, was er wissen wollte. Am Abend lud er sie zu einem Essen ein.

Sarah zeigte ihm ein Restaurant, das als Geheimtipp galt und nicht von vielen Goldsuchern oder Eisenbahnern besucht wurde.

Es wurde ein unterhaltsamer Abend. Von seinen Gefühlen überwältigt, nahm er sie beim Abschied in die Arme und küsste sie.

Sie ließ es zu, ja, sie kam ihm sogar entgegen.

»Entschuldigung«, stammelte er. »Das – das hätte ich nicht tun sollen.«

Sie lächelte nur, sagte aber nichts.

Benedikt brachte Sarah bis zum Haus Tyron Butlers.

»Es war ein wunderschöner Abend, Sarah«, sagte er mit rauer Stimme. »Ich danke Ihnen.«

Sie stellte sich auf die Zehenspitzen und gab ihm einen Kuss auf die Wange.

»Für mich auch.«

Dann drehte sie sich um und lief ins Haus.

25

Schon bald konnte Benedikt Nuggets von wertlosem Stein unterscheiden. Die meisten Goldschürfer kamen ahnungslos mit ihren gefunden Steinen und glaubten, dass sie sehr wertvoll seien. Manchmal kostete es Benedikt große Mühe, sie vom Gegenteil zu überzeugen.

Wenn Benedikt während seiner freien Tage zu Tyron kam, war stets Sarah auch anwesend. Es war immer ein prickelndes Gefühl für Benedikt, wenn er in ihrer Nähe war. Für sie galt offenbar das Gleiche, denn wenn Benedikt sie ansprach, senkte sie verschämt den Kopf.

Wenige Wochen später betrat ein alter Bekannter von Benedikt den Laden.

Die beiden sahen sich einige Zeitlang an, als sähen sie Gespenster, dann fielen sie sich in die Arme. Marc Claasens Haare gingen bis auf die Schultern und waren strähnig und ungewaschen. Sein Gesicht war hohl, fast hager, die Farbe darin bleich. Seine Augen lagen in tiefen Höhlen, und als er lachte, entdeckte Benedikt, dass ihm zwei Schneidezähne fehlten.

»Mensch, Marc, dass ich das noch erlebe«, begrüßte in Benedikt freudig. »Wie geht es dir denn? Na ja, gut siehst du nicht gerade aus.«

Marc löste sich von Benedikt. »Das ist auch kein Wunder.« Er strich sich durch die Haare. »Ich habe seit Wochen kaum geschlafen, mich nicht rasiert und alle drei Tage nur notdürftig gewaschen. Ich war die ganze Zeit damit beschäftigt, auf meinen Fund aufzupassen. Dabei weiß ich nicht einmal, ob das Zeug, das ich hier anschleppe, etwas taugt.« Er deutete auf einen kleinen Sack, den er gleich am Anfang auf die Theke gelegt hatte.

»Lass mal sehen.«

Während Marc den Inhalt ausleerte, fragte er: »Was machst du hier? Arbeitest du nicht mehr bei der Eisenbahn?«

»Doch, aber ich bin oft hier.«

»Dann hat dich der Goldrausch auch gepackt?«

»So kann man das nicht sagen. Ich helfe dem Inhaber ein bisschen. Das ist Mister Butler.« Benedikt zeigte auf den alten Mann.

Tyron nickte lächelnd.

»Wenn das so ist, dann kannst du mir einen guten Preis für das Gold machen?«

»Wenn es Gold ist, Marc, wenn ...«

Inzwischen hatte Tyron den Inhalt aus Marcs Beutel genommen. Er holte eine Lupe.

»Sonst lässt sich der Goldstaub nicht erkennen«, erklärte Tyron, indem er sich dicht über die kleinen Gesteinsbrocken beugte. »Gold ist ein reaktionsträges Element. Es behält seinen Glanz und seine Farbe und ist daher in der Natur leicht zu erkennen. Dennoch kann man es schnell verwechseln. Man nennt es dann Katzengold oder Narrengold.«

Er brummte einige Male vor sich hin. Marc sah Benedikt mit leichtem Stirnrunzeln an. Benedikt hob nur die Schultern. Er hatte noch zu wenig Erfahrung mit Gold.

»Das meiste Gold liegt in kleinsten Partikeln im umgebenden Gestein.« Tyron hob den Kopf. »Sie haben die Steine im Wasser gefunden?«

Marc nickte. »Es war eine Scheißarbeit ... pardon, ich wollte sagen, es war eine schwere Arbeit. Den ganzen Tag habe ich auf dem Bauch gelegen und gewaschen. Ich war klitschnass. Meine gesamte Kleidung war aufgeweicht. So ging das tagelang, ohne dass man sich umziehen zu konnte. Ist es nun Gold?« Seine Stimme wurde etwas ungeduldig.

»Nur mit der Ruhe, junger Mann«, entgegnete Tyron.

»Entschuldigung«, murmelte Marc leise.

Tyron beugte sich wieder über den Steinhaufen. »Gold wird aus Flussablagerungen gewonnen. Die meisten Hobby-Goldsucher wenden das Verfahren des Goldschürfens in Flüssen an. Ein Nachteil besteht jedoch in der geringen Ausbeute und dem großen Zeitaufwand. Vorteil dieser Methode ist jedoch die zuverlässige Ausbeute an groben Goldteilchen. Ein weiteres Verfahren ist das Goldwaschen in einer sogenannten Goldpfanne.«

Einige Minuten verstrichen, dann richtete sich Tyron auf und legte die Lupe beiseite.

»Sie haben Glück, junger Mann. Diese Steine enthalten Gold. Ich werde sie wiegen und Ihnen dann einen vernünftigen Preis nennen.«

Er ging in den kleinen Nebenraum und kam mit einer Waage zurück. Die stellte er vor Marc und Benedikt auf den Tisch und begann, die Steinchen auseinander zu brechen. Dabei ging er vorsichtig, aber auch professionell vor. Man merkte ihm an, dass er das nicht zum ersten Mal tat.

Marc war ganz aufgeregt. Er knetete seine Finger, knackte laut mit den Gelenken, bis Benedikt ihm eine Hand auf den Arm legte und bedeutete, dass er mit seinen Geräuschen Tyron Butler aus dem Konzept brachte.

Schließlich richtete sich Tyron auf. »Nun denn …«

Er nannte einen Preis, der Marc bleich werden ließ. Aber nicht, weil er so niedrig war, sondern weil es mehr war, als Marc sich je erhoffte hatte.

»Das … das ist … sehr großzügig von Ihnen«, stotterte er.

Tyron lächelte. Er verschwand wieder im Nebenraum und kam mit dem Geld zurück. Marc steckte es freudig ein. Er zitterte sogar dabei.

»Aber nicht gleich wieder vertrinken«, warnte Benedikt mit erhobenem Zeigefinger.

Marc lachte und schüttelte den Kopf. »Nie und nimmer. Ich

habe monatelang auf diese Gelegenheit gewartet, da werde ich einen Teufel tun und das Geld wahllos ausgeben. Na ja, ein kleiner Drink wird schon drin sein, aber mehr nicht. Zuerst suche ich mir mal ein Hotelzimmer, bade ausgiebig, lasse mich rasieren und die Haare schneiden. Ich hoffe, wir sehen uns noch, Benedikt?«

»Bestimmt. Ich bin oft hier bei Tyron Butler.«

»Das ist super. Dann weiß ich, wo ich dich finden kann.«

Marc gab Tyron die Hand, umarmte Benedikt und ging hinaus. Die beiden Männer sahen ihm nach, bis er um die nächste Ecke verschwunden war.

»Glaubst du ihm?«, fragte Tyron.

»Ich denke schon, dass er das Geld nicht verpulvern wird. Ich habe Marc als standfesten Mann auf dem Schiff kennengelernt. Die Zeit wird ihn vielleicht verändert haben, aber ich hoffe für ihn, dass er vernünftig bleibt.« Benedikt sah Tyron an. »Du hast ihm mehr gegeben, als das Zeug wert ist, nicht?«

»Ein bisschen. Er tat mir leid. Außerdem ist er dein Freund.«

Tyron wollte sich schon vom Fenster abwenden, als plötzlich ein seltsamer Zug in die Straße einbog. An der Spitze befand sich ein junger, kräftiger Mann in schicker Uniform. Hinter ihm folgten zwei Personen, ebenso prächtig gekleidet. Sie flankierten einen Mann, dessen hoher Zylinder zuerst ins Auge fiel.

Sein Gesicht war breit, die Nase für Benedikts Begriff zu groß. Die buschigen Augenbrauen bedeckten einen Teil der hohen Stirn. Unter den Augen, die schlitzartig waren, befanden sich dicke Tränensäcke. Der Mund war schmallippig mit leicht hängenden Mundwinkeln. Das Auffälligste an seinem Gesicht war aber der Backenbart, der sich von einem Ohr zum anderen zog. Der Mann trug ein schwarzes Jackett mit breiten Revers, dazu eine schwarzgestreifte Hose und schwarze Schuhe.

»Paul Krüger«, sagte Tyron neben Benedikt bewegt. »Großer Gott, er kommt zu mir.«

Schon klopfte der junge Mann in der schicken Uniform an die Tür. Tyron öffnete. Die beiden Beschützer betraten zuerst das Geschäft. Als sie Benedikt sahen, stutzten sie. Einer griff in seine Tasche, zog die Hand aber nicht sofort heraus.

»Ein guter Freund von mir«, sagte Tyron schnell. »Ich verbürge mich für ihn.«

Die Männer zögerten noch ein paar Sekunden, dann kamen sie offenbar überein, dass von Benedikt keine Gefahr ausging. Sie gaben den Weg frei, und der Burenpräsident Paul »Ohm« Krüger trat ein.

Tyron verbeugte sich tief. Sarah, die aus dem Nebenraum kam, faltete fast ehrfürchtig die Hände und knickste.

»Es ist mir eine Ehre«, sagte Tyron.

Krüger verzog keine Miene. Er war größer als Benedikt.

Paul Krüger sah ihn einen Moment lang prüfend an, dann verzog er den Mund zu einem leichten Lächeln und nickte. Er sagte etwas zu Tyron in Afrikaans, das Benedikt nur halb verstand. Aber es waren sehr freundliche Worte

Tyron antwortete schnell.

»Unser Präsident wollte wissen«, woher du kommst«, erklärte Tyron. »Ich habe ihm gesagt, dass du Deutscher bist.«

Paul Krüger gab Benedikt unverhofft die Hand. »Ich Sie begrüße. Ihr Deutscher Kaiser ist Freund von mir.«

Benedikt wirkte einen Moment lang ratlos. Krüger sah zu Tyron und redete wieder in Afrikaans. Tyron übersetzte.

»Der deutsche Kaiser Wilhelm II. hat dem ehrenwerten Präsidenten Paul Krüger zu seinem Erfolg über die Engländer beglückwünscht. Das war im letzten Jahr. Seitdem ist der deutsche Kaiser ein Freund der Südafrikanischen Republik.«

Paul Krüger lächelte, als wenn er die Worte Tyrons verstanden hätte. Er sprach noch weiter zu Tyron, dieser nickte oft dazu, gab höflich Antwort, wobei er hin und wieder auf Benedikt deutete. Es mussten sympathische Sätze sein, denn die Augen des Präsidenten begannen zu leuchten.

Dann, mit einem Mal, wandte sich Paul Krüger den Ausstellungsstücken zu. Er betrachtete dieses und jenes, deutete auf verschiedene Dinge, die sein uniformierter Begleiter in einen Korb legte.

Kurz darauf verließ der Burenpräsident wieder den Laden. Es kam Benedikt so vor, als sei alles nur ein Spuk gewesen. Er war noch immer wie vor den Kopf geschlagen, und er musste sich setzen.

Tyron beobachtete ihn. »So ist er, unser Präsident, aber wir verehren und lieben ihn.«

»Warum war er so nett zu mir?«, wollte Benedikt wissen.

»Weil du ein Deutscher bist.«

»Nur deshalb?«

Tyron zog einen Stuhl heran und setzte sich vor ihn. »Hör zu, Ben. Einen Grund habe ich dir schon genannt. Dein deutscher Kaiser ...«

»Er ist nicht mein Kaiser allein.«

Tyron winkte ab. »Stephanus Johannes Paulus Kruger, so sein richtiger Name, nicht Krüger, sondern nur mit »u«, stammt von deutschen Einwanderern ab. Aber alle sagen Krüger. Deshalb soll es auch bei uns so bleiben. Seine Eltern hießen Caspar Jan Hendrik Kruger und Elisa Kruger, geborene Steyn. Sein Urururgroßvater, der Berliner Jacob Kruger, kam 1714 als Söldner nach Südafrika. Paul Krüger erlebte die Streitereien, wenn ich das mal so ausdrücken darf, zwischen Buren und Briten mit. Seine Eltern schlossen sich den Trekburen an und ließen sich nördlich des Vaals nieder. Sie gründeten die Stadt Potchefstroom, etwa achtzig Kilometer westlich von Johannesburg.«

»Ist Krüger verheiratet?«

Tyron nickte. »Seine erste Frau Maria und ihr Kind starben schon früh an Malaria. Kurze Zeit später heiratete er Gezina du Plessis, eine Cousine seiner ersten Frau. Aus der Ehe sind sechzehn Kinder geboren.«

»So viele?«

»Ja. Krüger wurde Kommandant der Stadt Rustenburg. Zehn Jahre später ernannte ihn die inzwischen selbstständige Burenrepublik Transvaal zum Generalkommandanten ihrer Truppen. Als General besiegte er die Briten, worauf das Glückwunschtelegramm des deutschen Kaisers kam.«

Einen Moment lang schwieg Tyron. Benedikt sah ihm an, dass ihn etwas bedrückte.

»Was ist? Gibt es noch mehr zu Krüger?«

»Das kann man wohl sagen. Es ist der Fluch des Goldes. 1886 fand man am Witwatersrand in Transvaal Gold. Das lockte vorwiegend britische Goldsucher und Abenteurer ins Land.«

»Die Uitlanders.«

Tyron schaute Benedikt überrascht an. »Du weißt davon?«

Benedikt zuckte die Schultern. »Nicht allzu viel. Ein Farmer hat uns in einer Kneipe hier in Johannesburg davon erzählt. Mann o Mann, da bin ich ja gerade zur rechten Zeit hier gewesen.«

Benedikt trat ans Fenster und spähte hinaus. Von dem Tross um Paul Krüger war nichts mehr zu sehen.

Sarah trat neben ihn. »Er sich macht Sorgen wegen Geschäft. Wenn wieder Krieg, dann er verlieren.«

Benedikt schaute zu Tyron. Der alte Mann hantierte mit einigen Uhren und Ketten und tat so, als habe er Sarahs Worte nicht gehört.

26

Tyron Butler kam Benedikt in der Tür entgegen.

»Paul Krüger will uns sehen.« Tyrons Stimme klang ganz aufgeregt. »Sein Adjutant war hier und hat die Einladung ausgesprochen.«

»Aber nur für dich, nehme ich an«, erwiderte Benedikt. »Warum sollte er mich einladen? Wir kennen uns doch gar nicht.«

»Das ist ja das Seltsame an Krüger«, lächelte Tyron verschmitzt. »Er ist immer für eine Überraschung gut. Der Adjutant hat ausdrücklich betont, dass ich dich mitbringen soll.«

Benedikt musste sich setzen, er war völlig überrascht.

»Ich habe nichts anzuziehen«, wandte er lahm ein, obwohl er sehr stolz über die Einladung war.

»Das ist überhaupt kein Problem. Ich kenne einen guten Schneider in Johannesburg. Er macht dir einen Frack, und das für wenig Geld, wenn er erst mal weiß, wofür du ihn brauchst.«

Tyron schob ihn hinaus und schloss sorgfältig ab. »Wir können zu Fuß gehen. Es ist nicht weit.«

Zehn Minuten später betraten sie einen kleinen Schneiderladen. Tyron und der Inhaber begrüßten sich herzlich mit vielen Umarmungen. Dann sagte Tyron etwas auf Afrikaans, während er dabei auf Benedikt zeigte. Der Inhaber nickte freundlich und begann gleich Maß zu nehmen.

»Sales spricht nur Afrikaans, er wird deinen Frack bis übermorgen fertighaben.«

»Für wann ist denn die Einladung?«

»Nächste Woche. Du musst sehen, dass du dann deine freien Tage bei der Eisenbahngesellschaft erhältst. Aber wenn du erklärst wofür, dürfte das kein Problem sein«

Tatsächlich lief alles wie am Schnürchen. Als Joren und Tjalke von der Einladung Paul Krügers hörten, bekamen sie große Augen. Das würde den Wenigsten passieren, aber sie freuten sich mit Benedikt.

Der Wohnsitz des Burenführers Paul »Ohm« Krüger war ein großes fast rechteckiges Gebäude aus Holz und Stein mit einem zauberhaften Garten und einer sehr gepflegten Parkanlage. Der Grund dafür waren drei Gärtner, die nur kurz aufblickten, als Benedikt und Tyron Butler vorfuhren.

Den ganzen Weg über hatte sich Benedikt den Kopf darüber zerbrochen, wie er sich am besten verhalten sollte. Tyron hatte ihm zwar gesagt, dass er sich ganz normal geben solle, aber er war schon arg nervös. Immerhin war er nicht bei einem gewöhnlichen Mann eingeladen.

Der Bure, der sie abgeholt hatte, lenkte die Kutsche vor die breite Treppe. Ein Bediensteter öffnete die Tür und deutete eine leichte Verbeugung an.

Benedikt ging als erster hinein. Er trug eine gestreifte Hose, eine schwarze Jacke und schwarze Lackschuhe. Der Schneider hatte ein Meisterwerk geschaffen. Jacke und Hose saßen wie angegossen.

Sie wurden durch einen großen Flur geführt zu einer Tür, die sich fast wie von selbst vor ihnen öffnete. In dem Raum dahinter befanden sich sechs Männer. Sie trugen fast alle das gleiche: dunkle, gestreifte Hosen, eine schwarze Jacke und schwarze Schuhe. Alle waren perfekt frisiert, die dichten Bärte gestutzt.

»Der Tee wird gleich serviert«, sagte ein Diener. Er hielt ein Tablett mit kleinen Leckereien in der Hand. Benedikt war nicht hungrig, aber als Tyron zugriff, nahm auch er ein Stück Käse.

Während er kaute, ließ Benedikt seinen Blick über die Anwesenden schweifen. Er kannte niemanden, aber es hatte den Anschein, als seien es wichtige Leute.

»Rechtsanwälte, Hoteliers, Immobilienbesitzer und Abgeordnete der Burenpartei«, flüsterte ihm Tyron leise zu.

Ein weiterer Bediensteter kam herbei. Er sprach Tyron direkt an. Dieser nickte und sagte dann zu Benedikt: »Wir sollen in den Nebenraum kommen. Dort wartet die älteste Tochter von Krüger.«

Sie stellten ihr Glas auf einem Tablett ab und folgten dem Diener. Der führte die beiden einen langen, breiten Flur entlang in einen großen Salon. Eine junge Frau erhob sich aus dem dicken Polster einer Couch, kam auf sie zu und reichte ihnen die Hand.

»Ich bin Malaika Krüger.«

Sie war hochgewachsen mit einem etwas zu breiten Gesicht, wie Benedikt fand. Ihr dunkelblondes Haar war halblang. Ihre fast schwarzen Augen lagen in tiefen Höhlen und zu weit auseinander, als dass es edel wirkte. Ihre Lippen waren voll, und ihr Mund lächelte freundlich. Sie war nicht die hinreißende Schönheit, die sich Benedikt unter den Frauen Südafrikas vorgestellt hatte.

»Wie schön, dass Sie gekommen sind.« Sie sprach englisch mit hartem Akzent. Benedikt verstand inzwischen einiges, aber er musste sich sehr konzentrieren. Deshalb überließ er Tyron die Konversation.

Sie deutete auf einige Sessel.

Malaika Krüger trug ein Gewand mit hohem Kragen, den sogenannten Bahnenrock. Das war die als Edwardianische Mode bekannt gewordene Kleidung der Damen. Hinzu kamen noch die Korsetts, die ihre Trägerinnen zwang, den Busen und das Hinterteil herauszustrecken. Davon war die junge Frau allerdings meilenweit entfernt.

Sie sprach jetzt ausschließlich mit Tyron Butler, was Benedikt Zeit gab, sich im Raum umzusehen. An den Wänden hingen Geweihe von Antilopen. Bussarde und Falken standen auf Regalen, ja sogar ein Löwenkopf hing neben der Tür.

Tyron und Malaika Krüger unterhielten sich sehr angeregt. Benedikt merkte zwar, dass sie hin und wieder zu ihm hinschielte, aber sie sprach ihn nicht an. Plötzlich stand sie auf und ging zur Tür. Mit einem freundlichen Lächeln wies sie die beiden

Männer an, ihr zu folgen. Tyron und Benedikt betraten nach ihr wieder den großen Raum, in dem die anderen versammelt waren.

Kerzenschein flackerte, und die Kellner liefen um die Tafel herum, indem sie hier einen Teller abräumten oder dort ein weiteres Glas füllten.

»Warum hat man uns zu Malaika Krüger geführt?«, flüsterte Benedikt Tyron zu.

»Die Tochter des Burenführers wollte dich kennenlernen. Sie will demnächst Deutsch lernen. Hat sie jedenfalls gesagt.«

Da Paul Krüger an sein Glas klopfte, wurde Benedikt einer Antwort enthoben.

»Meine Damen und Herren«, begann er auf Englisch. »Ich freue mich, dass Sie alle gekommen sind. Ganz besonders freue ich mich über einen Mann aus Deutschland, der als Abgesandter des Deutschen Kaisers meiner Einladung gefolgt ist. Seien Sie herzlich willkommen, Benedikt Halbach.«

Benedikt schaute ungläubig auf Paul Krüger, der ihm zuzwinkerte. Alle Augen waren auf Benedikt gerichtet.

Tyron legte ihm sanft eine Hand auf den Unterarm. »Nichts sagen, Ben. Das ist Krügers Art, sich ins rechte Licht zu setzen. Er weiß genau, dass das mit dem deutschen Kaiser nicht stimmt, aber es macht Eindruck auf die anderen. Er wird sich bald zu dir gesellen und die Sache richtigstellen. Aber jetzt solltest du das Spiel mitspielen.«

Paul Krüger kam schon auf Benedikt zu und umarmte ihn. Er flüsterte ihm etwas ins Ohr, was Benedikt aber durch seine Aufgeregtheit nicht verstand. Krüger ergriff ihn an beiden Oberarmen wie einen Freund. »Ich hoffe, sind Sie mir nicht böse über Worte, Ben.«

Benedikt schüttelte nur den Kopf, sagen konnte er nichts, weil ihm ein dicker Kloß im Hals saß.

Paul Krüger stellte sich wieder in die Mitte des Raumes. Zwei Kellner folgten ihm mit einer Karaffe und Cognacschwenkern. Rechtsanwalt Grogan stellte sich neben Krüger. Er hatte lange, rötlich-gelbe Haare, die ihm bis auf die Schultern fielen. »Meine Dame«, ergriff Grogan das Wort. Damit war Malaika gemeint. Er sprach Englisch. »Gentlemen, wir haben uns hier versammelt, um den Geburtstag unseres Präsidenten Paul Krüger zu feiern ...«

Benedikt stieß Tyron an. »Davon wusste ich gar nichts.«

»Ich auch nicht«, gab Tyron zurück.

»Aber«, fuhr Grogan fort. »Das ist nicht der wichtigste Grund unseres Zusammentreffens. Es geht um die Briten. Seit Cecil Rhodes nicht mehr Premierminister ist, dachten wir, der Streit wäre ein für alle Mal beigelegt. Aber wir haben uns getäuscht. Die Briten wollen Transvaal immer noch annektieren, ja, sie drohen offen mit Krieg.«

Empörte Stimmen wurden laut.

»Wir haben uns deshalb heute hier getroffen, um das weitere Vorgehen abzusprechen.« Er sah Tyron und Benedikt an. »Sie beide haben damit wenig, wenn überhaupt nichts zu tun, aber da Sie schon mal hier sind, muss ich Sie dazu verpflichten, über unser heutiges Gespräch absolutes Stillschweigen zu bewahren. Können wir uns darauf verlassen?«

»Ja«, sagten beide gleichzeitig.

»Gut«, nickte Grogan. »Ich denke, Ihr Wort genügt. Setzen Sie sich doch.«

Benedikt und Tyler nahmen ihre Gläser und setzten sich auf die Couch. Grogan blieb stehen.

»Ich habe erfahren, dass die Engländer aufgerüstet haben. Die Zahl ihrer Soldaten ist zehnmal höher als unsere. Wir können nicht mehr Männer rekrutieren. Wir haben einfach keine mehr, ich meine, niemanden, den wir zum Soldaten ausbilden können.«

»Was sollen wir also tun?«, fragte einer aus der Runde.

»Wir müssen die Engländer im Glauben lassen, dass wir über ausreichend Soldaten verfügen. Wir stellen eine Scheinarmee auf.«

»Und wie?«

Grogan lächelte. »Wir erzählen überall, dass die Zulu und Xhosa unsere Verbündeten sind. Die Briten haben großen Respekt vor den Schwarzen.«

»Das soll uns helfen?«, fragte ein anderer zweifelnd. »Die beiden Stämme kämpfen schon seit – ich weiß nicht wie lange, vermutlich seit Jahrhunderten – um das gute Weideland da oben. Das weiß doch jeder, dass sie verfeindet sind.«

»Aber wir bekommen dadurch Aufschub. Ein Haufen Zulu-Krieger war unterwegs, um eine Kaserne der Engländer zu überfallen. Außerdem haben sie immer noch Rachegefühle wegen ihrer Niederlage von damals. Wenn wir gemeinsame Sache machen, dann haben wir eine reelle Chance.«

Es war still im Raum geworden. Grogans Worte waren nicht von der Hand zu weisen. Nur so hatten sie überhaupt eine Möglichkeit, sich die Briten vom Leibe zu halten.

Eine heiße Diskussion setzte plötzlich ein. Da sie alle durcheinander und nur Englisch sprachen, konnte Benedikt ihnen nicht folgen. Aber er sah in gerötete Gesichter, über die langsam dicke Schweißperlen liefen.

Erst nach gut einer halben Stunde wurde es wieder leiser. Paul Krüger ergriff das Wort und sprach alle in Afrikaans an. Daraufhin beruhigten sich die Gemüter.

Tyron beugte sich zu Benedikt hinüber. »Es werden jetzt Fotos gemacht. Das ist so üblich nach einer Versammlung. Auch du wirst darauf abgelichtet.«

Jeder bekam von einem Diener ein Tuch, um den Schweiß abzuwischen. Dann setzten sie ihre Zylinder auf und begaben sich in Position.

Benedikt nahm am äußersten rechten Rand Platz. Es wurden viele Aufnahmen gemacht. Mal mit Zylinder, mal ohne, nur Paul Krüger behielt seinen Zylinder immer auf, als Zeichen seines Ranges.

Zwei Stunden später, nach einem ausgiebigen Abendessen verabschiedeten sich Tyron und Benedikt. In der Kutsche fragte Benedikt Tyron, was die Versammlung nun eigentlich beschlossen habe.

»So gut wie nichts. Sie haben alle Angst«, antwortete Tyron. »Der Krieg mit den Briten ist nicht zu vermeiden, nur aufzuschieben. Vielleicht erlebe ich das nicht mehr, wer weiß.«

Benedikt fragte nicht weiter. Es war jetzt August 1897. Ein Jahr war er schon in Südafrika. Sollte es das letzte Jahr gewesen sein? Sollte er seine Sachen packen und mit dem nächsten Schiff nach Deutschland abreisen?

Er wusste es nicht.

27

Tyron war bereits nach Hause gefahren, und Benedikt wollte nur noch den letzten Goldstaub, den ihnen ein Goldsucher spät abends gebracht hatte, im Safe verstauen. Benedikt wusste, dass er nicht mehr zum Eisenbahnercamp fahren konnte. Er hatte sich schon für ein billiges, aber sauberes Hotel entschieden.
 Da kam Sarah mit einem Korb herein.
 »Isch noch Besorgungen machen«, sagte Sarah. Sie sah sich um. »Wo Tyron?«
 »Schon nach Hause. Ich glaube, es ging ihm heute nicht gut.«
 »Ja. Er klagen über Schwindel und Kopfweh.« Sie seufzte leicht. »Wo du übernachten?«
 »In einem Hotel.« Benedikt nannte ihr den Namen.
 »Gutes Haus«, nickte sie.
 »Kommst du mit zum Essen?«, fragte er. »Ich habe einen Bärenhunger.«
 »Was ist Bärenhunger?«
 »Nun, das ist ... wenn man den ganzen Tag nichts gegessen hat, und einem der Magen knurrt. Das sagt man so bei uns.«
 Sie lachte. »Isch komme mit gern.«
 Benedikt schloss den Laden ab. Sie schlenderten Arm in Arm über die Straße. Das war wichtig für Sarah, denn dann wurde sie nicht unflätig angesprochen. Frauen, die sich bei Dunkelheit noch auf die Straße wagten, waren bequeme Opfer derjenigen Männer, die wochenlang im Dreck nach etwas Gold gesucht und schon lange keine Frau mehr gesehen hatten.
 Das Hotel war nicht sehr weit entfernt. Auf dem Weg dorthin redete nur Benedikt. Er erzählte von seiner Heimat, von seinen Geschwistern und seinen Töchtern. Von seiner Frau sprach er nicht.
 Sie gingen in das spartanisch eingerichtete Restaurant des Hotels. Sarah wählte etwas typisch Südafrikanisches: Springbock. Sie hätte auch gerne Strauß oder Zebra gewählt, aber sie ahnte, dass Benedikt davon nicht gerade begeistert wäre und wollte ihn nicht brüskieren. Benedikt nahm Rindfleisch und danach Trifle, eine englische Süßspeise, die aus mehreren Schichten Biskuit, Obst oder Marmelade und Schlagsahne be-

stand. Sarah verzichtete auf den Nachtisch. Als Getränk wählten sie einen heimischen Weißwein.

Sie redeten nicht viel. Einmal streckte Benedikt seine Hand aus und legte sie auf Sarahs. Sie zog ihre nicht fort. Er dachte an die Nacht bei den Zulu und sah das Zulumädchen vor sich.

Mit Sarah würde es anders sein. Wärmer und geheimnisvoller. Benedikt hätte sie gern gefragt, ob sie mit auf sein Zimmer kommen würde, aber er wagte es nicht.

Sie erzählte, dass sie keine Erinnerung mehr an Ägypten habe. Sie fühle sich als Südafrikanerin. Sie habe sogar die Staatsangehörigkeit, weil sie von einem Paar adoptiert worden war. Beide Eltern lebten aber schon lange nicht mehr.

Benedikt und Sarah blieben, bis das Lokal schloss.

Sarah wachte dort auf, wo sie eingeschlafen war: in Benedikts Armen. Er lächelte, als sie sich bewegte und ihren Kopf zu ihm drehte. Sie sahen sich nur an, minutenlang, in denen der Regen gegen das Fenster klatschte. Es war dunkel gewesen, als sie ins Bett fielen, jetzt war es heller Tag.

»Wie spät?«, fragte sie.

»Gleich neun.«

»Was wir haben gemacht?«

Benedikt musste erneut schmunzeln. »Was denkst du?«

Sie wollte sich aufrichten, als sie merkte, dass sie splitternackt war. Schnell hielt sie die Decke vor ihre Brust. »Du ... du ...«

»Na? Was willst du sagen?«

Sie ließ sich zurückfallen. »Nichts. Gar nichts ... oder doch, es war sehr schön.«

»Ja, das denke ich auch.«

Er legte sich auf den Rücken und starrte zur Decke.

»Woran du denkst?«

»An nichts.«

»Du denkst an deine Frau?«

Daran hatte Benedikt in diesem Moment wirklich nicht gedacht. Seine Gedanken waren beim gestrigen Abend. Sie hatten sich geliebt wie zwei Verdurstende. Immer und immer wieder, bis sie vor Erschöpfung eingeschlafen waren. Nun aber musste er an Viktoria denken. Er lauschte in sich hinein, aber da kam kein Gefühl von Reue oder schlechtem Gewissen. Er war jetzt über ein Jahr von zu Hause fort, und er war ein Mann in den besten Jahren.

Sarah stand plötzlich auf. Ihr nackter Körper glänzte. Benedikt konnte seinen Blick nicht von ihr wenden, bis sie im Bad verschwand.

Als sie zurückkam, war sie vollständig angezogen. Sie musste ihre Kleidung im Bad gehabt haben.

»Ich jetzt gehe.«
»Wohin?«
»Nach Hause.«
»Aber warum? Hat es dir nicht gefallen?«

Ein fast verlegen wirkendes Lächeln huschte um ihre Lippen. »Doch«, sagte sie ganz leise.

»Ich ... ich glaube, ich habe mich in dich verliebt«, sagte Benedikt mit rauer Stimme.

Sie schüttelte den Kopf. »Nein, das hast du nicht. Du liebst deine Frau in diesem Land, dem fremden.«

»Aber ...«, wollte er protestieren.

Sie ließ ihn nicht aussprechen. »Ich weiß es. Du nicht gesprochen von ihr. Niemals. Das ist Zeichen, dass du sie liebst. Sonst du hättest sie erwähnt.«

Er starrte sie mit offenem Mund an. Das war neu für ihn. Er holte tief Luft.

»Sarah, es gibt Dinge, die man anderen Leuten einfach nicht erzählt.«

»Aber von deiner Frau. Du und isch wissen, dass es nur ... wie sagt man? Leidenschaft? Ist das richtig?«

Ganz gegen seinen Willen nickte er.

»Wir uns finden sympathisch, nicht mehr. Wir sind allein beide, sehnen uns nach jemandem. Da ist es nur verständig, dass wir kommen zusammen.«

»Verständlich«, korrigierte er sie.

Sarah reagierte nicht auf seinen Einwand. Sie packte ihre Tasche und ging zur Tür. Dort drehte sie sich um. »Es war schön, Ben. Isch werde daran denken immer. Vielleicht ...« Sie stockte, nickte ihm noch einmal zu und verschwand durch die Tür.

Benedikt ließ sich zurückfallen. Was wollte sie mit dem vielleicht noch sagen? Dass sie noch oft miteinander schlafen würden?

Er wünschte es sich in diesem Moment mehr denn je. Er drehte sich auf die Seite und roch Sarahs Parfüm, ihren Schweiß, und er presste sein Gesicht in das Kissen, das sie mit ihrem Kopf bedeckt hatte.

28

Die Arbeit an der Eisenbahnstrecke wurde für Benedikt immer unerträglicher. Nach über einem Jahr war ihm bewusst, dass er damit weder seinen Körper auf Dauer so stark belasten konnte, noch damit reich werden würde. Zudem hatten sich Ferdinand Runge und Walter Böhmer, seine beiden engsten Freunde, zum Leidwesen Benedikts sehr verändert.

Runge war schon nach kurzer Zeit zum Vorarbeiter aufgestiegen. Seitdem behandelte er die indischen Arbeiter wie Sklaven, nannte sie abfällig Kulis und schwang auch schon mal die Peitsche, wenn es seiner Meinung nach nicht schnell genug voran ging.

Böhmer war ein Saufbold geworden. Er vertrank sein Geld in den Bars in Johannesburg mit leichten Mädchen, die ihn ausnahmen wie eine Weihnachtsgans.

Die Draisine war so alt wie die Eisenbahn selbst. Erfunden hatte das mit Muskelkraft betriebene Laufrad Karl Friedrich Freiherr Drais von Sauerbronn im Jahre 1817.

Der Freiherr nannte das Gefährt selbstbewusst nach sich selbst. Auf die Schiene gesetzt, nutzte die Eisenbahn Draisinen zur Streckenkontrolle und für Instandsetzungsarbeiten.

Die Draisine konnte gut und gern fünfundzwanzig bis dreißig Stundenkilometer erreichen. Ein weiterer Vorteil war, dass man die meisten der zu reparierenden Stellen nur auf der Schiene erreichen konnte. Die Arbeiter rissen sich geradezu um die Arbeit mit der Draisine.

Inzwischen gab es viele Neuerungen. Am Anfang wurde der

Schwunghebel mit den Armen auf und nieder gedrückt, um die Draisine in Bewegung zu setzen, nun erfolgte der Antrieb zumeist über Fußpedale.

Benedikt und ein älterer Mann, von allen nur Manni genannt, wurden oft auf der Draisine eingesetzt. Sie dehnten dann die Fahrt so aus, dass sie einen halben Tag von der Baustelle entfernt blieben. Manni hatte aber immer die notwendigen Ausreden parat, die Joren und Tjalke zu akzeptieren schienen.

Das war die Arbeit, die Benedikt aushalten konnte. Aber so richtig glücklich war er dabei auch nicht. Vielleicht sollte er sich eine andere Arbeit suchen.

Benedikts einzige Freunde – er nannte Tyron Butler und Darius Langerfort der Einfachheit »Freunde« – gaben ihm jede Unterstützung, die er wollte, aber Tyler konnte sich finanziell keinen Angestellten leisten. Sollte er Darius bitten, ihn anzustellen? Lange genug war Benedikt nicht mehr bei ihm gewesen.

Er nahm sich vor, Darius wieder einmal aufsuchen, um zu berichten, wie es ihm in letzter Zeit ergangen war. Vielleicht konnte er auch bei dieser Gelegenheit etwas über die Anbaumethoden in Südafrika erfahren. Einmal Bauer, immer Bauer, dachte Benedikt amüsiert.

Der Farmer war so etwas wie eine Bezugsperson für Benedikt geworden. Das war für ihn wichtig, weil Darius ihm das Heimweh nach Deutschland vertrieb, vielleicht weil es daran lag, dass Darius ihn an Holland erinnerte.

An den nächsten freien Tagen machte sich Benedikt auf den Weg zu Darius. Der Farmer empfing ihn freudig.

»Du warst wirklich lange nicht bei mir. Ist etwas passiert?«

Benedikt erzählte ihm alles von Paul Krüger.

»Wow! Das ist eine riesengroße Anerkennung für dich, Ben. Ganz selten wird man bei Präsident Krüger eingeladen.«

»Er wollte wohl ein wenig mit mir angeben«, meinte Benedikt bescheiden. »Ich fand das peinlich so vor allen Leuten. Ich hoffe nur, sie haben nichts gemerkt.«

Darius lachte herzhaft. »Wenn schon. Das macht Krüger nichts aus. Und den anderen ist es egal, wie sich der Präsident benimmt. Hauptsache, er besiegt die Briten.«

Darius fuhr mit Benedikt auf sein Land, nachdem dieser seinen Wunsch geäußert hatte und unbedingt wissen wollte, was man in Südafrika anbaut. Darius stampfte zuerst mit seinen Füßen auf den Boden.

»Das ist ungeheuer wichtig«, erklärte er. »Damit verscheuchst du ungeliebte Gäste, die Cape-Cobra. Wenn sie zubeißt, stirbst du innerhalb einer halben Stunde. Die Schlange kommt in dieser Region häufig vor und zählt zu den giftigsten der Welt.«

Benedikt schauderte. Er dachte an Luise, seine zweite Frau, die von einer Kreuzotter getötet worden war.

Darius bewirtschaftete eine Fläche, für die er, wenn er sie mit einem Pferd abreiten wollte, mehrere Tage brauchte. Benedikt zeigte er nur die näheren Felder.

»Hier baue ich Tomaten, Paprika und Blattstielmangold an. Sie nennen ihn hier Swiss Chard. Die Ware lässt sich gut auf dem Wochenmarkt in Johannesburg verkaufen.«

»Was machst du im Winter?«

»Die Winter am Kap werden nicht sehr kalt. Deswegen kann ich das ganze Jahr über dieses Gemüse anbieten.«

Er fuhr mit Benedikt zu einem anderen Feld.

»Ich bin einer der größten Karottenanbauer, wenn nicht der größte überhaupt.« Er deutete auf die Fläche vor sich. »Hier baue ich Karotten an. Ich habe mir das Wissen vor vielen Jahren auf einer Reise in Australien angeeignet. Dadurch weiß ich, wie man Karotten effizient anbaut, erntet und verarbeitet.«

Bald kamen sie an einer Rinderherde vorbei. »Das ist meine Fleischproduktion. Das Fleisch wird ebenfalls auf dem Wochenmarkt verkauft und an die Zulu geliefert.«

»Ich denke, die essen nur Giraffen oder Schlangen«, wunderte sich Benedikt.

»Das ist ihre bevorzugte Nahrung. Aber sie haben einmal Rindfleisch gegessen und waren begeistert.«

Auf dem Rückweg erklärte Darius: »Eine typische südafrikanische Mahlzeit ist zum Beispiel Pap, ein fluffiger Brei aus Maisgrieß. Das ist das Grundnahrungsmittel. Die Südafrikaner lieben Fleisch. Du wirst kaum eine südafrikanische Familie finden, bei der Fleisch nicht der wichtigste Bestandteil einer jeden Mahlzeit ist. Als Beilage zum Fleisch wird Biltog gereicht. Das ist Hähnchen und gilt unter den Südafrikanern als Salat. Weißes Fleisch ist für uns kein echtes Fleisch.«

Sie fuhren um eine Kurve. Hier waren Benedikt und Walter Böhmer auf die Xhosa gestoßen. Er zeigte Darius die Stelle.

»Das haben sie sich fein ausgedacht«, meinte er. »Sie sind Meister im Tarnen.«

»Wie lange lebst du schon hier?«, wollte Benedikt wissen.

Darius überlegte. »Seit Ewigkeiten. Wie ich schon sagte, habe ich einige Zeit in Australien verbracht ... also, wenn ich mich recht erinnere, dann lebe ich hier seit fünfunddreißig Jahren. Ich bin Südafrikaner von Geburt.«

Eine Weile fuhren sie schweigend weiter. Die Gegend wurde von der untergehenden Sonne goldgelb angestrahlt. Die Hügel, die Bäume und alle Sträucher zauberten wieder ein bizarres Licht hervor. Benedikt starrte fasziniert darauf. Er konnte sich von diesem Bild kaum lösen.

Darius beobachtete ihn von der Seite.

»Schön, nicht wahr?«

»Schön ist gar kein Ausdruck«, seufzte Benedikt. »Es ist, als würde ich träumen.«

»Das dort vorne ist aber kein Traum.«

Sie hatten die Farm fast erreicht, als Darius die Pferde langsamer laufen ließ. Am Rand des Hauptgebäudes standen fünf Eingeborene. Drei Frauen und zwei Männer. Die Männer hielten Speere in der Hand.

»Zulu«, sagte Darius.

»Kommen die häufig zu dir?«, fragte Benedikt mit besorgter Stimme.

»Hin und wieder schon.«

»Was wollen sie?«

»Das werden wir gleich erfahren. So wie es aussieht, sind sie in friedlicher Absicht gekommen.«

Er trieb die Pferde wieder an.

Die Zulu sahen ihnen entgegen. Reglos standen sie wie Statuen, die Speerspitzen zum Himmel gerichtet. Von den Bediensteten war nichts zu sehen.

Darius hielt in gebührendem Abstand an. Er stieg vom Bock und ging auf die Eingeborenen zu. Dort machte eine Verbeugung, die übliche Begrüßung der Zulu.

Der Älteste von ihnen tat es Darius gleich. Das war schon mal ein gutes Zeichen.

Er sprach schnell, zu schnell für Benedikt, der aber auch so kein Wort verstanden hätte. Er hatte bei seinem Besuch im Zuludorf diesen Singsang oft gehört. Der war vom Häuptling gesprochen worden, und danach war man zum gemütlichen Teil übergegangen. Jetzt hoffte er, dass die Zulu das gleiche vorhatten – eine eher angenehme Unterhaltung.

Darius drehte sich zu Benedikt herum, der ihm langsam gefolgt war. In seinem Gesicht lag ein Ausdruck, den Benedikt nicht deuten konnte. Es war eine Mischung aus Bestürzung, Entsetzen und Überraschung.

»Sie sagen, dass du die Frau geschwängert hast, Ben«, sagte Darius todernst.

»Was? Aber …« Die weiteren Worte blieben Benedikt im Hals stecken. Erst jetzt warf er einen genauen Blick auf die Frauen. Tatsächlich! Die Schönheit, bei der er die beiden Nächte verbracht hatte, war unter ihnen. Und sie war schwanger, das konnte man deutlich an ihrem nackten Bauch erkennen.

Benedikt schluckte. Der Mund war wie ausgetrocknet. Fassungslos blickte er die Zulu an.

Der Älteste sprach schon weiter. Darius antwortete ihm. Der Zulu schüttelte den Kopf.

Während der ganzen Zeit hatten sich die anderen nicht gerührt. Jetzt ging eine kaum sichtbare Bewegung von der schwangeren Zulu aus. Es schien Benedikt, als wolle sie auf ihn zugehen. Aber dann hielt sie inne.

»Was … soll ich denn tun, Darius? Sag es mir bitte.«

»Sie wollen eine Entschädigung haben. Drei Rinder und zehn Hühner.«

»So viel habe ich nicht«, entfuhr es Benedikt.

»Aber ich. Sie verlangen es von mir.«

»Oh Gott«, stieß Benedikt aus.

Darius ging auf seinen Stall zu, während Benedikt immer noch auf der Stelle verharrte. Er wusste nicht, ob er träumte oder ob es Wirklichkeit war. Die Zulufrau sah ihn die ganze Zeit über an. Er musste sich eingestehen, dass sie sehr schön war mit ihren zusammengebundenen Haaren, der kleinen Nase und den dunklen großen Augen, die wieder so glitzerten wie in der Nacht in ihrem Zelt.

Benedikt wandte den Kopf langsam zur Seite, um sie nicht weiter ansehen zu müssen.

Darius kam wieder aus dem Stall. Er hatte schwarze Diener dabei, die drei Rinder vor sich hertrieben. Es waren keine großen Tiere. Benedikt war klar, dass Darius nur die jungen herausgab. Die Zulu schien es nicht zu stören.

Ein weiterer Schwarzer brachte einen Verschlag auf einer Schubkarre, in der unzählige Hühner aufgeregt gackerten.

Darius sprach wieder den Zulu an. Dieser nickte. Er war offenbar hocherfreut, wie Benedikt an seinem Gesicht zu erkennen glaubte.

Dann zogen sie ab. Unendlich langsam, unendlich leise.

Benedikt sah ihnen nach. Er rührte sich nicht von der Stelle. Darius musste ihn am Arm packen, damit er merkte, dass er angesprochen wurde.

»Ben, wir sollten ins Haus gehen.«

Benedikt folgte ihm wie in Trance. Im Haus ließ er sich auf die Couch fallen, schloss die Augen und wünschte sich, dass er das alles nur geträumt hätte.

Darius ließ von einem Diener einen scharfen Schnaps bringen, den Benedikt in einem Zug austrank. Aber danach ging es ihm auch nicht besser.

Er öffnete die Augen und sah Darius an. »Was soll ich denn jetzt machen?«

»Nichts«, entgegnete der Bure. »Du hast nichts zu befürchten.«

»Was wäre denn passiert, wenn du den Zollpreis nicht gezahlt hättest?«

»Dann ... nun dann hättest du die Zulufrau heiraten müssen. Spaß beiseite, Ben. Wenn ich den Preis nicht gezahlt hätte, dann wären wir in Schwierigkeiten gekommen. Die Zulu verstehen in solchen Fällen keinen Spaß.«

»Ich werde dir den Schaden ersetzen, Darius«, sagte Benedikt schwer atmend. »Sobald ich das Geld beisammenhabe, bekommst du es.«

Darius winkte ab. »Das brauchst du nicht. Für einen Freund

mache ich das gerne. Außerdem war ich es, der dich mit zu den Zulu geschleift hat.«

Benedikt senkte beschämt den Kopf.

29

Sarah kam stets, wenn Benedikt seinen Besuch angekündigt hatte. Sie blieb bis zum Geschäftsschluss, um dann mit Benedikt ein Hotel aufzusuchen, wo sie gemeinsam die Nacht verbrachten. Benedikt verspürte keine Gewissensbisse. Er wusste, dass die Beziehung zu Sarah nicht von Dauer sein würde.

Von seinem letzten Lohn hatte Benedikt Darius den Betrag für die Rinder und Hühner bezahlt. Benedikt hatte inzwischen einiges an Geld auf der Bank, aber das wollte er nicht anrühren. Er brauchte es für Deutschland – sofern er einmal zurückkehrte.

Einige Wochen später betrat Benedikt Tyrons Laden und merkte gleich, dass etwas nicht stimmte.

»Hallo? Tyron, wo bist du?«

Da der Raum nicht groß war und nur über ein kleineres Lager im hinteren Teil verfügte, fand Benedikt den alten Mann sofort. Er saß auf dem Boden, mit dem Rücken an der Wand. Er atmete flach und sehr unregelmäßig. Benedikt schüttelte ihn.

»Tyron, wach auf. Was ist geschehen?«

Zu Benedikts Freude öffnete der alte Mann die Augen. Sein Blick war getrübt, seine Augen huschten umher, als suche er etwas.

»Benedikt?«, kam ganz schwach seine Stimme.

»Ja, jaja, ich bin es.«

»Mir ... war so ... übel. Ich ... muss gestürzt sein.« Tyron fasste sich an den Hinterkopf und zog die Hand wieder nach vorn. Sie war blutig.

»Lass mal sehen.«

Tyron schüttelte leicht den Kopf. »Es ... es ist ... nichts. Nur eine ... Schramme.«

Er versuchte, sich aufzurichten, was aber misslang. Tyron ließ sich wieder zurücksinken.

»Wo ist Sarah?«

»Sie ist zu Haus geblieben. Es geht ihr nicht gut. Keine Angst, es ist nichts Gefährliches, nur eine Erkältung.«

Tyron schaute sich um. »Ich schaffe das alles nicht mehr«, flüsterte er. »Ich bin zu alt. Wenn mich jemand überfällt, bin ich geliefert.«

»Was willst du denn machen?«, fragte Benedikt. »Den Laden zumachen? Das kannst du nicht. Denk an die Goldsucher, die dir vertrauen, die auf dich hoffen.«

Tyron nickte kaum merklich. »Das ist ja das Problem. Ich denke unablässig an die Männer.«

Einige Minuten blieb es still zwischen ihnen. Tyron atmete langsam, manchmal röchelnd. Er hielt die Augen geschlossen. Benedikt ließ sich neben ihm auf dem Boden nieder. So saß er dort, bis Tyron die Augen wieder öffnete und ihn groß ansah.

»Willst du mir einen Gefallen tun, Ben?«

Benedikt nickte.

»Ich schenke dir den Laden, mein Geschäft. Ich möchte ...«

Benedikt schüttelte so energisch den Kopf, dass Tyron abbrach. »Ich will deinen Laden nicht geschenkt.«

»Aber ...«

»Wenn du ihn mir wirklich geben willst, dann kaufe ich ihn. Ich habe etwas Geld gespart. Ich will nichts umsonst.«

Die Augen des alten Mannes begannen plötzlich zu leuchten. »Du bist nicht abgeneigt?«

»Nein.«

»Dann machen wir sofort einen Vertrag, bevor es für mich zu spät ist.«

Tyron wollte sich aufrichten, aber ohne Benedikts Hilfe schaffte er es nicht. Nach einigen Minuten saß Tyron Butler an seinem einfachen Tisch. Er holte einen Bogen Schreibpapier hervor und begann, darauf zu kritzeln. Schließlich sah er Benedikt wieder an. In der Hand hielt er das beschriebene Blatt Papier.

»Ich muss dir noch etwas sagen, Ben. Es geht um das südafrikanische Zivilrecht. Es basiert auf dem so genannten römisch-holländischen Recht und hat, wie der Name schon sagt, seine Grundlagen im Römischen Recht. Es wurde 1652 von einem niederländischen Rechtsgelehrten zum ersten Mal verwendet.«

Tyron musste innehalten. Sein Atem ging schneller. Dann hatte er sich wieder so weit unter Kontrolle, dass er langsam weitersprechen konnte.

»Das römisch-holländische Recht ist nach und nach in Südafrika eingeführt und etabliert worden. Als Großbritannien 1806 die Macht übernahm, wurde das römisch-holländische Recht durch Elemente des britischen case law ergänzt.

Erste Voraussetzung für das Zustandekommen eines Kaufvertrages nach südafrikanischem Recht ist die Geschäftsfähigkeit beider Vertragsparteien. Weiterhin muss der Kaufgegenstand genau bezeichnet sein. Das ist bei unserem Abkommen geschehen. Ich habe hier alles sorgfältig notiert. Du brauchst dir also keine Sorgen zu machen.«

»Ich mache mir auch keine Sorgen«, erwiderte Benedikt. »Aber willst du es dir nicht noch einmal überlegen? Du hast doch ...«

Er brach ab, als Tyron heftig den Kopf schüttelte.

»Nein. Ich kann mir keinen besseren Nachfolger wünschen als dich, Ben. Man wird den Vertrag akzeptieren, auch Krüger. Außerdem ... außerdem bin ich ja noch hier und kann bezeugen, dass ich meinen Laden an dich verkauft habe. Ich habe nur einen symbolischen Betrag eingesetzt. Es ist so viel, dass keiner auf den Gedanken kommt, du hättest mich über den Tisch gezogen. Du brauchst mir den Betrag nicht zu zahlen, es genügt die Hälfte oder noch weniger. Ich komme gut zurecht. Auch ich habe all die Jahre etwas gespart und das reicht.«

Tyron machte wieder eine lange Pause. Er war doch sehr erschöpft, das Reden hatte ihn sehr angestrengt.

Benedikt nahm das Papier in die Hand und sah auf den Betrag. Er erschrak. Soviel konnte er tatsächlich nicht aufbringen, die Hälfte schon, das ließ sich machen, aber den ganzen Betrag – niemals.

Er blickte Tyron an. Der alte Mann hatte die Augen geschlossen.

»Ich bringe dir das Geld noch heute«, sagte Benedikt leise. »Ich habe es bei der hiesigen Bank deponiert.«

Tyron nickte schwach.

»Draußen steht der Wagen, mit dem ich gekommen bin.

Willst du nicht zu einem Arzt? Ich nehme an, du kennst einen.«

Ein Lächeln huschte um Tyrons zerfurchten Mund, und er hob leicht die Hand. »Ich brauche keinen Arzt. Es sind alles Quacksalber, die selbst keine Ahnung haben. Es geht mir auch schon viel besser. Hol das Geld, damit wir den Handel abschließen können.«

Gut eine halbe Stunde später war Benedikt zurück. Tyron Butler saß immer noch so, wie er ihn verlassen hatte. Benedikt schob ihm das Geld über den Tisch. Tyron warf nur einen kurzen Blick darauf. »Ich denke, dass es stimmt. Ich werde nicht nachzählen.«

Benedikt atmete tief ein und aus und sah sich um. Jetzt war er Besitzer eines kleinen Goldwarengeschäftes. Hatte er sich das je gewünscht? Nein, gab er sich selbst die Antwort. Er war von einem Beruf in den nächsten geraten.

Aber etwas ließ ihm keine Ruhe. »Was ist mir Sarah? Steht ihr nicht der Laden zu? Wenigstens ein Teil?«

Über Tyrons Gesicht glitt ein leichtes Lächeln. »Ich habe bereits mir ihr darüber gesprochen. Es ist keine Laune, die mich veranlasst, dir mein Geschäft zu verkaufen. Ich habe seit langem darüber nachgedacht. Sarah ist mit allem einverstanden. Als Frau hätte sie das Geschäft nie führen können. Als Frau hast du in Südafrika keinerlei Rechte.«

»Wie in Europa«, entfuhr es Benedikt.

Tyron nickte schwach. »Wie überall auf der Welt. Sarah wird mich pflegen, wenn ich mal bettlägerig bin. Sie hat es mir versprochen, und ich bin sicher, dass sie ihr Wort hält.«

Benedikt wusste nicht, was er noch sagen sollte. Alles war über ihn hereingebrochen. Er dachte an seine Verkaufstouren in Deutschland zuerst mit Öfen, dann mit Särgen und fragte sich, ob er dieses Mal wohl wieder einen Reinfall erleiden würde. Aber dann dachte er an die Stammkunden. Sie alle kannten Benedikt und waren von seinem inzwischen enormen Fachwissen über Gold beeindruckt. Er und Tyron hatten sie nie betrogen, ganz im Gegensatz zu den vielen anderen Goldaufkäufern. Das hatte sich ausgezahlt, und das würde sich auch weiterhin auszahlen.

Ein Lächeln huschte um seinen Mund, als er an Züschen

dachte. Sie alle würden staunen, was er erreicht hatte. Aber sogleich wurde seine Miene wieder ernst. Es wurde ihm bewusst, dass er wahrscheinlich nicht mehr nach Züschen ins Hochsauerland zurückkehren konnte.

30

Die Beilieger waren zahlenmäßig in der Mehrheit. Wenn man die Söhne der Solstätter mitzählte, die als Handlungsreisende durch die Gegend zogen, waren es Zweidrittel der gesamten Einwohnerzahl Züschens.

Seit Bruno Seibert Förster geworden war, stolzierte er durch das Dorf und gab an, als wäre er der Kaiser persönlich. Bruno hatte von der Gemeinde alle Freiheiten erhalten, was die Pflege der Wälder betraf. Auch sein zugewiesenes Haus an der Ahre durfte er sein Eigen nennen, denn die Solstätter hatten beschlossen, es ihm zu übertragen. Das war, als es noch keinen neuen Bürgermeister gab, aber Beschlüsse dennoch gefasst werden mussten.

Bruno ließ sein Haus verschönern. Es war selbstverständlich, dass der Schreiner Lutz Saalfeld für die Inneneinrichtung verantwortlich war. Bruno wäre liebend gern zum Schreiner nach Korbach oder Brilon gereist, weil er Paul Halbach, dem Bruder von Benedikt, nicht den Ruhm gönnte, seine Möbel zu verzieren. Aber das wäre doch zu weit gegangen, er musste jemanden aus dem Dorf nehmen.

Immerhin, so frohlockte Bruno, war Benedikt nicht mehr in Züschen, und er konnte ungehindert seinen Frust auf die Familie Halbach an Paul auslassen. Ihm gefielen die Verzierungen zwar sehr, aber er musste nörgeln.

»Das ist blöd«, sagte er zu Lutz und deutete auf eine Sitzbank, deren Lehne geschwungen und mit äußerster Sorgfalt verziert war.

»Was gefällt dir nicht daran?«

»Das Motiv. Es sieht aus wie eine Schlange. Ich hatte mir einen Baum oder einen Wald gewünscht, aber keine Schlange.«

Lutz kniff die Augen zusammen. »Ich kann beim besten Willen keine Schlange erkennen. Sieh nur die Bäume und Büsche. Es ist genauso, wie du es bestellt hast.«

»Dann bist du blind. Ich sehe jedenfalls eine Schlange«, beharrte Bruno.

»Und was sollen wir jetzt machen?«

»Eine neue Sitzbank natürlich.« Es kostete Bruno große Überwindung, sich ein schadenfrohes Grinsen zu verkneifen. Er wusste natürlich, dass es nicht so einfach war, ein so perfektes Holzteil wie dieses zu finden.

Paul, der bisher der Diskussion still zugehört hatte, musste sich beherrschen, um nicht zu explodieren.

»Du bist gegen alles, was ich mache«, maulte er. »Du bist ein ungehobelter Klotz. Ich möchte nur wissen, wer dich zum Förster ernannt hat.«

»Mäßige deine Zunge, sonst gehe ich zum Schreiner nach Brilon. Ich habe auch schon Kontakt mit ihm aufgenommen.«

»Das würde dir jeder im Gemeinderat übelnehmen«, sagte Lutz schwach.

Da Bruno nichts dagegen einwenden konnte, brummte er mürrisch: »Ich muss in den Wald, aber ich will bald wissen, wie ihr euch entschieden habt.« Bruno kniff die Arschbacken zusammen und trollte sich.

Lutz betrachtete die Sitzbank.

»Wenn wir den Auftrag behalten wollen, müssen wir ein neues Stück suchen. Es war ein Bluff. Der Gemeinderat hat nicht bestimmt, dass Bruno jemanden aus Züschen nehmen muss.«

»Ich weiß«, seufzte Paul. »Also nehmen wir das gute Stück wieder mit zurück. Vielleicht fällt uns ja noch eine andere Lösung ein.«

Am Abend fragte Isolde ihren Mann, wie der Tag verlaufen war. Das war ein Ritus, der beide zusammenschweißte und ihrer Ehe den richtigen Halt gab. Sie liebten sich wie am ersten Tag ihrer Begegnung. Isolde war mit der Erziehung ihrer drei Kinder voll und ganz beschäftigt. Die Kinder waren im Bett und Ruhe war in ihr Haus eingekehrt.

»Wie immer«, antwortete Paul. Er war großgewachsen, wenn er auch von der Last der Arbeit ein wenig gebeugt ging. Sein

Haar war bereits mit grauen Strähnen durchzogen, obwohl er erst zweiunddreißig Jahre alt war.

»Gunhild sagt, dass ihr Haus große Fortschritte mache.«

»So? Ja, wenn man so will. Der Zimmermann hat neue Dachsparren eingesetzt und der Maurer zwei neue Mauern gezogen.«

Isolde warf ihm einen schrägen Blick zu. Paul hatte die Worte ausgestoßen, als wären sie Giftpfeile. So kannte Isolde ihren Mann nicht.

»Was ist mit dir?« Isolde spürte, dass ihn etwas bedrückte.

Paul wollte auch zuerst nicht mit der Sprache heraus, aber dann brauchte er jemanden, dem er sein Ventil öffnen konnte.

»Bruno! Er geht mir auf die Nerven. Nie mache ich es ihm recht. Immer hat er was zu meckern. Ich habe mir die größte Mühe gegeben, die Sitzbank für die Küche genau nach seinen Vorstellungen zu schnitzen. Er wollte einen Wald an der Lehne, aber er meint, es sähe aus wie eine Schlange. Ausgerechnet. Pah. Wenn Lutz nicht das Geld so dringend bräuchte, würde ich noch heute die Arbeit hinwerfen.«

»Dabei sollte sich gerade Bruno zurückhalten«, meinte Isolde. »Bruno hat die Prüfungen zum Förster gar nicht bestanden. Er hat die Zeugnisse gefälscht. Gunhild hat sich nämlich verraten.«

»Was?«

»Ja«, nickte Isolde. »Es ist ihr rausgerutscht. Danach hat sie sich auf die Lippen gebissen und mich beschworen, es für mich zu behalten. Ich sage es auch nur dir. Kannst du darüber schweigen?«

Paul lehnte sich zurück. Auf seinem Gesicht lag plötzlich ein leichtes Grinsen. »Ich will es versuchen, versprechen kann ich es nicht. Aber jetzt habe ich ihn in der Hand.«

»Bruno wird nicht zu einem anderen Schreiner gehen«, sagte Paul am nächsten Morgen zu seinem Schwager Lutz Saalfeld. Sie saßen gemeinsam in der Werkstatt und frühstückten. Helene, Pauls Schwester und Ehefrau von Lutz, machte jeden Morgen für beide eine sogenannte Zwischenmahlzeit. »Ihr müsst kräftig essen«, meinte sie. »Ihr arbeitet hart, und da braucht ein Mann ein ordentliches Frühstück. Nicht dass ich meine, Paul, deine

Isolde würde dich nicht gut versorgen, aber ihr seid schon drei Stunden in der Werkstatt. Da ist es nur natürlich, dass ihr Hunger habt.«

Die beiden ließen es sich schmecken.

Eine halbe Stunde später waren sie am Forsthaus. Bruno erwartete sie schon ungeduldig. Er hatte schlecht geschlafen und entsprechend missmutig war er gelaunt.

»Wo bleibt ihr denn? Ich muss mich gleich um eine Holzlieferung kümmern. Da kann ich nicht ewig auf euch warten. Wo ist die neue Sitzbank?«

»Es gibt keine«, sagte Paul ruhig. Lutz verhielt sich zurückhaltend. Er wusste nicht, woher Paul die Gewissheit nahm, dass Bruno nicht doch einen anderen Schreiner mit der Arbeit beauftragen würde.

»Was soll das heißen? Glaubt ihr mir nicht, dass ich nach Brilon gehe?«

»Nein«, sagte Paul. »Du wirst keinen anderen Schreiner nehmen.«

Er sagte es so deutlich und klar, dass Bruno unwillkürlich die Augen zusammenkniff. Ein Blick in Pauls Gesicht ließ ihn urplötzlich vorsichtig werden.

»Was sagst du?« Seine Stimme klang mit einem Mal dünn und leise.

»Ich sagte, du wirst keinen anderen Schreiner beauftragen als Lutz. Mehr nicht.« Paul verschränkte die Arme vor der Brust. »Oder willst du deine schöne Försterstelle verlieren?«

Bruno lachte auf. »Das kann niemand. Ich ...«

Er verstummte ganz plötzlich. Pauls Grinsen ließ ihn zur Besinnung kommen. Er wurde bleich und musste schlucken. Mühsam suchte er nach Worten, während die beiden Schreiner stumm vor ihm standen.

»Na, eigentlich sieht die Sitzbank ja auch nicht so schlecht aus. Ich meine, man kann schon einen Wald oder zumindest einen Baum auf der Lehne erkennen.«

»Na siehst du. Dann wollen wir mal wieder an die Arbeit.«

»Gut denn, ich kümmere mich um die Holzlieferung und ihr um die Sitzbank.«

Als Bruno außer Hörweite war, fragte Lutz seinen Schwager:

»Was hast du in der Hand gegen Bruno? Du hast doch was, oder?«
»Das willst du nicht wirklich wissen, Lutz«, antwortete Paul. »Ich kann es dir auch nicht erzählen. Noch nicht.«

Bruno war so wütend wie noch nie in seinem Leben. Selbst damals, als Benedikt und Jakob Halbach die verfluchte Bauernsteuer im Gemeinderat durchgesetzt hatten, die den Beiliegern für Holz aus dem Gemeindewald mehr an Geld abverlangte, als die meisten zum Leben hatten, war er nicht so aufgewühlt gewesen.

Es war ihm klar, wem er das zu verdanken hatte. Nur eine Person im Dorf wusste von der nicht bestandenen Prüfung. Gunhild, seine Frau!

Sie hatte ihm zwar schon zwei Kinder geboren, und er liebte sie auch, na ja, das glaubte er jedenfalls, vielleicht mochte er sie aber auch nur, weil sie gut kochen konnte.

Dennoch! Sie hätte nicht zu quatschen brauchen.

Am Abend stellte er sie zur Rede.

Die Kinder waren im Bett, Gunhild hatte eine gute Suppe gekocht, und das Bier stand vor Bruno.

»Warum hast du Isolde von meiner Prüfung erzählt?« Bruno redete nicht um den heißen Brei herum. Er merkte, dass Gunhild bleich wie Schnee wurde, und das befriedigte ihn. Er nickte zu sich selbst. Noch war er der Herr im Haus.

»Du hast es also gesagt!«, stellte er mit zischender Stimme fest und ging auf sie zu.

Gunhild trat einen Schritt zurück. Aber da war der Schrank. Sie konnte nicht weiter ausweichen.

»Ich ... ich wollte das nicht. Es ist mir einfach herausgerutscht. Ich ...«

Sie kam nicht weiter. Bruno hatte ausgeholt und ihr eine so kräftige Ohrfeige versetzt, dass sie taumelte und dann zu Boden stürzte. Auf den Knien sah sie zu ihm auf. Er hatte sie schon oft geschlagen, wegen Nichtigkeiten, aber sie war noch nie auf den Boden gefallen.

Wieder holte er aus. Gunhild hob schützend die Hände vors Gesicht. Sie wimmerte. Zu ihrer Überraschung schlug Bruno nicht. Als sie einen scheuen Blick zwischen ihren erhobenen Händen hindurch wagte, sah sie, dass er sie prüfend anstarrte.

»Nein. Ich werde dich nicht weiter schlagen. Jeder wird die blauen Flecke sehen. Ich werde mir für dich eine andere Strafe ausdenken.«

Er drehte sich auf dem Absatz um und stürmte hinaus.

Gunhild blieb noch einige Minuten auf dem Boden hocken. Der Schlag ins Gesicht hatte weh getan, aber nicht so sehr, wie der wütende Blick ihres Mannes sie getroffen hatte. Bruno würde sich an ihr rächen. Das stand fest. Sie hatte nur eine Chance, dem zuvor zu kommen. Sie musste zu ihren Eltern nach Brilon. Dann war sie weit genug entfernt von ihm. Ihre Familie würde sie vor Bruno beschützen. Bruno hatte immer schon Respekt vor Gunhilds Brüdern und ihrem Vater gehabt. Er würde ihr dann nichts mehr anhaben können. Aber sie musste die Kinder mitnehmen. Ohne die beiden würde sie keinen Schritt aus dem Haus gehen. Jetzt schliefen sie schon.

Morgen, dachte Gunhild. Gleich morgen, wenn Bruno im Wald ist, werde ich die Kinder nehmen und mit der Postkutsche nach Brilon fahren.

31

Die Spionage von Annegret Faulner zahlte sich für Jakob Halbach aus. Annegret versorgte ihn mit mehr Informationen, als er sich erhofft hatte.

Jakob interessierte sich natürlich nur für Benedikts Ländereien. Als er die Notizen in der Hand hielt und zunächst nur einen flüchtigen Blick darauf warf, wurde ihm übel. So groß hatte er sich Benedikts Landvermögen nicht vorgestellt. Er spürte förmlich, wie der Neid an ihm fraß.

Da hatte er bereits zweimal Benedikts Land mit beackert und nur wenig Anerkennung dafür erhalten. Nein, Jakob wollte unbedingt der größte Bauer in Züschen werden.

Nur wenige Tage später wurde er wieder bei Viktoria Halbach vorstellig. Er hatte frische Butter, Eier und selbstgebackenes Brot mitgebracht.

Viktoria empfing ihn wie immer freundlich, aber reserviert. Sie mochte Jakob nicht so, wie Benedikts Frauen Sophia und Luise. Diese beiden Frauen stammten aus Züschen und kannten Jakob von Kindesbeinen an.

Viktoria führte ihn in die Stube. Sie kam sofort auf den Grund seines Besuches zu sprechen, da er sonst nur bei Familienfeiern erschien, oder wenn etwas zur Ernte zu besprechen war. Beides stand nicht zur Debatte.

Jakob lächelte ein wenig verlegen. »Mir ist zu Ohren gekommen, dass deinem Mann Benedikt fast ein Viertel des gesamten Landes der Gemeinde gehört.«

Viktoria musste an sich halten. Da war Jakob nicht auf dem Laufenden. Benedikt gehörte viel mehr.

»Woher hast du das?«

Jakob winkte ab. »Das ist gleichgültig.«

»Und? Was willst du damit sagen?«

»Nun ... ich habe euch oft geholfen. Nicht dir, aber deinen ...«, er zögerte, weil er nicht wusste, wie er sich ausdrücken sollte.

»Du meinst Benedikt und seinen beiden ersten Frauen. Ich weiß davon. Magdalena hat mir alles berichtet. Du hast dich sehr kooperativ verhalten. Aber hast du nicht eine Entschädigung dafür erhalten?«

»Nur einen Teil der Ernte.«

»Das ist dir nicht genug?«

»Sagen wir es mal so: Hätte ich damals schon von Benedikts Landvermögen gewusst, hätte ich mehr verlangt.«

»Zum Beispiel?«

»Land. Landbesitz ist das Wertvollste, das man haben kann.«

»Jetzt möchtest du das nachholen?«

Jakob nickte. »Benedikt ist nicht da. Wer weiß denn schon, ob er jemals aus Afrika zurückkommt. Ihr habt nur Linus, ein paar Knechte und Tagelöhner. Aber das reicht nicht für das Land, das ihr bestellen wollt. Ich kann euch helfen. Für mich arbeiten Beilieger, die wissen, wie man Land bearbeitet.« Er beugte sich vor. »Verkauf mir einige Felder oder ganz einfach Land, das ihr nicht bestellen könnt, zu einem vernünftigen Preis selbstverständlich. Ich würde euch – sagen wir – fünf Jahre an den Erträgen teilhaben lassen.«

Viktoria schwieg. So ganz unrecht hatte Jakob nicht. Die Arbeit wuchs Linus jetzt schon über den Kopf.

»Ich weiß nicht, ob ich dazu befugt bin«, antwortete sie leise. »Ich bin zwar Benedikts Frau, aber als solche habe ich wenig zu sagen. Wie soll das denn mit dem Verkauf gehen? Hast du darüber auch schon nachgedacht?«

In der Tat, das hatte er.

»Nun – nehmen wir mal an, Benedikt kommt nicht wieder, wie ich schon sagte, oder er meldet sich nicht mehr, dann geht sein Land – pardon – euer Land an die Kinder. Das wäre in diesem Fall Karl. Er ist der erstgeborene Sohn. Aber er ist zu jung, um über das Erbe bestimmen zu können. Du wärst dann sein Vormund und hättest alle Befugnisse.«

Daran hate Viktoria noch gar nicht gedacht. Eine Zeitlang blieb sie regungslos im Sessel sitzen.

»Ich muss mich mit seinen Geschwistern beraten«, meinte sie langsam. »Dann können wir sehen, was zu machen ist.«

»Das ist gut.« Jakob hatte insgeheim mit mehr Widerstand gerechnet. Er stand unverhofft auf und streckte ihr seine Hand hin. Viktoria ergriff sie zögernd.

Mit einem kurzen Kopfnicken verabschiedete sich Jakob. Als die Tür hinter ihm zufiel, lehnte sich Viktoria in ihrem Sessel zurück, schloss die Augen und dachte über das Gespräch nach.

Viktoria beriet sich mit Magdalena und Linus. Magdalena war nicht dagegen, Jakob einige Parzellen zu verkaufen.

»Jakob hat sich sehr um uns gekümmert, als Benedikt auf seinen Reisen war. Ich fände es nur anständig, wenn ihm dafür eine Entschädigung zukommen würde. Was ist schon dabei, wenn wir ein paar Felder abgeben? Wir haben doch genug. Mehr als sattessen können wir uns auch nicht.«

Linus war zwar nicht begeistert, aber er war mit der ganzen Arbeit überfordert. Er sah erschöpft aus, schlief nachts nur wenige Stunden, um wieder früh auf den Beinen zu sein und nach dem Rechten zu sehen.

»Welche Felder könnten wir am ehesten entbehren?«, fragte Viktoria.

»Die an der Nuhne.« Magdalena und Linus sagten es gleichzeitig.

»Die hat Benedikt von Max Redlich überschrieben bekommen«, meinte Magdalena. »Jakob hat schon immer ein Auge darauf geworfen. Nicht, weil sie so fruchtbar wären, sondern weil sie direkt an sein Haus grenzen.«

Linus nickte. »Die Felder sind fast ein halbes Jahr überschwemmt. Man kann dort nichts anbauen, nur die Kühe dort grasen lassen.«

»Gut«, sagte Viktoria nach kurzer Bedenkzeit.

Linus sollte Jakob die Nachricht überbringen. Er war zuerst nicht erbaut davon, aber als Viktoria ihm eintrichterte, dass es am Unverfänglichsten wäre, willigte Linus ein. Er machte sich sofort auf den Weg.

Jakob sei im Stall, wurde ihm von Rose, seiner Frau, gesagt.

Die Tür quietschte leise, als er sie aufzog. Im Stall war es dunkler als draußen. Er hörte das Stampfen der Kühe und die Schläge ihrer Schwänze, mit denen sie die Fliegen vertreiben wollten. Jakob lag auf einem Strohballen. Er hatte die Augen geschlossen.

»Jakob? Alles in Ordnung mit dir?«, fragte Linus.

Jakob rekelte sich, er öffnete die Augen. Sie starrten Linus schlaftrunken an.

Linus fasste ihn am Arm und rüttelte ihn. Das schien Jakob zur Besinnung zu bringen. Er richtete sich ruckartig auf, strich sich ein Haarbüschel aus der Stirn. »Was machst du hier? Warum bist du gekommen? Was willst du von mir? Sag nicht, dass du ... das ihr meine Hilfe braucht.«

»Nein, das ist es nicht.« Linus schüttelte den Kopf. »Viktoria hat über deine Wünsche nachgedacht.«

»Wünsche?« Jakob runzelte die Stirn und kniff die Augen zusammen.

»Dass du mehr Land möchtest. Viktoria hat sich entschieden. Du kannst die vier Felder an der Nuhne bekommen. Sie ist damit einverstanden.«

»Das ist eigentlich nicht das, was ich wollte. Wie sieht es mit den Wiesen in der Ahre aus? Oder in der Brembach?«

Linus schüttelte den Kopf. »Davon weiß ich nichts. Darüber haben wir nicht geredet.«

»So. Ihr habt also gemeinsam beschlossen, mich zum Stillschweigen zu kriegen, was?«

»Ich hatte damit nichts zu tun. Das war ganz allein Viktorias Entscheidung.«

Jakob lachte. Es war ein abwertendes Lachen. »Du bist ja auch nur der Hanswurst in der Familie. Darfst die Arbeit machen und bekommst selbst nichts.«

Linus ballte die Hände zu Fäusten. Es brodelte gewaltig in ihm, aber es gelang ihm, sich zu beherrschen. Jakob hatte ihn noch nie gemocht, was aber auf Gegenseitigkeit beruhte. Jakob wusste genau, dass Linus ihm intelligenzmäßig haushoch überlegen war.

»Nun, wie ist es? Bist du damit einverstanden?«

Jakob begann, im Stall hin und herzugehen. Schließlich blieb er stehen und drehte sich zu Linus.

»Wann soll das Ganze über die Bühne gehen? Ich meine, wann werden wir zum Amtsgericht nach Medebach fahren?«

»Sobald du willst«, sagte Linus.

Jakob überlegte. »Gut. Ich werde euch den Termin rechtzeitig sagen. War´s das?«

»Ja.« Linus nickte noch einmal kurz und ging dann aus dem Stall hinaus.

Draußen atmete er kräftig einige Male ein und aus. Es war für ihn stets unangenehm, zu Jakob zu gehen. Die Rivalität zwischen ihnen war auch mit guten Worten nicht aus der Welt zu schaffen. Jakob hasste ihn. Das war klar. Jakob gönnte Linus nicht, dass er mehr Land zu verwalten hatte als er.

Linus zog den Kragen hoch. Na schön, dachte er. Meinetwegen soll Jakob auf seinem hohen Ross sitzen bleiben. Er würde schon wieder klein werden, spätestens dann, wenn Benedikt zurück war.

Linus setzte sich in Bewegung. Plötzlich sah er eine Gestalt zum Stall Jakobs gehen. Der Mann schlich geradezu und sah sich immer wieder nach allen Seiten um. Da Linus im Schatten eines Hauses stand, konnte der Mann ihn nicht sehen, aber Linus erkannte ihn sofort. Bruno Seibert. In der Hand hielt er mehrere Flaschen Bier.

Na klar, die beiden wollten sich betrinken. War das Angebot von Viktoria der Grund? Das war unwahrscheinlich. Bruno konnte davon keine Ahnung haben.

Linus zog seine Taschenuhr heraus. Es war noch nicht einmal zwölf Uhr am Mittag.

Langsam und nachdenklich setzte Linus seinen Weg nach Hause fort. Er würde darüber schweigen – vorerst jedenfalls.

Schon von weitem hörte Linus die hohe Stimme seiner angeheirateten Tante Helene. Sie sprach mit Moritz, nein, sie schimpfte wieder einmal mit ihm.

Moritz war aber auch ein schwieriges Kind.

Linus war es gleichgültig, was Moritz tat. Er war mit knapp fünfzehn Jahren jetzt alt genug, um auf den Feldern helfen zu können, aber durch seine Behinderung blieb er immer zu Hause. Helene verhätschelte ihn für Linus` Begriffe zu sehr. Moritz müsste arbeiten, natürlich nur das, was er konnte. Man durfte ihm keine Sichel oder eine Axt in die Hand geben, damit würde er vielleicht Unheil anrichten, aber eine Harke tat es auch.

Linus traf auf den Hof. Moritz saß auf der Bank neben der Haustür. Helene war offenbar wieder im Haus. Als Moritz Linus sah, weiteten sich seine Augen, und er wollte aufspringen, aber Linus war schneller. Er drückte den Jungen auf die Bank zurück.

»Bleib doch sitzen, Moritz. Was machst du denn da?« Linus deutete auf den Stock in Moritz' Hand. Damit hatte der Junge die ganze Zeit auf der Erde herumgekritzelt.

»Nichts«, antwortete Moritz mit seiner dünnen, viel zu hohen Stimme. Er hatte Linus genau verstanden. Linus hatte sowieso den Verdacht, dass Moritz nur das verstand, was er verstehen wollte. Aber Helene hatte diesen Vorwurf stets entrüstet von sich gewiesen.

Linus sah zum Stall hinüber. Er wollte Moritz einen Anreiz bieten, deshalb sagte er: »Willst du das neue Kälbchen sehen? Es ist erst vor drei Tagen geboren.«

Moritz nickte mit glühendem Gesicht. Er sprang auf und folgte Linus zum Stall. Das Kälbchen lag halb neben seiner Mutter und gab einen undefinierbaren Laut von sich.

Moritz ging langsam auf das Tier zu. In ehrfürchtigem Abstand hielt er inne. Minuten vergingen. Dann öffnete sich die Stalltür hinter ihnen und Berta tauchte auf. Als Moritz sie sah, flüchtete er in die äußerste Ecke des Stalls. Linus sah verdutzt von Berta zu Moritz.

»Was ist los mit euch?«

Jetzt erst hatte Berta Moritz entdeckt. Ihr Gesicht verzerrte sich vor Wut.

»Was macht er hier?« Sie deutete auf Moritz.

»Ich habe ihn mit hier reingenommen«, sagte Linus.

»Ich will ihn nicht sehen. Wie kommt er überhaupt auf unseren Hof. Er hat Hausverbot.«

»Hausverbot? Von wem denn?«

»Von mir. Genügt das nicht?«

Linus schüttelte den Kopf. »Du kannst ihm nicht verbieten, zu uns zu kommen. Schon gar nicht, wenn Helene ihn mitbringt. Sie ist seine Mutter, und das ist ihr Zuhause.«

Berta schürzte die Lippen, drehte sich auf dem Absatz um und lief hinaus.

Linus sah wieder zu Moritz. Der Junge kauerte an der Wand. Er sah ganz verängstigt aus. Linus streckte seine Hand aus.

»Komm, Moritz, wir gehen wieder hinaus. Berta meint es nicht so. Ich weiß nicht, was mit ihr los ist. Nimm dir einen Besen, und dann hilfst du mir beim Hofkehren.«

Moritz griff nach einigem Zögern tatsächlich einen Besen und folgte Linus aus dem Stall hinaus. Linus fragte sich derweil, was in Berta gefahren war. Bei Gelegenheit würde er Helene fragen, ob sie darauf eine Antwort parat hatte. Aber bald hatte Linus sein Vorhaben wieder vergessen.

Jakob empfing Bruno mit leichtem Unwillen. Gerade erst war Linus gegangen, und obwohl dieser ihm gute Nachrichten gebracht hatte, war Jakob aufgebracht.

»Was willst du?«, herrschte er Bruno an. »Warum kommst du zu mir?«

Bruno ließ sich von Jakobs schlechter Laune nicht beirren. Das kannte er. Bruno setzte sich auf die Erde.

»Gunhild hat gequatscht.«

»Hä?«

»Sie in Gegenwart von Isolde Halbach erzählt, dass ich die Prüfungen zum Förster nicht bestanden habe.«

»Bist du sicher?«

»Ja.« Bruno nickte heftig. »Ich habe es aus ihr rausgeprügelt.«

Jakob stieß einen Fluch aus und ließ sich neben Bruno auf den Boden fallen.

»Was soll ich jetzt machen?«, fragte Bruno.

Jakob fuhr sich mit der Hand an die Stirn. »Du musst dich erneut anmelden.«

Bruno stieß höhnisch die Luft aus. »Das geht nicht. Man kann die Prüfung nur einmal machen.«

»Lass mich nur, Bruno. Ich finde einen Weg.«

»Was und vor allem wie willst du das tun?«

Jakob sah Bruno direkt ins Gesicht. »Ich kenne den verantwortlichen Prüfer gut. Er ist mir noch einen Gefallen schuldig. Ich werde ihm gut zureden. Ich bin sicher, er lässt dich noch einmal zur Prüfung zu.« Er drückte sein Gesicht nahe an Brunos. »Aber eines sage ich dir: Du wirst nicht wieder durchfallen. Ist das klar? Ich weiß nicht, wann Benedikt wieder zurückkommt. Wahrscheinlich kommt er nie mehr wieder. Das würde das Beste für uns alle sein. Aber wenn er zu früh wiederauftaucht, und du hast noch nicht sämtliche Prüfungen bestanden, wird das nichts mehr. Hast du verstanden?«

Bruno nickte mit zusammengekniffenen Lippen. Wenn er eine zweite Chance bekäme, würde er sie nutzen. Koste es, was es wolle!

32

Jakob Halbach war immer noch missgestimmt. Die Niederlage bei der Bürgermeisterwahl konnte er nur schwer verkraften. Arnold Grahms war seit Monaten der gefragteste Mann in Züschen. Er ging mit Leidenschaft an die Aufgaben, und alle waren zufrieden.

In vier Jahren würden wieder Bürgermeisterwahlen anstehen, und dann würde Jakob triumphieren.

Er hatte auch schon einen Plan, wie er das schaffen wollte. Auf das Bewässerungssystem, das Benedikt ihm vor Jahren vorgeschlagen hatte, setzte er alle Hoffnungen. Er wollte so tun, als sei es seine Idee. Also brachte er bei der nächsten Gemeinderatsversammlung die Sprache darauf. Diesmal waren die Solstätter dafür und vereinbarten einen Ortstermin. Wenige Tage später zeigte Jakob ihnen die Stellen, die er damals mit Benedikt besucht hatte.

»Hier und hier«, sagte Jakob, »werden die Abzweigungen gemacht.«

»Wann fangen wir an?«

»Sobald wie möglich.«

Linus war wütend. »Das war Benedikts Idee. Ich war selbst dabei, und jetzt gibt Jakob sie als seine aus.« Er konnte sich kaum beherrschen. »So ein Schuft. Er schmückt sich mit fremden Federn. Aber warte, ich werde es ihm schon zeigen.«

»Was willst du machen?«, fragte Franziska. »Es wird dir keiner glauben.«

Da hatte sie leider recht. Er war zwar ein guter Verwalter und kümmerte sich um Haus und Hof, aber dennoch war er nur ein Zugereister.

Das Bewässerungssystem wurde ein voller Erfolg. Sogar die Beilieger profitierten davon. Jakob ließ es großzügig zu, dass auch die Felder der Beilieger bewässert wurden. Wenn auch nicht ganz so stark wie die der Solstätter. Die Kunde von der Bewässerungsanlage machte im Sauerland schnell die Runde, und viele Dörfer machten es nach.

Bruno Seibert durfte alle Prüfungen wiederholen. Der Prüfungsausschuss hatte Bruno ohne Kommentar zugelassen. Wie Jakob das geschafft hatte, blieb sein Geheimnis.

Gunhild, Brunos Frau, war mit ihren Kindern nach Brilon zu ihren Eltern gereist. Bruno vermisste sie nicht. Er hatte Gunhild sowieso nie geliebt und feierte jetzt manche Orgie in seinem Haus. Dazu ließ er heimlich Frauen aus Winterberg kommen. Frieda Bruhner und Walburga Kohlmann bekamen davon nichts mit. Aber auch um den Wald kümmerte sich Bruno nun verstärkt.

Es gab erste Anstöße zur Modernisierung der Waldarbeit. Verbesserte Arbeitsgeräte und neue Arbeitsverfahren steigerten die Produktivität. Moderne Maschinen und Geräte hatten in den letzten Jahrzehnten weitere Entwicklungsschübe gebracht.

Die Tätigkeit im Wald war mit industriellen Arbeitsplätzen aber kaum zu vergleichen. Ständig wechselnde Einsatzorte und das ganze Jahr fast ausschließlich Arbeiten im Freien, verlangten vom Förster ein hohes Maß an eigenverantwortlichem Handeln und Selbständigkeit.

Bruno war dem nicht gewachsen. Er kümmerte sich zwar um die Walderneuerung, um den Waldschutz und sogar um neue Wege, aber er vernachlässigte dabei die Landschaftspflege. Dafür bedurfte es geistiger Beweglichkeit und der Fähigkeit, forstbetriebliche Kenntnisse, die man in der Ausbildung erworben hatte, in die Praxis umzusetzen.

Auch Teamgeist war gefragt. Aber das war nicht Brunos Sache. Niemand hielt es lange bei ihm aus. Da die Gemeinde fast ausschließlich mit dem Bewässerungssystem beschäftigt war, fiel das niemandem auf.

Bruno kümmerte sich um die Produktion von Holz, und das genügte allen.

Zwei Wochen später kam das Ergebnis der Prüfung. Bruno zögerte fast vier Stunden, ehe er den Brief öffnete. Dann stieß er einen Jubelschrei aus. Er hatte bestanden. Zwar nicht so gut, wie er erhofft hatte, aber bestanden.

An diesem Abend betrank er sich, und am nächsten Tag ging er als Erstes zu Jakob. Der warf nur einen kurzen Blick auf das Ergebnis und öffnete sofort eine Flasche Doppelkorn. Bis Mittag hatten die beiden sie geleert. Danach war der Tag für sie gelaufen. Arbeiten konnte keiner mehr. Aber das interessierte niemanden. Sie waren ihre eigenen Herren.

33

Berta Halbach, die zweite Tochter aus Benedikts erster Ehe mit Sophia Bertram, war sechzehn Jahre alt. Sie war etwas pummelig und nicht so hübsch wie ihre Schwester Franziska. Aber das kümmerte Berta wenig. Sie war mit ihrem Aussehen zufrieden. In letzter Zeit sah man sie mit Florian Zimmer zusammen. Florian war der Sohn eines Beiliegers. Die Familie Zimmer hatte ganze Areale zu bewirtschaften, und deshalb ging es ihnen gut. Sie hatten noch nie Hunger oder Durst leiden müssen. Berta und Florian trafen sich heimlich. Seit Frieda, Walburga und Bertas Tante Magdalena das Zepter über ganz Züschen übernommen hatten, - jedenfalls was die Moral betraf -, konnten sie sich noch nicht mal auf der Straße zusammen sehen lassen.

Aber die Jugend hatte Wege gefunden, wo sie sich ungestört treffen konnten. Meistens war das am Ikesberg, weit vom Dorf entfernt, wo die dichtesten Tannen wuchsen und viele Felder umsäumt von Büschen und kleineren Bäumen waren, deren Blattwerk teilweise bis auf den Boden reichte.

Sie hielten sich nur an den Händen, manchmal tauschten sie auch verlegene Küsschen auf die Wangen aus. Mehr schickte sich nicht.

Berta wohnte im Haus ihrer Stiefmutter Viktoria. Das Verhältnis war so herzlich, als sei Viktoria ihre leibliche Mutter. Auch mit Linus und Franziska verstand sie sich gut.

An diesem Nachmittag kam Berta spät nach Hause. Sie wirkte verstört. Zuerst fiel das niemandem auf. Bis Eva, die mit ihren Kindern wieder in ihrem alten Zuhause weilte, fragte: »Was ist los, Berta? Du siehst aus, als wärest du ganz durcheinander.«

Jetzt wurden Viktoria und Magdalena hellhörig. Magdalena sah Berta prüfend an.

»Stimmt. Hast du was angestellt?«

Berta schüttelte hastig den Kopf. Sie verließ den Raum und lief die Treppe hinauf in ihr Zimmer. Die Personen in der Küche sahen sich ratlos an.

»Ich gehe mal zu ihr.« Franziska erhob sich. »Unter Geschwistern tauscht man sich am ehesten aus.«

Franziska klopfte. Ihre jüngere Schwester lag auf dem Bett mit dem Gesicht zur Wand, deshalb konnte Franziska nicht sehen, dass Berta geweint hatte. Sie trat ans Bett und setzte sich auf die Kante. Ganz vorsichtig griff sie nach Bertas Schulter. Diese rührte sich nicht.

»Willst du nicht wenigstens mir sagen, was los ist? Alle im Haus machen sich Sorgen.«

Berta antwortete nicht. Franziska seufzte und wollte schon wieder gehen, als sie an der Tür von Bertas Stimme aufgehalten wurde.

»Es ist wegen Moritz«, sagte sie leise.

»Was?«

Berta blieb mit dem Gesicht zur Wand liegen. »Ich weiß, dass Tante Helene ihn immer in Schutz nimmt. Moritz kann machen, was er will. Er hat niemals Schuld.«

»Er ... er ist ... wie soll ich es sagen ...«

»Er ist behindert«, vollendete Berta den Satz. »Ich weiß es doch. Er tut mir ja auch leid, aber trotzdem hasse ich ihn.«

Franziska war bestürzt. »Warum denn um Gottes Willen?«

Berta suchte ganz offensichtlich nach den richtigen Worten. »Er taucht immer dann auf, wenn wir es nicht erwarten. Heute zum Beispiel ließ er sich aus fast zwei Metern Höhe von einem Baum herunterfallen. Wir haben uns zu Tode erschreckt. Er landete nur wenige Zentimeter neben mir. Es war sehr viel Moos unter dem Baum, deshalb hat er sich nichts getan. Als Florian ihn zur Rede stellte, hat er nur laut gelacht und ...«, sie zögerte, »so unanständige Bewegungen gemacht. Es ... es war ekelig. Dauernd lauert er uns auf.«

Franziska hielt entsetzt den Atem an. Sie konnte nicht glauben, was ihre Schwester da erzählte.

»Nicht nur Florian und ich sind von seinen Scherzen betroffen. Auch Maria und Karl, Inge und Josef und noch andere.«

Franziska kannte die Namen natürlich. Es waren Bertas Freunde und Kinder der Solstätter.

Berta drehte sich jetzt zu ihrer Schwester um. Tränen liefen ihr über die Wangen. Ob aus verletzter Eitelkeit oder aus Wut war nicht zu erkennen. Bertas Gesicht glühte.

»Soll ich mit Tante Helene sprechen?«, fragte Franziska leise.

»Was willst du denn sagen? Es ist nicht verboten, im Wald zu spielen. Und dass er diese Bewegungen macht, glaubt Tante Helene sowieso nicht.«

Franziska nickte automatisch. Alles, was Moritz tat, wurde von seiner Mutter als belanglos abgewunken. Moritz sei krank, da müsse man Nachsicht haben, sagte Tante Helene stets.

»Aber so geht es nicht weiter«, meinte Franziska resolut. »Ich rede mit Tante Helene. Sie muss besser auf Moritz aufpassen. Das ist ihre Pflicht. Aber ihr solltet nicht mehr rumerzählen, wo ihr hingeht. Außerdem könnt ihr warten, bis Moritz unter Aufsicht ist. Können wir so verbleiben?«

Berta nickte zaghaft, und Franziska verließ das Zimmer.

Das Gespräch zwischen Franziska und ihrer Tante Helene zeigte Wirkung, auch wenn es am Anfang nicht gerade angenehm war.

»Ich kann nicht sehen, dass Moritz sich falsch verhält«, verteidigte ihn Helene. »Ich kann ihn nun mal nicht immer im Auge behalten. Er muss auch seine Freiheiten haben, sonst wird er nie lernen, allein fertig zu werden, und das soll er nach Ansicht des Arztes.«

»Doktor Patter weiß auch nicht alles«, hielt Franziska dagegen.

Helene atmete schwer ein und aus. »Das stimmt natürlich. Er ist ein recht guter Arzt für allgemeine Krankheiten, immer freundlich und nett.«

Franziska erwiderte nichts darauf. Doktor Patter hatte seit drei Jahren seine Praxis in Winterberg. Alle waren froh, dass ein Arzt im Hochsauerland ansässig geworden war, aber das war viel zu wenig für alle Menschen.

»Moritz ist schon fast erwachsen. Er … er kommt mit seinem Körper nicht zurecht.« Die Stimme Helenes war kaum zu hören. Man sprach nicht über das Sexualverhalten eines Menschen, auch nicht mit der erwachsenen Nichte.

»Ich muss mich auch um Sophia kümmern. Sie ist viel zu kurz gekommen in den letzten Jahren.«

»Ich verstehe dich gut, Tante Helene, aber kannst du nicht ein besonderes Auge auf Moritz haben? Besonders wenn er wieder mal in die Berge will?«

»Ich werde mich um ihn kümmern. Das verspreche ich dir.«

Tatsächlich ließ Moritz die jungen Paare in Ruhe. Immer dann, wenn er draußen war, ließ ihn Helene nicht aus den Augen, und wenn er nur den Ansatz machte, in den Wald zu gehen, fand Helene stets eine Aufgabe für ihn, die ihn mehr interessierte. Aber wie lange konnte das gutgehen?

34

Das Jahr 1899 begann mit einer Hitzeperiode in Südafrika und einem Kälteeinbruch im Sauerland. Aber davon bekam Benedikt Halbach nichts mit. Er war in Johannesburg nur mit seinem Laden beschäftigt. Tyron Butler kam anfangs einmal in der Woche, dann nur noch unregelmäßig, und schließlich wurden seine Besuche völlig eingestellt. Als Benedikt einmal Sarah darauf ansprach, sagte sie, dass es mit seiner Gesundheit immer schlechter gehen würde und sie befürchte, dass er nicht mehr lange am Leben bliebe.

Auch Benedikts Affäre mit Sarah schien vorbei zu sein. Sie sahen sich zwar noch ab und zu, aber sie schliefen nicht mehr miteinander. Ihre Beziehung war abgekühlt, was Benedikt nicht sonderlich bedrückte. Zudem hatte Sarah zugenommen, was sie unattraktiver erscheinen ließ.

Benedikt machte eine andere Sache Sorgen.

Seit Wochen konnte man die Unruhen in der Stadt nicht nur spüren, sondern auch sehen. Buren und Briten gerieten stets aneinander, wenn sie sich trafen.

Paul Krüger, der Burenpräsident, hatte sich bis zum Ende des letzten Jahres sehr häufig in Benedikts Geschäft gezeigt. Er war gar nicht so überrascht, dass Tyron Butler Benedikt den Laden verkauft hatte. Krüger hatte nur einen kurzen Blick auf den Vertrag geworfen, genickt und gesagt, dass alles seine Richtigkeit habe. Er freute sich, in Benedikt einen würdigen Nachfolger Tyrons gefunden zu haben.

Viermal war Benedikt noch bei Paul Krüger eingeladen worden. Immer zum Frühstück auf der großen Terrasse. Inzwischen hatte Krüger ihn als seinen Freund akzeptiert und jedem, der zu Besuch kam, auch als solchen vorgestellt. Benedikt war sehr stolz. Wer aus Züschen konnte schon einen richtigen Präsidenten seinen Freund nennen. Er sah förmlich den Neid in allen Augen.

»Es wird Krieg geben«, sagte Krüger bei seinem letzten Besuch Ende Januar unversehens. Benedikt war bestürzt. Seit er hier war, hatte es unzählige Handgreiflichkeiten zwischen Buren und Briten gegeben. Fast immer kam es zu Schlägereien und nicht selten gab es Tote, aber die Aussage Krügers konnte man nicht so einfach ignorieren. Sollte er das Land verlassen? Dann aber würde er alles verlieren, was er sich mühsam aufgebaut hatte. Vielleicht war alles doch nur halb so schlimm.

Anfand März starb Tyron Butler. Sarah überbrachte Benedikt die traurige Nachricht.

Am 30. Mai 1899 lud Marthinus Theunis Steyn, der Präsident des Oranje-Freistaates, Krüger zu einer Konferenz in Bloemfontein ein. Sie wurde allerdings von britischer Seite ergebnislos abgebrochen. Krügers anschließende Kompromissvorschläge wurden von dem Briten Milner bewusst hintertrieben. Milner entsandte stattdessen zehntausend Soldaten zur Verstärkung nach Natal, und es sollten noch weitere folgen, so dass schließlich ein Heer von fünfzigtausend Mann unter Führung von General Redvers Buller zur Verfügung stand. Milner überzeugte den englischen Premierminister von der Notwendigkeit dieses Schrittes, und diesem gelang es, auch die Mehrheit des Kabinetts auf seine Seite zu ziehen.

Am 22. September verbreitete die Presse, die britische Regierung habe auch die Entsendung des Armeekorps gebilligt.

Bis zu diesem Zeitpunkt hatte Benedikt Halbach schon einen Käufer für seinen Laden gefunden. Es war zwar ein Brite, aber er stand nicht hinter den Kriegsgelüsten seiner Regierung. Er hieß Brad Warner, und war ganz versessen auf das Goldgeschäft.

»Ich werde es in Ehren weiterführen«, versprach er. »Sie können sich ganz auf mich verlassen. Und was den Krieg angeht – die Buren haben keine Chance. Sie sind gegen das Heer der Briten nicht gewappnet. Auch wenn ihnen die Eingeborenen helfen würden.« Brad lächelte. »Ich weiß natürlich Bescheid. Wir alle wissen, dass die Zulu und Xhosa Krüger helfen wollen. Aber das nützt ihnen auch nichts.« Er zuckte fast bedauernd die Schultern.

»Dann«, so fuhr er fort, »wäre es gut, wenn keine Sympathiesanten Krügers mehr in Johannesburg und in ganz Transvaal wären.«

Anfang September 1899 überschrieb Benedikt sein Geschäft an Brad Warner. Dafür kassierte Benedikt zweihunderttausend Südafrikanische Rand, was so viel wie fünfzehntausend Goldmark war. Am 28. September ordnete Paul Krüger die Mobilmachung für Transvaal an. Er entsandte die Kommandos unter General Piet Joubert an die Grenzen.

Am 2. Oktober ließ auch Marthinus Theunis Steyn die Bürger des Oranje-Freistaats mobilisieren. Krüger stellte den Briten am 9. Oktober ein Ultimatum. Er forderte sie auf, innerhalb achtundvierzig Stunden alle Truppen von der Grenze Transvaals abziehen und ihre auf See befindlichen Truppen umkehren zu lassen, andernfalls würden Transvaal und der Oranje-Freistaat dies als Kriegserklärung betrachten. In Großbritannien wurde dieses Ultimatum mit Erleichterung aufgenommen, da nun kein eigenes Ultimatum mehr gestellt werden musste. Am 14. Oktober wurden die ersten britischen Truppen in Southampton eingeschifft.

Vier Tage später bestieg Benedikt Halbach mit über vierzig anderen Europäern den Zug nach Durban. Dort wollten sie auf ein Schiff, das sie über Kapstadt, Windhuk, entlang der afrikanischen Küste nach Norden und wieder nach Europa bringen sollte. Den Preis hatten sie schon bezahlt. Mit dabei waren auch Ferdinand Runge, Walter Böhmer und Marc Claasen. Nur mit Marc hatte Benedikt Freundschaft geschlossen, mit den anderen beiden verband ihn nichts mehr.

Benedikt stand am Fenster und schaute auf die Menschenmenge auf dem Bahnsteig, die auf Angekommene gewartet oder Abfahrende verabschiedet hatten. Der Zug setzte sich langsam in Bewegung.

Plötzlich stutzte Benedikt. Unwillkürlich beugte er sich weiter ans Fenster. Er hatte eine Frau entdeckt, die frappierende Ähnlichkeit mit Sarah hatte.

Natürlich! Das war Sarah.

Aber was hatte sie denn da auf dem Arm? Ein Baby? Jetzt sah Sarah zu ihm und entdeckte ihn. Sie winkte mit der freien

Hand. Dann deutete sie auf das Kind in ihrem Arm, dann auf ihn. Benedikt wurde es abwechselnd heiß und kalt. Sollte es sein Kind …?

Nein, das war nicht möglich. Oder doch? Benedikt war wie vom Donner getroffen. Er erschauderte, und ihm wurde ganz übel. Das … das war sein Kind.

Er sah, dass Sarah lächelte, den Kopf schüttelte, als wolle sie sagen »Mach dir keine großen Gedanken. Ich werde schon allein fertig.«

Im ersten Impuls wollte Benedikt den Zug wieder verlassen, aber der hatte schon zu viel Geschwindigkeit aufgenommen.

»Was ist mir dir? Du bist ganz bleich geworden.«

Es war Marc Claasen, der unverhofft neben ihm aufgetaucht war. Marc blickte aus dem Fenster, konnte aber nicht erkennen, was Benedikt so aus der Fassung gebracht hatte.

»Es ist für die meisten sehr schwer, Abschied zu nehmen«, murmelte Marc. »Auch für dich. Du hast ein gutes Geschäft gehabt und musstest es aufgeben. Da kann keine Freude aufkommen.«

Wie gut, dass Marc nicht ahnte, was ihn beschäftigte. Sarah war bis zum Ende Bahnsteigs gelaufen, dann wurde sie immer kleiner, und schließlich war sie nur noch ein Punkt unter vielen. Sarah war aus seinem Blickfeld verschwunden.

Benedikt verstand jetzt, warum Sarah immer dicker geworden war. Sie war schwanger, doch wenn er es eher gewusst hätte …? Was hätte das geändert?

Er wäre nicht in Johannesburg geblieben. Es hätte keine gemeinsame Zukunft für ihn und Sarah gegeben.

In Durban hatte Benedikt sich wieder gefangen. Das Schiff lag am Kai, die Männer konnten sofort an Bord.

Sie mussten allerdings lange auf das Ablegen warten. Am Kai waren viele Menschen versammelt. Einige Europäer hatten in Südafrika geheiratet und Kinder bekommen. Ihre Ehefrauen durften nicht mit nach Europa. Sie wollten aber auch gar nicht mit, denn ein Leben in einem fremden Land konnten sie sich nicht vorstellen. So spielten sich erschreckende und rührselige Szenen ab, die Benedikt bedrückten.

Einige Stunden später legten sie endlich ab. Benedikt dachte wieder an Sarah, und er zitterte am ganzen Körper. Sarah musste ihn geliebt haben, sonst wäre sie niemals gekommen.
In den nächsten Nächten fand er kaum Schlaf.

35

Nach mehr als drei Jahren Abwesenheit kehrte Benedikt Halbach zurück nach Züschen im Hochsauerland. Eine ganze Woche hatte er noch in Bremerhaven verbringen müssen, denn auf dem Schiff hatte er sich eine saftige Grippe eingefangen. Er lag vier Tage im Krankenhaus und danach in einer kleinen Pension, in der auch viele Handlungsreisende übernachteten, mit denen Benedikt ins Gespräch kam. Einige kannten das Sauerland, denn dort hatten sie stets gute Geschäfte gemacht.
  Sieben Tage später bestieg er den Zug über Bremen nach Essen. Von dort ging es mit der Postkutsche weiter. Es war kalt. Der nahe Winter schickte seine Boten mit Sturm und starkem Wind voraus. Die Postkutsche fuhr über Bestwig und Winterberg. Für Benedikt bewegte sie sich viel zu langsam. Die lange Serpentinenstraße von Winterberg hinab nach Züschen kam ihm neu vor. Vielleicht hatte man in den vergangenen Jahren daran gebaut.
  Bis zum Denzer Hammer verspürte Benedikt kein Kribbeln, keine Nervosität. Dann jedoch, mit einem Mal, schlug sein Herz schneller. Es war bei der letzten Kurve vor dem Ortseingang. Niemand war auf den Straßen zu sehen, und das war ungewöhnlich. Normalerweise wären die Landwirte mit Ochsenkarren oder Pferdewagen zu ihren Ländereien gefahren.
  Als die Postkutsche die letzte Kurve nahm, richtete er sich ruckartig auf, weil er seinen Augen nicht traute. In Höhe der Gastwirtschaft August Grafenau standen viele Menschen, die alle der Kutsche entgegen schauten. Benedikt zählte an die fünfzig Personen, Alte, Kinder, Ehepaare und Halbwüchsige. Niemand, so schien es, sagte ein Wort. Es war geradezu gespenstisch still.
  Benedikt blieb sitzen. Er kannte fast jeden. Da war Arnold

Grahms. Benedikt wunderte sich, dass er die Bürgermeisterkette umgelegt hatte. Benedikt hatte geglaubt, sein Cousin Jakob wäre der nächste Bürgermeister geworden. Neben Arnold standen Peter Harkort, dann Theodor Ortken. Weiter links entdeckte er Bruno Seibert. In seiner schicken Försteruniform sah er wie eine wichtige Person aus. Neben Bruno wartete Jakob. Er hatte seinen Sonntagsanzug an.

Doch vor allem interessierte Benedikt, wo seine Familie war. Sie waren alle gekommen. Jonathan mit Eva, Helene und Lutz, Paul mit Isolde. Etwas weiter entfernt stand seine Tochter Franziska mit Linus. Sie hielt ein kleines Mädchen auf dem Arm. Benedikt nahm an, dass es ihre Tochter war. Berta befand sich neben Franziska und kaute vor lauter Nervosität an den Fingernägeln.

Unendlich langsam stieg Benedikt aus der Kutsche. Hatte er geglaubt, seine Familie würde sich auf ihn stürzen, sah er sich getäuscht. Arnold Grahms trat als erster zu ihm. Die Bürgermeisterkette glänzte im Sonnenlicht.

»Benedikt Halbach, wir freuen uns alle sehr, dass du zurückgekommen bist. Sei herzlich willkommen. Dir zu Ehren spielt die Musikkapelle einen Marsch.«

Benedikt hatte die Musiker noch gar nicht wahrgenommen. Der Kapellmeister hob die Hände und dann spielten sie den Radetzkymarsch. Es war einer der Lieblingsstücke Benedikts. Arnold hatte das nicht vergessen.

Benedikt war sehr gerührt. Bevor der letzte Ton verklungen war, kam seine gesamte Familie auf ihn zu. Jonathan klopfte ihm auf die Schultern, das er glaubte, unter dem Schlag zusammenzubrechen. »Schön, dass du wieder hier bist.«

Danach kamen Eva und Helene. Sie weinten vor Glück, sagten aber kein Wort. Paul war den Tränen nah, und Lutz machte ein burschikoses Gesicht, als wollte er sagen »Gut.« Seine Töchter umarmten ihn so fest, dass er glaubte, zu ersticken. Nur ihre Kinder blieben auf Distanz, was Benedikt mit einem Lächeln quittierte.

Wo aber waren Viktoria und Magdalena?

Plötzlich tat sich eine Gasse auf und Viktoria erschien. An der Hand hielt sie zwei Jungen. Benedikt erkannte Karl sofort.

Aber wer war der andere?

Unendlich langsam ging er auf sie zu.

»Hallo.« Seine Stimme wollte ihm nicht gehorchen.

Viktoria trug ein fliederfarbenes Kleid mit einem Rüschenkragen. Um ihre Taille hatte sie einen Gürtel geschlungen. Sie konnte nicht sofort antworten. Ihre Lippen zitterten wie Espenlaub, und Benedikts Augen brannten vor Erleichterung und Demut.

Er ging noch näher auf sie zu. Schließlich ließ sie die Jungen los und fiel ihm um den Hals. Dabei schluchzte sie so laut, dass auch noch einigen der Umstehenden die Tränen kamen. Sein Herz schien zu explodieren vor lauter Schuld, Scham und Hilflosigkeit. Er drückte Viktoria fest an sich, damit sie nicht sehen konnte, wie seine Augen feucht wurden. Sie verdiente einen viel besseren Mann als ihn.

»Es tut mir so leid,«, flüsterte Benedikt an ihrem Ohr. Er küsste sie auf den Scheitel. »Ich habe mich so schäbig verhalten. Ich ...«

»Sag nichts. Es ist gut, dass du wieder zurück bist.«

Sie löste sich von ihm, und er beugte sich zu seinem Sohn Karl hinab.

»Hallo, mein Junge. Ich bin dein Vater. Erkennst du mich nicht mehr?«

Karl verkroch sich in den Falten von Viktorias Kleid. Ihr war das sichtlich unangenehm.

Benedikt zeigte auf das andere Kind. »Wer ist das?«

»Dein Sohn Hugo. Er wird im nächsten Monat drei Jahre alt.«

Benedikt wurde blass. Er war gut im Rechnen, und wusste gleich, was das bedeutete: Viktoria war schwanger, als er Züschen verlassen hatte.

»Warum ... warum hast du mir das nicht gesagt? Ich wäre niemals fortgegangen.«

Daraufhin konnte Viktoria nur die Schultern zucken. Wieder kamen seine Geschwister näher und reichten ihm ihre Mitbringsel – Obst, Schokolade und mehrere Blumensträuße –, und als er sich bedanken wollte, sah er aus den Augenwinkeln vier Mann näherkommen.

»Benedikt«, sagte Peter Harkort. »Wir stören dich sehr ungern. Aber der Gemeinderat hat beschlossen, dir zu Ehren eine Willkommensfeier bei August zu veranstalten. Es ist alles vorbereitet. August wartet bereits. Mit deiner Familie kannst du noch später Wiedersehen feiern.«

Ehe Benedikt etwas erwidern konnte, wurde er schon mitgerissen. Er konnte Viktoria gerade noch zuraunen, dass er sobald wie möglich nach Hause kommen würde.

Im großen Saal bei August Grafenau war alles festlich geschmückt. Benedikt bekam den Platz neben Arnold Grahms. Drei Sitze weiter saß Bruno Seibert. Der schien sich nicht so recht über Benedikts Rückkehr zu freuen. Sein Cousin Jakob war nicht zu sehen.

Nach den ersten Bieren stand Arnold auf. Sofort wurde es still im Raum.

»Mein lieber Benedikt«, begann er. »Wir sind, wie schon gesagt, sehr glücklich über deine Rückkehr. Wir wissen, dass du in Südafrika dein Glück gefunden hast, na ja, jedenfalls bis dieser dumme Krieg ausbrach.« Er hob die Hand, als Benedikt etwas sagen wollte. »Wir haben es in der Zeitung gelesen. Ja, auch wir sind informiert, was in der großen weiten Welt vor sich geht. Außerdem werden wir, wie du weißt, von vielen Handlungsreisenden aufgesucht, die alle bestens informiert sind.«

Wieder machte er eine kleine Pause.

»Daher ist uns auch zu Ohren gekommen, dass du in Afrika ein Goldwarengeschäft besessen hast. Ja, ja, staune nur. Die Nachrichten überschlugen sich.« Arnold grinste. Er beugte sich zu Benedikt hinab, als wolle er nur ihm etwas zuflüstern, dabei konnten es natürlich alle hören.

»Vier deiner Mitreisenden haben es ausgeplaudert. Sie haben in Bremerhaven von dir und von der Arbeit bei der Eisenbahn erzählt. Einige Handlungsreisende haben das gehört, und da du noch mehrere Tage in Bremerhaven geblieben bist, wussten wir schon früh, wann du kommen würdest.«

Benedikt blickte sich um. Alle lachten verhalten, weil sie ihm einen solchen Schabernack gespielt hatten.

»Die Welt ist klein, Benedikt. Da gibt es keine Geheimnisse.« Bruno grinste aus Schadenfreude über das ganze Gesicht.

»Ich will die Gelegenheit beim Schopf fassen«, sprach Arnold weiter, »und dich fragen, wieviel Gold du mitgebracht hast, Benedikt.«

Benedikt kniff die Lippen zusammen. »Ich habe kein Gold gefunden«, sagte er mit schwacher Stimme.

Die Lacher waren nicht zu überhören.

»Du willst es nicht zugeben, oder?«, sagte jemand. Benedikt konnte den Sprecher nicht ausmachen.

»Er will doch tatsächlich das ganze Gold für sich behalten.«

Auch dieser Mann war nicht zu erkennen. Benedikt glaubte, dass es Albert Sasse war, ein alter Solstätter, der kaum über die Runden kam.

Auf einmal redeten alle durcheinander. Manche standen auf und kamen dem Tisch, an dem Benedikt saß, sehr nahe. Die meisten nickten ihm freundlich und hoffnungsvoll zu, aber es gab auch Männer, die mit zusammengezogenen Augen zu ihm blickten und einen bösen Ausdruck im Gesicht hatten. Benedikt hoffte nur, dass niemand den Gürtel mit den zweihunderttausend Rand entdeckte, den er immer noch um seine Taille trug.

Arnold Grahms beugte sich zu ihm. »Benedikt, ich verstehe ja, dass du dein Glück, oder soll ich sagen, dein Geld nicht an die große Glocke hängen willst. Dein Freund Marc Claasen hat überall erzählt, dass du dein Goldwarengeschäft verkauft hast. Du musst also reich sein.«

»Marc hat wie immer schamlos übertrieben«, entgegnete Benedikt. »Er selbst hat sein Glück im Goldschürfen gesucht, es aber nicht gefunden. Marc ist ein Angeber.«

Arnold lehnte sich zurück. Sein Blick, mit dem er Benedikt taxierte, sagte nur allzu deutlich, dass auch er ihm kein Wort glaubte.

Irgendwann wurde aus der Veranstaltung ein Sauffest. Wie immer redeten sich die Solstätter den Mund fusselig und tranken mehr, als sie vertragen konnten. Nach etwas über einer Stunde gelang es Benedikt, sich davon zu schleichen. Zielstrebig lief er nach Hause.

36

Wenige Schritte vor dem Haus an der Sonneborn hielt Benedikt inne. Es war seltsam. Da war er über drei Jahre fort gewesen, doch alles war ihm sofort wieder vertraut. Er sah den Stall und den Misthaufen daneben, hörte die Tiere und sogar das leichte Plätschern des Baches.

Ich muss ins Haus, dachte er. Sie werden wohl drinnen auf mich warten.

Er trat durch die Haustür. Das Erste, was er im Flur vernahm, war leises Gemurmel aus der guten Stube. Er drückte die Klinke hinunter und blieb in der Tür abrupt stehen. Seine gesamte Familie war versammelt. Die Älteren saßen in den Sesseln oder auf der Couch, die Jüngeren standen. Jetzt drehten sich alle nach ihm um.

Benedikt sah leuchtende Augen, lachende Gesichter und glühende Wangen. Franziska – sie hatte wohl das Kommando übernommen –, trat vor und sagte:

»Lieber Papa, nun bist du also wieder zu Hause angekommen. Wir alle haben dich schmerzlich vermisst und dich auch manchmal verwünscht. Aber dennoch haben wir dich nie vergessen. Dir zu Ehren haben wir ein Schwein geschlachtet und das Beste davon gebraten. Wir wissen nicht, was du in der Fremde gegessen und getrunken hast, aber ganz sicher nicht das, was dir hier heute geboten wird. Danach gibt es noch selbstgebackenen Kuchen. Sei also herzlich willkommen zurück in Züschen.«

Danach gab es kein Halten mehr. Jetzt erst konnte sich seine Familie so richtig an ihm auslassen. Er wurde geküsst, geknutscht und abgeleckt, als Letztes von den Kindern, die endlich Zutrauen zu ihm gefunden hatten.

Auch Jakob war mit seiner Familie anwesend. Er legte seinen Arm um Benedikts Schulter und zog ihn an sich. »Du hast mir gefehlt, Benedikt. Oh, wie habe ich dich vermisst. Jetzt wird endlich wieder alles so wie früher.«

Benedikt schaute ihn nachdenklich an. Diese Worte waren für seinen Geschmack zu dick aufgetragen. Vor Benedikts Reise nach Südafrika war Jakob schon auf Distanz gegangen. Was also sollte er nun von dessen Anbiederung halten?

Viktoria stand am Tisch und blickte zu ihm hinüber. Benedikt ging zu ihr und nahm sie behutsam in den Arm. Sie legte ihren Kopf an seine Brust und schloss die Augen. Erst als die anderen Beifall klatschten, löste sie sich wieder. Mit leicht gerötetem Gesicht wischte sie sich die Hände an ihrem Kleid ab.

Benedikt sah sich suchend um.

Franziska trat näher. »Du vermisst Tante Magdalena, nicht? Sie ist gestorben. Schon vor einem Jahr. Wir haben es dir nicht geschrieben, weil ... weil ...« Da sie keine richtige Erklärung hatte, brach sie ab.

Benedikt schluckte. »Aber ... war sie krank? War es ein Unfall?«

»Nein, es war kein Unfall.« Franziska schüttelte den Kopf. »Es war das Herz.«

»Sie hatte wohl schon immer Herzprobleme«, sprach Eva nun weiter. »Niemand wusste davon. Wir haben sie eines Morgens tot im Bett gefunden.«

Benedikt musste sich am Tisch abstützen. Seine große Schwester war nicht mehr. Die Lücke, die sie hinterließ, würde nur schwer wieder zu füllen sein. Nein, halt, das war ungerecht. Franziska und Berta hatten schon lange Magdalenas Platz eingenommen. Auch jetzt gingen die beiden von Person zu Person, um ihnen etwas von den Köstlichkeiten anzubieten.

Helene trat auf Benedikt zu. »Da ist noch etwas, mein lieber Bruder. Auch Moritz lebt nicht mehr.«

Benedikt sah sie bestürzt an. »Was ... was ist passiert?« Er dachte an die Krankheit seines Neffen. Doktor Andrach aus Kassel hatte Moritz kein langes Leben vorausgesagt.

»Es war ein Unfall«, sagte Helene.

»Unfall?«

»Moritz hat oft und gerne in den Wäldern gespielt.« Helene vermied es, Franziska oder Berta anzusehen. »Er ... er kletterte auf Bäume und sprang dann von großer Höhe hinab. Er hat sich dabei nie verletzt, nun, ein paar Schrammen und Hautabschürfungen hatte er schon, aber das Moos am Fuß der Bäume fing ihn immer weich auf.« Sie stockte kurz und sah sich um. Die anderen standen schweigend, mit einem Glas in der Hand und schauten Helene an.

Sie holte tief Luft. »Einmal, ein einziges Mal hat er nicht aufgepasst. Wir können es nur vermuten, aber er muss aus sehr großer Höhe abgesprungen sein. Der Boden unter ihm war zwar wie immer weich, aber Moritz muss eine Wurzel übersehen haben. Darauf ist er mit dem Hinterkopf gestürzt. Er ist nach Ansicht des Arztes sofort gestorben.« Helene schniefte.

Benedikt ging zu ihr und legte den Arm um sie. Sie barg ihr Gesicht an seiner Brust, aber nur kurz, dann hob sie wieder ihren Kopf und sagte: »Das ist schon lange her. Die Erinnerung ist zwar immer noch zugegen, aber heute müssen wir sie verdrängen. Wir wollen dir doch dein Wiederkommen nicht mit einer traurigen Nachricht verderben.« Helene ergriff ihr Glas und hob es an. »Lasst uns feiern. Wir haben allen Grund dazu.«

Nach und nach wurde es fröhlicher. Sie tranken und aßen. Benedikt saß bei Viktoria und seinen Söhnen. Karl wurde noch zutraulicher, und der kleine Hugo kletterte sogar auf Benedikts Schoß.

Nun war er zurück in dem Haus, das von seinem Großvater gebaut worden war, und in dem schon seine Eltern gewohnt hatten. Es kam ihm vor, als ob er nie fortgewesen wäre. Seine Lieben waren um ihn versammelt, seine Frau und die beiden Kinder, seine Schwestern mit ihren Ehemännern und seine große Tochter mit ihrem Mann und ihrem Kind, das er bis heute noch nicht gekannt hatte. Berta war eine erwachsene Frau geworden. Ob sie schon einen Freund hatte?

Benedikt schmunzelte. Dass sie mir keine Dummheiten macht. Seine Gedanken schweiften ganz kurz zu Sarah. Nein, er würde Viktoria nichts von ihr erzählen, das würde für immer sein Geheimnis bleiben.

Linus setzte sich zu ihm.

»Ich habe versucht, dein Land so gut wie möglich zu bestellen«, sagte er. Linus sah erschöpft aus. »Ich hoffe, in deinem Sinne.«

»Ganz bestimmt hast du das«, antwortete Benedikt mit einem Kloß im Hals. »Und wenn nicht, ist das auch nicht schlimm.«

Benedikt starrte auf den gedeckten Tisch, auf die köstlichen Speisen. Sie hatten sich alle so viel Mühe gemacht, dass er sich fast schämte. Er hatte sie doch verlassen, im Stich gelassen, und alle waren so nett zu ihm.

Jakob erhob sich plötzlich. »Lieber Benedikt, als dein Cousin und somit nächster Verwandter, außer deiner Familie natürlich, möchte ich mit dir anstoßen. Sei noch einmal auch von mir willkommen.« Er hob das Glas und alle tranken.

Benedikt hatte mit Vorwürfen gerechnet, mit Ablehnung, aber nicht mit einem solchen Empfang. Kein Wort des Zorns, keine Wut prallte ihm entgegen. Er war einfach wieder da.

Er hob das Gesicht zur Decke, als könne er den Zuspruch von Gott spüren, als hätte Gott seine Wege gelenkt, und er dankte ihm dafür. Er bewegte sogar die Lippen zum Gebet.

Sie blieben bis zum späten Abend. Als erste verabschiedeten sich Eva und Jonathan. »Ich bin doch nicht mehr ans Feiern gewöhnt«, sagte Jon. »Das Alter setzt mir schon lange zu. Auch ich werde nicht jünger.«

»Alter Heuchler«, spottete Benedikt.

»Doch, doch«, nickte Jon. »Die Arbeit ist mörderisch. Ich kann gut verstehen, dass dein Onkel Lettmann den Eisenhammer aufgegeben hat.«

»Willst du damit sagen, dass auch du bald aufhören willst?«

Jon zuckte die Schultern. »Noch ein paar Jahre, dann ist Schluss. Ich habe sogar schon einen geeigneten Nachfolger. Er arbeitet bei mir und ist noch jung. Du wirst ihn bald kennenlernen.«

Nach Eva und Jonathan gingen Helene und Lutz, bald darauf alle anderen, und Franziska verschwand mit Linus, ebenso wie Berta. Benedikt und Viktoria blieben allein in der Stube. Sie setzten sich auf die Couch. Benedikt legte den Arm um sie, und sie kuschelte sich an ihn.

Langsam und mit leiser Stimme begann er zu erzählen. Von der Arbeit bei der Eisenbahn, von seinem Goldgeschäft und von Darius Langerfort. Die Zulu und Xhosa erwähnte er nur kurz. Von seinem Erlebnis bei den Zulu sagte Benedikt nichts, auch über Sarah kam kein Wort über seine Lippen. Das hätte er nicht übers Herz gebracht.

Viktoria lauschte ihm, ohne ihn zu unterbrechen. Sie wollte nur seine Stimme hören, die ihr wieder so vertraut war.

Später gingen sie ins Bett. Sie liebten sich, und sie genossen es beide sehr.

37

In der nächsten Zeit war Benedikt ein ruhiger, in sich verschlossener Mann. Er bestellte seine Felder, nahm regelmäßig an den Sitzungen des Gemeinderates teil und gab auch hin und wieder fundierte Ratschläge oder machte Vorschläge. Ob sie verwirklicht wurden, war ihm ziemlich egal.

Benedikt hatte sich entschlossen, nach Hagen zu einer Bank zu fahren, um dort die zweihunderttausend Rand, die er immer noch in der Schublade in der Stube verstaut hatte, umzutauschen. In Winterberg zur Bank zu gehen, war ihm zu gefährlich, denn leicht konnte sich jemand der Bankangestellten verplappern, gut, es gab zwar ein Bankgeheimnis, aber beim Bier fiel schon mal das ein oder andere gedankenlose Wort. Mit dem Zug kam man inzwischen gut nach Hagen. Er nahm Linus und Jonathan mit, zur Unterstützung, wie er Viktoria versicherte.

In Hagen waren mehrere Banken beheimatet. Benedikt entschied sich für die Staatliche Vereinsbank. Diese schien ihm am Sichersten zu sein.

Jonathan zeigte Linus, wo er mit Eva einst kurz gewohnt hatte. Das Haus war umgebaut worden und glich in keiner Weise mehr dem ursprünglichen Gebäude.

»Die haben gewaltig renoviert«, meinte Jon. Er kaute auf seiner Unterlippe. »Ob es jetzt schöner ist, wage ich zu bezweifeln.«

Mit dem nächsten Zug fuhren sie zurück.

Im Juni 1902 wurde Benedikts Tochter Hedwig geboren. Sie nannten sie nach einer entfernten Verwandten Viktorias.

Im Ort erzählte er nie von seinem Aufenthalt in Johannesburg. Wer immer ihn fragte, bekam nur ausweichende Antworten. Bald war das Thema vorbei, auch weil 1903 eine entscheidende Erneuerung im Sauerland eintrat. Die Eisenbahn sollte von Bestwig bis Frankenberg gebaut werden. Das würde eine sprunghafte Aufwärtsentwicklung in der wirtschaftlich ärmlichen Region bedeuten. Zwischen Winterberg und Bromskirchen waren zahlreiche Tunnel sowie ein Viadukt erforderlich, bei einer Steigung von über drei Prozent.

In der nächsten Gemeinderatsversammlung erklärten die Züschener die bereits am 5. Februar 1896 gefasste Entscheidung für bestätigt. Das hieß, dass die Bauern, die für die Bahn Land abgeben mussten, entschädigt wurden. Der Bau der Eisenbahn war insofern auch wichtig, weil die »Chemische Industriefabrik Waber« mit Sitz in Frankfurt, drohte, die geplante Zweigstelle in Züschen woanders hin zu verlegen, wenn die Bahn nicht gebaut würde. Dadurch wären viele neue Arbeitsplätze verloren gegangen.

Am 4. März 1903 teilte der Königliche Landrat dem Hallenberger Amtmann mit, dass der Bau der Nebenstrecke von Winterberg nach Frankenberg genehmigt worden war.

Im Jahre 1904 erfolgte der erste Spatenstich. Man hatte einen erfahrenen Mann als Bauingenieur verpflichten können, John Preston, einen Engländer. Preston hatte schon in Namibia die Eisenbahn gebaut, war danach nach England zurückgekehrt und wollte eigentlich seinen Ruhestand genießen. Aber dann war ihm das zu langweilig. Er suchte eine neue Herausforderung, die noch dazu einfach zu bewerkstelligen wäre. In den Ausschreibungen der Königlichen Eisenbahngesellschaft wurde er fündig.

Unter vierzehn Bewerbern wurde John Preston ausgewählt.

»Wir genehmigen dreihunderttausend Mark. Werden Sie damit auskommen?«

Fast alle Bewerber verneinten oder schüttelten die Köpfe. Preston aber versicherte: »Das ist überhaupt kein Problem. Ich bin in Namibia mit weniger Geld ausgekommen und hatte eine längere Strecke zu bauen.«

Dass die Löhne in Afrika um ein Vielfaches niedriger waren als in Deutschland, verschwieg er.

Im Weiteren war sich Preston sicher, dass, wenn man erst einmal mit dem Bau begonnen hatte, weiteres Geld schnell bewilligt wurde, denn man würde das bereits investierte Geld nicht aufgeben wollen.

So erhielt John Preston die Aufgabe, die Eisenbahn von

Bestwig nach Frankenberg zu bauen.

Das Problem war nicht das Gefälle zwischen Winterberg und Züschen, das Problem war der Tunnel unter der Stadt Winterberg hindurch. In Namibia wurden keine Tunnel benötigt, Preston hatte somit keinerlei Erfahrung damit.

Er fuhr nach England zurück und fand einen erfahrenen Tunnelbauer, den er mit nach Winterberg brachte. Noch waren die Verträge nicht unterschrieben, aber als der Tunnelexperte erklärte, wie er den Tunnel bauen würde, waren alle begeistert. Preston erhielt umgehend seinen Vertrag.

Endlich konnte es losgehen.

Hinter dem geplanten Tunnel fiel der Hang, über den die Eisenbahn gehen sollte, auf etwa vierzig Meter um acht Grad ab. Das war für eine Lokomotive mit fünf bis sechs Waggons nicht zu schaffen. Die Lösung sah so aus, dass man zwei Kurven einbaute. Ein genialer Gedanke. Wieder einmal beglückwünschten sich die verantwortlichen Männer für ihre Entscheidung, dass sie John Preston genommen hatten.

»Wir haben noch eine – zugeben – kleine Sache zu lösen«, sagte Arnold Grahms in der nächsten Gemeindeversammlung. »Johann Westler.«

Jeder wusste, wovon Arnold sprach. Johann Westlers Haus lag direkt in der geplanten Eisenbahntrasse. Er sollte mit einem neuen Grundstück entschädigt werden. Aber Westler tat sich schwer. Sein Haus stand seit dem 17. Jahrhundert an Ort und Stelle. Seine Eltern, seine Großeltern, ja sogar seine Urgroßeltern hatten darin gewohnt. Es war ein Stück Leben, das er nicht so einfach weggeben wollte.

»Johann sieht ein«, sprach Arnold weiter, »dass die Eisenbahn einen riesengroßen Gewinn für unser Dorf darstellt. Er ist hin und hergerissen und weiß nicht, was er machen soll.«

Ein älterer Solstätter meldete sich zu Wort. »Wir müssen ihn eben überzeugen. Er kann doch nicht so blind sein und nicht sehen, welchen Aufschwung wir jetzt schon haben. Mehrere Betriebe haben sich im Dorf angesiedelt. Bäcker, Metzger, nicht zu vergessen die chemische Firma. Nein, nein, Johann muss ein Einsehen haben.«

»Das wird er auch«, nickte Arnold. »Wir müssen ihn nur mit etwas locken. Der Neubau, den wir ihm vorgeschlagen haben, kostet mehr als das, was die Eisenbahngesellschaft bereit ist, für sein altes Haus zu bezahlen. Darin liegt der Knackpunkt.«

»Können wir ihm dann nicht einen günstigen Kredit geben«, ließ sich Peter Harkort vernehmen.

»Darüber habe ich auch schon nachgedacht«, antwortete Arnold. Man sah, wie schwer es ihm fiel, über Geld zu reden. Gut, der Gemeinde ging es nicht schlecht, aber einen Kredit, von dem man nicht mal wusste, ob er jemals zurückgezahlt werden konnte, konnte sich auch die Gemeinde nicht leisten.

»Ich rede mit ihm«, schlug Benedikt vor. Er hatte bisher stumm der Debatte zugehört. »Ich rede mit ihm«, sagte er noch einmal.

Die meisten atmeten auf. Jemand musste ja die Sache in die Hand nehmen, aber niemand wollte sich bisher freiwillig melden.

Es gab noch einige andere Punkte zu besprechen, aber die wurden schnell abgehakt.

Schon einen Tag später ging Benedikt hinauf zu Johann Westlers Haus. Sein Blick fuhr über die Fassade. Es war ein Fachwerkhaus, wie es vor Jahrhunderten gebaut wurde. Die Tür war aus massivem Eichenholz, hing zwar ein wenig schief in der Zarge, war aber noch sehr stabil. Die Fenster im Erdgeschoss waren durch den jahrelangen Witterungseinfluss unansehnlich geworden. Im oberen Stock waren zwei Scheiben zerbrochen. Vermutlich wohnte dort oben niemand mehr.

Benedikt klopfte an.

Es dauerte lange, bis er Schritte im Haus hörte. Dann wurde die Tür geöffnet. Johann schaute ihn überrascht an.

»Du?«, kam es über seine Lippen. »Dich hätte ich am allerwenigsten erwartet.«

»Warum?«, fragte Benedikt zurück.

»Weil ... weil du dich doch seit deiner Rückkehr um nichts mehr kümmerst, jedenfalls was das Dorf angeht.«

»So seht ihr das also«, brummte Benedikt.

»Natürlich. Alle denken so. Was willst du?«

»Ich will mit dir über dein Haus und die Eisenbahntrasse sprechen«, kam Benedikt sofort auf den Punkt.

Johann zögerte. »Na gut. Dann komm rein.«

Benedikt folgte ihm durch den endlos wirkenden Flur in die Küche. Der Raum war kahl, nur eine alte Holzkiste, ein verrostet aussehender Ofen und ein Tisch mit drei Stühlen standen darin. Unter ein Tischbein war Pappe gelegt worden, damit er nicht wackelte.

»Einen Schnaps?«, fragte Johann.

»Schnaps ist in Ordnung.« Benedikt setzte sich an den Tisch. Er wartete, bis Johann zwei Gläser eingeschenkt hatte und ihm zuprostete. Der selbstgebrannte Schnaps brannte in seiner Kehle.

»Komm mal mit.« Johann stand auf und trat an das hintere Fenster. Vor ihnen lag der Landstrich, über den die Eisenbahntrasse verlaufen sollte. »Es ist der ideale Weg für eine Eisenbahn.«

»Das siehst du selbst ein?«

»Sicher. Ich weiß doch, dass es keinen besseren Weg gibt.«

»Und warum sträubst du dich dann, dein Haus zu verkaufen?«

Johann seufzte. Er ging zurück an den Tisch und schenkte noch einmal ein. Diesmal wartete er nicht, bis Benedikt sein Glas ergriffen hatte, sondern trank den Schnaps sofort aus.

Danach rülpste er kräftig und sah Benedikt aus kleinen, roten Augen mit dem seltsamen Blick eines Mannes an, der nicht ein noch aus wusste.

»Ich kann mir das neue Haus, das mir die Gemeinde bereit ist, zu geben, nicht leisten. Selbst wenn sie mir einen großzügigen Kredit einräumen, bin ich nie in der Lage, die Schulden zurückzuzahlen. Ich … ich kann nur hoffen, dass ich bald tot gehe. Dann habe ich keine Sorgen mehr.«

»Bist du wahnsinnig? So darfst du doch nicht reden. Es gibt immer eine Lösung.«

Johann sah ihn gequält an. »Und wie soll die aussehen?«

Benedikt zögerte. Er hatte sich bereits auf dem Weg zu Johann Westler verschiedene Szenarien überlegt, von denen er die meisten jetzt, da er Johanns Situation kannte, verwerfen musste.

Eine, nur eine blieb noch übrig.

»Ich gebe dir das Geld.«

Lange Minuten blieb es still zwischen ihnen. Benedikt schien es, als habe Johann ihn nicht verstanden. Deshalb wiederholte er seinen Vorschlag.

»Ich kann das nicht annehmen, Benedikt.«

»Aber warum denn nicht? Ich schenke dir das Geld«, beharrte Benedikt fest. »Wir werden einen Vertrag machen, in dem wir vereinbaren, dass du das von mir geliehene Geld zurückzahlst. Das ist nur für die Öffentlichkeit. Damit niemand auf dumme Gedanken kommt.«

Johann Westler starrte ihn an. Die Worte Benedikt Halbachs verklangen in seinen Ohren. Johann öffnete den Mund, um etwas zu sagen, aber die Worte blieben ihm im Hals stecken. Nur sein Mund stand weiterhin offen.

Benedikt lächelte, und langsam begriff Johann, dass Benedikt es ernst meinte.

»Das ... das ist ...« Nur mühsam fand er die Sprache zurück. »Das würde ich dir nie vergessen.«

Benedikt winkte ab. Er stand auf. »Geh erst morgen oder besser noch übermorgen zu Arnold und sag ihm, wie du dich entschieden hast. Es falle dir zwar immer noch schwer, aber du wolltest dem Fortschritt nicht im Wege stehen. Ich muss jetzt gehen.«

Benedikt war schon an der Tür, als Johann fragte: »Wann machen wir den Vertrag?«

»Wann immer du willst. Ich habe damit keine Eile.«

Benedikt nickte Johann noch einmal zu und verließ das Haus. Zurück blieb ein alter Mann, der die Welt nicht mehr verstand.

38

Herbert und Dietrich Grahms hatten die Nase voll. Es war zwar schön, von Muttern umsorgt zu werden, aber genug war genug.

Zuerst hatten sie beim Eisenbahnbau mitgeholfen, aber bereits nach kurzer Zeit behagte ihnen die schwere körperliche Arbeit nicht mehr. Da wollten sie doch lieber wieder ihre alte

Tätigkeit als Handlungsreisende aufnehmen.

Sie würden zuerst in die Eifel fahren. Dort hatten sie sich damals eine gute Kundschaft aufgebaut. Ihre Mutter Mathilde war nicht froh über ihren Entschluss.

»Mama«, seufzte Herbert, »wir können doch nicht ewig an deinem Rockzipfel hängen. Weißt du eigentlich, wie viele hämische Kommentare wir uns schon anhören mussten? Das ist auch für Arnold nicht gerade förderlich. Wenn seine Brüder nur zu Hause rumhängen, ist seine Wiederwahl als Bürgermeister gefährdet.«

Das leuchtete Mathilde schließlich ein.

Die beste Zeit zum Handeln war der Herbst. Dann hatten die Bauern ihre Ernte eingefahren und bereiteten sich auf den langen Winter vor. Es war ein regnerischer Tag, als sich Herbert und Dietrich im Oktober verabschiedeten. Bis in die Eifel brauchten sie nur drei Tage, weil sie ein Pferdegespann im flotten Trab über viele Kilometer mitnahm.

»Hier sind wir richtig«, sagte Herbert mit einem fröhlichen Blick auf die Häuser. »Die Leute kennen uns.«

Sie klingelten an der ersten Haustür. Ein junger, ihnen unbekannter Mann öffnete.

»Ja, bitte?«

Herbert räusperte sich. »Ist Ihre Mutter zu Hause?«

Der junge Mann runzelte die Stirn.

»Meine Mutter? Die ist letztes Jahr verstorben. Wer sind Sie denn überhaupt?«

Herbert erklärte es ihm. Der junge Mann lachte auf. »Hier werdet ihr nichts mehr verkaufen. Wir alle …«, er deutete auf die Nachbarhäuser, »sind von solchen Handlungsreisenden wie ihr es seid reingelegt worden. Die haben uns regelrecht übers Ohr gehauen. Nee, nee, wir kaufen nichts mehr.«

Rumms, fiel die Tür zu.

Herbert und Dieterich sahen sich fassungslos an, während ihre vollbeladenen Kiepen schwer auf ihren Schultern drückten.

»Wir gehen ins Nachbardorf«, schlug Dietrich vor.

Aber auch dort hatte sich die Unehrlichkeit der fremden Händler bereits herumgesprochen. Es blieb ihnen nichts anderes übrig, als ins nahe Belgien zu ziehen. Das hatten sie eigentlich nicht vorgehabt. In Belgien gab es sehr einsam gelegene Gehöfte, bei denen es einem schon mal gruselig werden konnte. Aber wenn sie ihre Waren verkaufen wollten, mussten sie halt nach Belgien.

Sie übernachten in einer undichten Scheune. Das Heu stank entsetzlich. Überhaupt sah es so aus, als wenn die Scheune seit langem nicht benutzt wurde. Ratten und Mäuse hatten es sich hier gemütlich gemacht. In der Nacht hatte Dietrich das Gefühl, als ob ihm hundert Nager übers Gesicht gelaufen wären. Sie waren froh, dass sie am nächsten Tag weiterziehen konnten, denn das Wetter hatte sich gebessert, die Sonne schien sogar.

Bald kamen sie in die vertraute Gegend. Herbert und Dietrich atmeten auf, ganz besonders auch deswegen, weil sie einige Waren gut verkaufen konnten.

»Wir haben lange nichts mehr von euch gehört«, sagte eine alte Frau, die Herbert bei näherer Betrachtung als Giselle Bodin erkannte. Mein Gott, war Giselle alt geworden, dachte Herbert entsetzt, ließ sich aber nichts anmerken.

»Wissen Sie, ob noch andere Nachbarn Waren brauchen?«, fragte er.

Giselle nickte eifrig. »Die sind alt. Sie haben niemanden, der ihnen etwas kauft. Naja, hin und wieder sorge ich dafür und Jack, das ist mein Sohn. Eigentlich heißt er Jean, aber Jack ist einfacher.« Sie lachte und entblößte dabei ihre lückenhaften Zähne.

»Können die uns denn verstehen?«, fragte Dietrich. Giselle konnte Deutsch, die meisten im Grenzbereich zwischen Belgien und Deutschland beherrschten sowohl Französisch und Flämisch, als auch etwas Deutsch.

»Das sind noch vom alten Schlage. Die können sich verständigen.«

Herbert und Dietrich ließen sich das nicht zweimal sagen. Tatsächlich wurden sie auch dort einige Waren los. Die alten Nachbarn von Giselle Bodin kannten weitere Kunden, an die sich die beiden Handlungsreisenden wenden konnten.

Nach vier Tagen hatten sie über die Hälfte ihrer Waren verkauft.

»Es hat sich doch gelohnt, nach Belgien zu gehen«, sagte

Dietrich, während sie über einen schlecht ausgetretenen Weg weiterwanderten.

Herbert blieb stehen und zeigte zum Himmel. »Es kommen Wolken auf, Dietrich. Wir sollten uns möglichst rasch nach einer Unterkunft umsehen.«

»Aber nicht wieder in einer Scheune wie in der Eifel. Wenn ich nur daran denke, bekomme ich Schüttelfrost.«

Herbert lachte. »Nein, das werden wir auch nicht. Aber beklagen kannst du dich auch nicht wegen der letzten Nächte.«

»Keineswegs. Da haben wir in besseren Betten übernachten dürfen, als wir uns vorgestellt hatten.«

Die Käufer in Belgien hatten ihnen stets eine Kammer und sogar eine Schüssel zum Waschen bereitgestellt.

Herbert sah sich um. Es war noch hell. Weit und breit war weder ein Gehöft noch eine Scheune oder ein Schuppen zu sehen. Selbst Wald war nicht zu entdecken, allenfalls ein paar Büsche, die aber so weit voneinander entfernt standen, dass sie keinen ausreichenden Schutz boten.

Dietrich streckte plötzlich seine Hand aus. »Da ist ein Bach, Herbert. Wenn wir uns dort hinlegen, haben wir wenigstens etwas zu trinken. Mein Hals ist schon ganz ausgedörrt.«

Herbert hätte sich gern einen besseren Platz ausgesucht, aber es gab keinen.

»Gut. Vielleicht haben wir Glück und die Wolken ziehen vorüber. Wir haben beide eine dicke Decke dabei. Es wird zwar hart sein, aber besser, als auf dem feuchten Untergrund zu liegen.«

Fünf Minuten später hatten sie eine einigermaßen akzeptable Stelle nicht zu nahe am Wasser gefunden.

Es war zwar noch nicht dunkel, aber sie waren sehr müde. Sie rollten sich in die Decke ein, legten die Kiepe unter ihren Kopf und schliefen bald ein.

Herbert erwachte als erster. Regen hatte eingesetzt und dicke Tropfen trafen sein Gesicht so sehr, dass es schmerzte. Er sprang auf.

»Dietrich, wir müssen los«, rief er laut. »Hier können wir nicht bleiben. Nicht nur unsere Kleidung wird nass, auch die Waren, und das wäre das Schlimmste.«

Dietrich rappelte sich auf, rollte seine Decke zusammen und nahm die Kiepe auf den Rücken. Der Regen wurde immer stärker. Inzwischen goss es wie aus Kübeln. Dazu war es stockfinster.

Sie hasteten, so schnell es mit ihrer Last möglich war. Sie stolperten über Zweige, manchmal verloren sie den Halt und stürzten, und noch immer regnete es. Es kam den beiden vor, als wären alle Schleusen des Himmels geöffnet.

Inzwischen waren sie bis auf die Haut durchnässt, als sie mit einem Mal eine Baumgruppe erreichten.

Sie wischten mit einem Taschentuch, das halbwegs trocken geblieben war, das Gesicht ab. Dietrich begann plötzlich zu frieren, und auch Herbert zitterte.

»Wir müssen eine Unterkunft finden«, meinte Herbert, wohl wissend, dass das ein schier aussichtsloses Unterfangen war. Wo waren sie überhaupt?

Herbert kniff die Augen zusammen und versuchte, die Dunkelheit zu durchdringen.

»Wir haben uns verirrt«, sagte er leise. »Oder kannst du etwas erkennen, Dietrich?«

Sein Bruder wollte schon den Kopf schütteln, als ihm einfiel, dass Herbert das nicht sehen konnte.

»Ich habe keine Ahnung«, antwortete Dietrich. »Alles sieht schwarz aus. Wir können doch jetzt nicht einfach drauflosgehen. Wir wissen ja nicht einmal, in welche Richtung wir sollen.«

»Wenn wir hierbleiben und bis zum Morgen warten, holen wir uns den Tod. So wie es aussieht, wird es weiter regnen.« Herbert kniff noch einmal die Augen zusammen. »Ich kann kaum etwas erkennen.« Er streckte seinen Arm aus. »Uns bleibt nichts anderes übrig, als diese Richtung einzuschlagen. Wir können nicht zurück, wir würden vor morgen Abend auf kein Gehöft stoßen.«

Dietrich antwortete nicht. Herbert hatte immer schon die besseren Ideen gehabt. Viele Male hatte er sie aus einem Schlamassel herausbugsiert. Dietrich verließ sich bedingungslos auf seinen Bruder.

»Gut. Machen wir es so.«

Mal ging der eine voran, dann der andere. Der Regen hatte

etwas nachgelassen, vielleicht glaubten sie es aber auch nur, weil sie sich daran gewöhnt hatten.

Wie lange sie schweigend gingen, wusste keiner von beiden. Plötzlich blieb Herbert, der gerade wieder die Führung übernommen hatte, abrupt stehen. Da Dietrich nicht darauf vorbereitet war, lief er auf.

»He, kannst du nichts sagen, wenn du wie angewurzelt stehenbleibst?«, maulte er.

Herbert antwortete nicht. Er starrte angespannt nach vorn in die Dunkelheit. Dietrich kam seinem Kopf so nahe, dass er Herberts Blick folgen konnte. Dann sah er es auch. In einiger Entfernung leuchtete ein sehr schwaches Licht, hervorgerufen vermutlich von einer Petroleumlampe. Hin und wieder verschwand es, dann war es wieder deutlicher zu sehen.

»Was ist das?«, stotterte Dietrich. »Ein Lichtzeichen, das an und ausgeht?«

»Nein«, entgegnete Herbert. »Der Wind schiebt die Äste der Bäume zwischen das Licht und uns. Deshalb meinen wir, dass es ein Signal ist. Das ist ein Haus. Dietrich, wir sind gerettet. Wir haben genug Geld, um für eine Unterkunft zu bezahlen. Das müssen wir den Leuten dort plausibel machen. Sie werden uns nicht abweisen. Komm, wir sollten uns beeilen.«

Der Lichtschein zeigte ihnen den Weg, und je näher sie kamen, desto mehr konnten sie erkennen.

Bald standen die beiden vor einem größeren Haus. Sprachlos schauten sie auf den Schriftzug an der Vorderseite.

»Gasthaus zu den wilden Hirschen!«

»Mensch Herbert, da haben wir mehr Glück als Verstand. Ein Gasthaus, was wollen wir denn mehr.«

Sie traten unverzüglich ein.

39

Hinter dem Tresen stand ein mürrisch wirkender Mann. Er hatte einen wildwuchernden ungepflegten Bart, zottelige Haare, und trug eine speckige Jacke über einem karierten Hemd. Der Mann schaute zu ihnen hin, ohne sich zu rühren.

Herbert ging langsam auf ihn zu. »Hallo«, sagte er freundlich. Der Mann rührte sich nicht.

»Wir sind zwei Handlungsreisende und suchen eine Unterkunft. Haben Sie so etwas für uns?«

Endlich bequemte sich der Mann, hinter dem Tresen hervorzutreten. Er war größer, als es auf dem ersten Blick schien. Er sagte etwas in einer Sprache, die beide nicht verstanden. Dann wiederholte er es auf Französisch und schließlich auf Deutsch. Er sprach ein sehr schlechtes Deutsch.

»Ich habe Zimmer. Können bezahlen?«

Herbert wollte schon in seine Tasche greifen, um den Geldbeutel hervorzuziehen, als er sich besann. Der Mann machte keinen vertrauenserweckenden Eindruck, also sollte er auch nicht wissen, dass sie viel Geld bei sich hatten.

»Wir können ein Zimmer bezahlen«, sagte Herbert nur.

Der Wirt, um den es sich wohl handelte, nickte kurz. Er trat noch näher an die beiden heran. Herbert konnte seine Ausdünstung riechen. Er stank nach Kuhscheiße und Urin. Hoffentlich waren die Zimmer einigermaßen sauber, obwohl – sie hatten ja keine Wahl. Sie waren durchnässt und sehnten sich nach einem Schlafplatz und etwas Wasser zum Waschen. Da war es egal, wie das Zimmer aussah.

Unvermittelt drehte sich der Wirt um und pfiff. Wie auf Kommando flitzten drei große Hunde herbei. Sie kamen Herbert und Dietrich so nahe, dass sie schon befürchteten, sie würden zubeißen. Aber die drei Hunde beschnüffelten sie nur.

Der Wirt ging zur Tür.

Den beiden blieb nichts anderes übrig, als ihm zu folgen. Sie gingen eine steile Treppe hinauf, die Stufen knarrten und teilweise waren sie locker, so dass sie aufpassen mussten, nicht zu stürzen.

Das Zimmer entpuppte sich als eine düstere Kammer. Zwei Betten standen darin, mit Decken, die wohl lange nicht gewaschen worden waren. Es gab keinen Schrank, nur zwei windschiefe Stühle. Dennoch nickte Herbert.

»Wir nehmen das Zimmer.«

Es war immer noch besser als wieder im Freien zu übernachten.

»Zahlen«, sagte der Wirt und machte eine entsprechende Bewegung mit den Fingern. Herbert drehte sich um und zog den Geldbeutel heraus. Er bemerkte nicht, dass der Wirt sich seitlich vorbeugte und große Augen machte.

Dietrich stieß Herbert an und gab ihm mit den Augen ein stummes Zeichen in Richtung des Wirtes. Herbert drehte sich weiter um, aber es war zu spät. Der Mann hatte bereits genug gesehen.

Herbert zog ein paar Geldscheine aus dem Beutel und hielt sie dem Mann hin. Dieser steckte das Geld wortlos ein und ging, gefolgt von seinen drei großen Hunden hinaus.

Als die Tür hinter ihm ins Schloss fiel, atmete Herbert aus.

»Ein fieser Mann. Lass uns morgen früh verschwinden. Ich traue ihm nicht.«

»Er hat Stielaugen gekriegt, als du deinen Geldbeutel geöffnet hastest.«

Sie bereuten schon, hier eingekehrt zu sein, aber nun waren sie einmal in diesem Zimmer und wollten ausgiebig schlafen.

In einer zerbeulten Waschschüssel schwamm etwas Wasser. Gerade genug, um sich das Gesicht und den Oberkörper zu waschen. Sie fühlten sich aber danach frisch wie lange nicht mehr. Dann legten sie sich ins Bett. Es war inzwischen drei Uhr in der Früh geworden, und sie konnten sich kaum noch auf den Beinen halten.

Herbert war im ersten Schlummer, als er plötzlich aufschreckte. Auch sein Bruder richtete sich ruckartig auf.

»Was ist das?«, flüsterte Dietrich.

»Ich habe ein Klopfen gehört«, wisperte Herbert ebenso leise zurück.

Da war es wieder. Sie hatten sich nicht geirrt. Jemand klopfte an die Tür zu ihrer Kammer.

»Mach nicht auf«, beschwor Dietrich seinen Bruder.

Herbert zögerte sichtlich. Sein Gesicht wirkte angespannt, und er kaute nervös auf der Unterlippe.

»Hallo«, flüsterte plötzlich eine weibliche Stimme von draußen. »Öffnen Sie bitte. Es ist sehr wichtig für Sie.«

Herbert eilte zur Tür. Er zögerte und schaute zu Dietrich.

»Wenn die Frau uns wirklich was Dringendes sagen will,

müssen wir die Tür öffnen. Nimm dir deinen Wanderstab und stell dich hinter mich.«

Dietrich riss den Stab an sich und huschte zu seinem Bruder und stellte sich hinter ihn. Herbert atmete noch einmal tief ein, dann öffnete er die Tür einen Spaltbreit.

Die Frau hielt eine Laterne in der Hand. Sie war barfuß und trug eine Schlafhaube und ein Nachtgewand. Sie mochte etwa fünfzig Jahre alt sein.

»Sie wissen ja gar nicht, in welchem Haus Sie gelandet sind«, raunte sie sogleich. »Der Wirt ist nicht allein. Noch zwei finstere Gesellen sind im Gesindehaus. Sie rauben die Gäste aus und töten sie.«

»Warum sind Sie dann noch hier?«, wollte Dietrich wissen.

»Ich bin die Magd schon seit ewigen Zeiten. Ich koche für die Kerle und mache sauber. Deshalb akzeptieren sie mich. Mir passiert schon nichts. Aber ich will nicht, dass noch mehr Unrecht geschieht. Verschwinden Sie. Am besten gleich, bevor es hell wird.«

Sie drehte sich um und verschwand in der Dunkelheit.

»Eine Falle«, sagte Dietrich. »Das ist doch eine Falle.«

»Das glaube ich nicht«, antwortete Herbert. »Wir machen, dass wir wegkommen. Los, Dietrich!«

Er sah auf die Taschenuhr. Es war halb fünf am Morgen, also hatten sie nur wenig geschlafen, und noch war es dunkel.

In Windeseile rafften sie ihre paar Habseligkeiten zusammen. Herbert sah zum Fenster. »Wir können nicht zur Haustür hinaus. Ich wette, der Wirt wartet schon. Wir müssen springen.«

»Springen? Weißt du, wie hoch das ist?«

»Wir haben keine andere Wahl.« Herbert riss das Fenster auf. Er konnte den Boden nur verschwommen auszumachen. Herbert zögerte. Sollte es nicht doch besser sein, zur Haustür hinauszugehen? Nein, das wäre reiner Selbstmord.

Er kletterte auf die schmale Fensterbank, ließ zuerst seine Kiepe fallen, und als sie schon nach wenigen Sekunden auf dem Boden aufprallte, sprang Herbert hinterher. Er landete weich, rollte sich ab und stand sofort auf.

»Dietrich«, wisperte er, »es ist nicht zu hoch. Spring!«

Sein Bruder zögerte jetzt nicht mehr. Auch Dietrich landete

auf der weichen Wiese. Dass er sich dabei am Knöchel leicht verletzte, beachtete er nicht weiter. Denn im selben Moment schlugen die Hunde an.

Höchste Eile war geboten.

Sie erreichten einen dichten Wald, stolperten über Wurzeln, schlugen sich die Köpfe an tiefhängenden Ästen auf und rannten weiter. Hinter ihnen war das wütende Kläffen der Hunde, und fluchende Männerstimmen erschallten.

Vor ihnen lag ein unheimliches Dickicht. Herbert deutete auf einen Baum.

»Da hinauf, Dietrich. Das ist unsere einzige Chance. Die Männer kennen sich hier aus, wir nicht.«

»Aber die Hunde werden uns wittern«, warf Dietrich angstvoll ein.

»Ich habe Essig dabei«, raunte Herbert mit zitternder Stimme. »Das wird sie ablenken, hoffe ich jedenfalls.«

Er zog eine Flasche aus der Kiepe und schüttete den gesamten Inhalt um den Baum herum. In Windeseile gelang es Herbert, bis auf fast drei Meter hoch zu klettern. Zu seiner Erleichterung war Dietrich ihm gefolgt.

Auf einem starken Ast konnten sie sich endlich ausruhen. Sie hörten die Hunde schnüffelnd herumlaufen. Aber die Tiere hatten tatsächlich ihre Spur verloren. Herbert und Dietrich rührten sich nicht, sie wagten kaum zu atmen. Nach unendlich langer Zeit, wie es den beiden schien, gaben die Männer auf. Sie fluchten sich die Seele aus dem Leib in einer Sprache, die Herbert und Dietrich nicht verstanden. Dann waren sie plötzlich fort.

Aber Herbert traute dem Frieden nicht. Bis zum Morgen verharrten sie fast regungslos auf dem starken Ast. Sie dachten an Gott und an Züschen, und sie schworen, dass sie ein Kreuz errichten würden, sollten sie jemals heil aus dieser Situation herauskommen.

Als es hell wurde, erkannten sie ihre Lage. Der Ast, auf dem sie hockten, glich einem Galgen. Ein Strick hing noch herab. Er pendelte leicht im Wind. Hier war vermutlich erst kürzlich ein Mensch gehängt worden.

Sie erschauderten. Dietrichs Zähne klapperten vor Furcht.

»Lass uns schnell verschwinden«, flüsterte er mit kaum verständlicher Stimme.

Sie hatten Glück. Niemand verfolgte sie, als sie durch das Dickicht hasteten. Bald erreichten sie ein kleines Dorf. Sie erzählten, was ihnen passiert war, aber niemand glaubte ihnen so recht.

»Da leben nur ein paar Männer«, sagte der Bürgermeister. »Die tun doch keinem etwas zu Leide.«

Herbert und Dietrich hatten die Nase voll. Sie beschlossen, wieder zurück nach Züschen zu gehen, um bei dem Eisenbahnbau oder auf dem Hof von Arnold zu helfen. Arbeit gab es genug.

Vier Tage später erreichten sie Züschen. Herberts Haare waren grau, Dietrichs Haare waren dünn geworden. Ihre Mutter Mathilde war entsetzt.

Sie konnte nicht glauben, was ihren Söhnen passiert war, aber sie unterstützte sie beim Errichten des Kreuzes.

»Ein Gelöbnis muss man halten«, sagte sie. Mathilde war sehr gläubig. Gott hatte ihre Söhne gerettet, da war sie sich sicher.

Herbert und Dietrich fanden einen geeigneten Platz. Auf der Höhe des Ikesberges, am Weg, der nach Winterberg führte, ließen sie das Kreuz von Lutz Saalfeld und Paul Halbach errichten. Jeder, der nach Winterberg zu Fuß unterwegs war, musste an diesem Kreuz vorbei, und bald kannte jeder die Geschichte von Herbert und Dietrich Grahms.

Die beiden fanden Arbeit beim Eisenbahnbau. Hatten sie sich vorher über die kräftezehrende Tätigkeit beschwert, so war es nun für sie fast wie ein Zuckerschlecken.

40

John Preston stand auf dem Fahrweg, der in den kleinen Nachbarort Mollseifen führte. Über diese Straße musste eine Brücke gebaut werden. Er warf einen langen Blick zu den Arbeitern. Bis auf wenige waren sie mit dem Eisenbahnbau nicht vertraut. Es waren Männer aus Züschen und den Nachbarorten, die sich hier das schnelle Geld verdienen wollten. Die konnte Preston gut als Handlanger gebrauchen, denn es musste viel Erde verschoben werden.

Prestons Vorarbeiter Brian Smithers gesellte sich zu ihm. Sie sprachen Englisch miteinander. Beide beherrschten fließend Deutsch, aber dennoch gab es Situationen, in denen die Arbeiter sie nicht verstehen sollten.

»Mit denen ...«, Brian zeigte auf die Männer, »kannst du keine Brücke bauen. Die sind zwar willig, aber nicht sehr gescheit.«

»Ich weiß«, antwortete Preston. »Ich warte noch auf etwa zehn Personen, die mir zugesagt worden sind. Sie kommen aus Brüssel. Dort haben sie gerade mehrere Brücken und Tunnel fertiggestellt. Sie sind wichtig für den Tunnel unter der Stadt Winterberg.« Er sah hinüber zu einem steil abfallenden Gelände, durch das ein schmaler Weg den Berg hinaufführte. »Dort müssen wir einen weiteren Tunnel bauen. Der Weg ist für die einheimischen Bauern ungeheuer wichtig. Es ist die einzige Verbindung zu ihren Feldern. Die können wir nicht abschneiden.«

Brian nickte. »Wir sollten schon mal anfangen, die Erde fortzuschaufeln.«

»Gut. Und Brian ... stell immer genug Bier bereit. Das spornt die Männer an.« Preston grinste und schlug Brian auf die Schulter.

Die Arbeiter waren es gewohnt, bei schwerer körperlicher Arbeit genug zu trinken zu haben. Dabei war Bier ihr bevorzugtes Getränk.

Brian hatte auch daran gedacht. Er gab einem Fahrer, der auf dem Bock eines Planwagens saß, ein Zeichen. Der Mann sprang ab und hob die Zeltplanen hoch. Ein Jubelschrei aus vielen Kehlen erklang, als die Männer das viele Bier sahen. Schon wollte jeder sich eine Flasche greifen, aber Brian hielt sie zurück.

»Erst die Arbeit, dann das Bier.«

Manche murrten, trollten sich jedoch mit Hacke und Schaufel bewaffnet zu der Stelle, die Brian ihnen zeigte.

Die Arbeit an der Brücke ging zügig voran. Eine Woche später trudelten elf Mann aus Brüssel ein. Es waren Italiener, Männer aus Böhmen und Kroatien. Die Männer waren kräftig, mit starken Muskeln und Brustkörben, die bei den Frauen und Mädchen Entzücken hervorriefen. Schon am ersten Tag ließen sie viel Geld in den Gaststätten Grafenau und Lamers. Diese verdienten sich eine goldene Nase.

Wenn es Abend wurde, erwachte das vergnügliche Leben. Die beiden Gaststätten waren übervoll. Fremdartige Rauchschwaden hingen im Raum, eingehüllt von dunklen Gestalten, die von den Züschenern misstrauisch beäugt wurden. Die unverständliche Sprache stand einem Gespräch im Weg. Deshalb kam es häufig zu Auseinandersetzungen.

Obwohl sich beide Wirte über die Umsätze nicht beklagen konnten, war es für sie ein hartes Geschäft. Im Sommer bis dreiundzwanzig Uhr, und im Winter bis zweiundzwanzig Uhr durften sie ihre Kneipen öffnen. Dann zog der Nachtwächter seine Runden und verkündete die Polizeistunde. Wer sich nicht daran hielt, wurde bestraft.

In den Abendstunden sah man oft knutschende Pärchen hinter Büschen und unter Bäumen.

Frieda Bruhner und Walburga Kohlmann waren machtlos gegenüber solchen Missetaten, wie sie es nannten. In ihren Augen hatte die Moral verloren. Auch in Winterberg blühte der »Liebestaumel«. Die sogenannten leichten Mädchen verdienten sich ebenfalls eine goldene Nase. Frieda und Walburga waren verzweifelt, denn auch Pfarrer Josef Schmale konnte noch so viel von der Kanzel predigen, man hörte nicht mehr auf ihn.

41

»Ben? Bist du es wirklich? Benedikt Halbach?«

Benedikt drehte sich nach dem Sprecher um. Der Mann stand etwa zehn Meter von ihm entfernt. Benedikt hätte ihn in der Arbeitermasse nicht entdeckt, wenn er nicht mit seinem speckigen Hut wie wild gewedelt hätte.

»Ben«, rief er abermals. »Ben, Ben, Ben.«

Der Mann flitzte über Stock und Stein auf Benedikt zu. Dicht vor ihm blieb er stehen. Seine Augen strahlten, sein vom Staub übersätes Gesicht verzog sich zu einem breiten Lächeln.

»Ich bin es doch. Marc, Marc Claasen.«

Benedikt prallte zurück. »Nein«, brachte er verblüfft hervor.

»Marc? Das glaube ich jetzt nicht.«

»Doch, doch, ich bin es leibhaftig.« Ehe Benedikt sich versah, war Marc ihm um den Hals gefallen und drückte sein verschwitztes Gesicht an seinen Hals. Dass Benedikt dadurch schmutzig wurde, machte nichts. Er drückte Marc ebenso fest wie dieser ihn. Dann stieß er Marc mit ausgestreckten Händen von sich, ließ sie aber auf seinen Schultern liegen.

Marc Claasen war alt geworden. So hatte ihn Benedikt nicht in Erinnerung. Er hatte etwas von seiner jugendlichen Dynamik verloren und hinkte leicht, wie Benedikt bemerkte. Seine Haare waren staubbedeckt, aber dennoch waren graue Strähnen nicht zu übersehen. In sein Gesicht hatten sich tiefe Falten eingekerbt, und sein linkes Augenlid zuckte hin und wieder. Marc konnte es nicht unter Kontrolle halten.

»Was machst du hier?«, fragte Benedikt. »Wo kommst du her?«

»Zwei Fragen auf einmal.« Marc schlug seinen Hut an seiner Hose aus und setzte ihn auf sein staubiges Haar.

»Ich helfe beim Eisenbahnbau. Ich war in Brüssel, habe dort viele Schienen gelegt, und dann bin ich den Arbeitern einfach gefolgt.« Marc grinste wie ein Lausbub. »Aber was machst du hier? Hilfst du auch beim Bau der Eisenbahn?«

»Nein, ich wohne hier. Wir Landwirte versorgen die Arbeiter mit Essen und Trinken.«

»Oh, das habe ich gehört. Das ist gut für die Arbeitsmoral.« Marc lächelte noch immer über das ganze Gesicht. »Du hast zwar einmal auf dem Schiff erwähnt, dass du aus dem Sauerland bist, aber das Sauerland ist groß. Mensch Ben, ich hätte nie gedacht, dass wir uns noch mal wiedersehen.«

Er drückte Benedikt erneut. Die anderen Arbeiter schauten ihnen interessiert zu. Sie konnten alles hören, was Benedikt und Marc sprachen. Benedikt zog ihn deshalb zur Seite und fragte leise: »Wo wohnst du?«

»Im Zelt oder manchmal in einer Scheune.«

»Hast du auch ein bisschen Freizeit?«

Marc drehte sich zu seiner Kolonne um. Die Männer schauten schon böse zu ihm hin. Er würde Geld kassieren, ohne zu arbeiten, bedeutete der Blick.

»Ich muss zur Baustelle. Aber nach Feierabend habe ich Zeit.«

»Dann komm zu mir.« Benedikt beschrieb ihm den Weg zu seinem Haus.

»Das mache ich gern.« Marc tippte an seinen Hut. »Bis heute Abend dann.«

Er drehte sich um und war wenig später wieder zwischen den Arbeitern verschwunden.

Benedikt setzte seinen Weg fort. Er hatte Bier und Essen gebracht und wollte sich jetzt nur nach den Arbeitsfortschritten erkundigen. Die Männer arbeiteten in hohem Tempo. John Preston hatte für jeden eine Belohnung von fünf Mark ausgesetzt, wenn sie innerhalb von vier Tagen die Erde fortgeschafft hatten. Das war ein Vielfaches des Lohns, den sie mit fünfzig Pfennig am Tag erhielten. Sie ließen sich jetzt auch nicht von Benedikts Besuch aufhalten. Manche nickten ihm kurz zu, denn es waren fast ausschließlich Züschener, die dort arbeiteten.

Benedikt erreichte die Stelle, an der das Bahnhofsgebäude entstehen sollte. Unweit davon war die Schlucht Täler, an der seine zweite Frau Luise von einer Kreuzotter gebissen worden war. Benedikt ging schnell weiter.

Marc Claasen hatte sich im Gasthaus Grafenau gegen eine geringe Gebühr gewaschen und seine Arbeitskluft mit einer Stoffhose und einem frischen Hemd getauscht. Zaghaft klopfte er an die Tür. Benedikt öffnete und bekam große Augen.

»Mensch Marc, gut siehst du aus.«

Er zog ihn in die Stube und stellte Marc seiner Familie vor.

»Das sind meine Tochter Franziska und ihr Mann Linus.«

»Wow, eine so große Tochter hast du schon. Sie sind sehr hübsch.«

»Du bitte«, sagte Franziska.

»Gern«, erwiderte Marc.

Sie nahmen Platz.

Benedikt holte Bier, Schnaps und Zigarren herbei, und bald war die gute Stube in dichten Qualm getaucht. Sofort musste Marc erzählen, wie er und Benedikt sich kennengelernt hatten. Viktoria verabschiedete sich bald, und auch Franziska verließ den Raum. Sie war wieder schwanger und konnte den Rauch nicht vertragen. Zurück blieben Benedikt, Marc und Linus.

Linus war begierig über das Leben seines Schwiegervaters in Südafrika zu hören.

»Ich habe doch schon alles erzählt«, meinte Marc mit leicht schwerer Zunge.

»Ich möchte aber noch mehr erfahren«, widersprach Linus. Auch er hatte dem Alkohol schon reichlich zugesprochen. »Ganz besonders interessiert mich sein Goldwarengeschäft.«

Marc warf Benedikt einen amüsanten Blick zu. »Da kann ich dir kaum helfen. Darüber weiß ich viel zu wenig. Einige Male hat er mir sehr geholfen. Schon von seinem Vorbesitzer, diesem Tyron Butler, bin ich bevorzugt worden. Er hat mir für den ersten Goldfund meines Lebens viel mehr gezahlt, als das bisschen Staub wert war.«

»Das hast du gewusst?«, fragte Benedikt überrascht.

Marc lächelte. »Nicht sofort, aber als ich im Saloon war und einen ausgeben wollte, hat mir mein Kumpel, mit dem ich zusammengeschürft, und der fast genau dieselbe Menge an Goldstaub ausgebuddelt hatte, gesagt, wieviel er dafür bekommen hatte.«

»Ja, Tyron meinte es gut mit dir.«

»Weil ich dein Freund war. Jaja, streite es nicht ab. Nur weil du mich als deinen Freund ausgegeben hast, hat Tyron mich so gut bezahlt.«

Linus schmunzelte. So kannte er seinen Schwiegervater.

Sie redeten noch über so viele Dinge, und plötzlich stand die Idee im Raum.

»Wir sollten nach England gehen und uns bei der britischen Regierung beschweren.« Marc war es, der dies ausstieß. »Wir haben unsere Existenz verloren. Du dein Geschäft, ich mein Claim. Das ist nicht gerecht. Heute habe ich kaum etwas zum Überleben. Wäre ich in Südafrika geblieben, ginge es mir sehr gut.«

»Das geht doch nicht«, warf Benedikt ein. »Die Engländer würden sich totlachen.«

»Wir können es ja auf einen Versuch ankommen lassen. Ich habe noch Kontakte zu anderen Goldsuchern. Die würden sofort mitmachen.«

Benedikt schüttelte energisch den Kopf. »Es geht nicht. Ich habe eine große Familie, sechs Kinder …«

»Sechs?«, unterbrach ihn Marc. »Ich dachte, du hättest nur die eine Tochter.«

»Franziska ist meine Älteste. Sie ist die Tochter aus meiner ersten Ehe, dann gibt es noch eine zweite Tochter, Berta. Von meiner zweiten Frau habe ich keine Kinder, aber mit Viktoria habe ich inzwischen vier. Gut, Karl und Hugo sind aus dem Gröbsten heraus, aber Hedwig und Fritz sind noch zu jung. Ich kann sie nicht wieder allein lassen.«

»Aber es ist doch nur für ein paar Wochen«, sagte Marc und sah hilfesuchend zu Linus.

Doch der junge Mann hob nur verlegen die Schultern.

Marc ließ sich enttäuscht zurücksinken. »Na schön, vielleicht überlegst du es dir ja noch. Ich bin noch über ein Jahr beim Bau der Eisenbahn beschäftigt. Sag mir Bescheid, wenn du deine Meinung geändert hast.«

»Das wird nicht geschehen.«

Am späten Abend bot Benedikt Marc an, in der Scheune zu übernachten. Auf dem Hof wäre immer frisches Wasser zum Waschen, und genügend zu essen und trinken gäbe es hier im Haus. Aber Marc lehnte ab. Er wolle keine Bevorzugung vor den anderen Arbeitern. Das gäbe nur böses Blut.

42

»Ich habe euch zusammengerufen«, begann Benedikt, »um euch etwas Wichtiges mitzuteilen.« Er ging im Raum ein wenig nervös hin und her.

Die ganze Familie hielt den Atem an. Linus hatte ihnen von Marc Claasens Idee erzählt, und sie befürchteten, dass Benedikt wieder einmal – wenn auch nur für Wochen – verreisen wollte.

»Ich möchte ein Haus bauen und darin eine Gastwirtschaft eröffnen.«

Sie waren wie vom Donner gerührt. Jonathan fing sich als Erster.

»Was willst du?«

»Ein Haus bauen.«

»Das meine ich nicht. Du willst allen Ernstes eine Gastwirtschaft eröffnen?«

Benedikt nickte. »Die Kälberbäche gehört mir seit langem, und an der Straße ist ein großartiger Platz für ein neues Haus.«

»Aber warum denn, um Gottes Willen?«, stieß Eva aus.

»Aus verschiedenen Gründen.« Jetzt blieb Benedikt stehen und taxierte jeden einzelnen. »Die beiden Gastwirtschaften Grafenau und Lamers platzen aus allen Nähten. Sie sind dem Ansturm der Eisenbahner jetzt schon kaum mehr gewachsen ...«

»Die Eisenbahner werden wieder fortgehen«, wagte Paul zu sagen.

»Der Bau der Eisenbahn dauert noch Jahre«, entgegnete Benedikt. Er war Paul wegen seines Einwands nicht böse. Er hatte ja extra alle gerufen, um ihre Meinung zu erfahren.

»Wenn die Eisenbahn fertig ist, kommen Reisende nach Züschen. Das neue Bahnhofsgebäude wird nicht weit entfernt von der Kälberbäche entstehen. Der wichtigste Grund ist aber die chemische Fabrik Waber. Sie baut direkt neben der Kälberbäche ihr Gebäude. Wieviel Arbeiter stellen sie ein? Ich habe gehört, dass es hundert sein sollen. Wenn es nur achtzig oder siebzig sind, ist das schon genug. Nach der Arbeit sind alle durstig und hungrig. Sie kommen in meine – unsere Gastwirtschaft.«

Einen Moment lang blieb es ruhig im Raum. Gegen diese Argumente war wenig zu sagen. Schließlich meinte Jonathan:

»Das werden sich August und Lamers nicht gefallen lassen, Benedikt. Du machst sie dir zu Feinden.«

Benedikt schüttelte energisch den Kopf. »Nein. Ich habe schon mit August gesprochen. Er ist zwar nicht begeistert, aber er hat – so habe ich seine Reaktion eingeschätzt – auch nichts dagegen.«

»Was geschieht mit diesem Haus?«, fragte Viktoria leise.

Benedikt zögerte. Das war der schwierigste Teil. »Wir behalten es – vorläufig jedenfalls. Danach können wir immer noch sehen, was wir mit diesem Haus machen.«

»Nein, oh Gott, du darfst es auf keinen Fall verkaufen, Benedikt«, rief Helene entsetzt. »Hier sind wir aufgewachsen, hier ist unser Zuhause. Ist dir denn nicht klar, wie viele Erinnerungen an diesem Gebäude hängen? Schon unser Großvater hat es gebaut.«

»Ich sagte doch, dass wir es zunächst behalten werden.« Benedikt sah wieder in die Runde. Seine Schwestern und Viktoria waren blass geworden, Jonathan kaute auf seiner Unterlippe, Paul starrte mit verkniffenem Gesicht zu Boden.

»Ich verstehe dich, Helene, ich verstehe euch alle. Du Helene wohnst mit deinem Mann Lutz doch schon lange nicht mehr hier. Du kommst uns zwar oft besuchen, und das ist auch schön, aber dein Zuhause ist in der Schreinerei. Auch du Eva wohnst mit Jon im Eisenhammergebäude. Das habt ihr sehr schön umgebaut, und das ist euer Heim. Paul und Isolde wohnen ebenfalls in der Schreinerei. Die einzigen, die noch hier mit Viktoria und mir unter einem Dach wohnen, sind Franziska mit Linus und Berta. Franziska und Linus haben schon ein eigenes Haus in Aussicht. Es ist ...«

Er wurde von überraschten Ausrufen unterbrochen.

»Ihr habt ein Haus gefunden?«, fragte Eva.

Franziska war etwas rot im Gesicht geworden. Sie nickte. »Ich bekomme bald ein zweites Baby. Da wird es hier etwas eng, ich meine ...«, sie verhaspelte sich, und Linus kam ihr zu Hilfe.

»Auf Dauer wäre es doch keine Lösung, hier unter einem Dach zu wohnen«, sagte er. »Wir möchten auch etwas Eigenes haben. Könnt ihr das nicht verstehen? Wir haben ein Haus an der Hauptstraße gefunden. Konrad Landmann ist vor einem halben Jahr gestorben und seine Witwe hat sich entschlossen, zu ihrer Tochter nach Köln zu ziehen. Sie will uns das Haus verkaufen.«

Konrad Landmann war ein Solstätter. Sein Sohn Kurt wohnte im Haus seiner Frau nahe der Ebenau. Kurt verwaltete den Besitz seines Vaters weiter. Aber er brauchte das Haus nicht und war mit dem Verkauf einverstanden.

»Wenn du die Gaststätte eröffnet hast, wie willst du dann die Bedienung arrangieren?«, fragte Jon. »August und Lamers wohnen im selben Haus. Der Betreiber einer Gaststätte sollte auch darin wohnen.«

»Alles zu seiner Zeit«, antwortete Benedikt.

Sie ließen sich den Gedanken noch einmal durch den Kopf gehen. Immerhin, dachte Eva, bliebe ihr Bruder wenigstens in Züschen.

Wenig später verabschiedeten sich die Paare, Benedikt war mit Viktoria, Franziska, Linus und Berta wieder allein. Viktoria hätte ihrem Mann böse sein sollen, dass er sie vor vollendete Tatsachen gestellt hatte, aber sie kannte ja inzwischen seine Alleingänge.

»Wie lange dauert der Neubau?«, fragte sie.

Benedikt zuckte die Schultern. »Normalerweise etwa ein Jahr, aber ich denke, dass wir weniger Zeit benötigen.«

In der nächsten Zeit hatte Benedikt viel zu erledigen. Die Baugenehmigung holte er sich bei Arnold Grahms ab. Dieser war zwar nicht zur Verschwiegenheit verpflichtet, versprach aber, vorerst nichts von Benedikts Vorhaben auszuplaudern. Wenn er allerdings eine Maurerfirma beauftragte, war es nur noch eine Frage der Zeit, wann ganz Züschen davon wusste. Es gab nur eine Baufirma in Züschen, die Benedikt bald schon aufsuchte.

Die Firma Alois Junker hatte ihren Firmensitz am Ortsende in Richtung Hallenberg, also gar nicht weit entfernt von Benedikts neuem Haus. Ob das ein Vorteil war, wusste er nicht, zumindest konnten die Arbeiter zu Fuß zur Baustelle gehen.

Alois hörte sich Benedikts Idee in Ruhe an und versprach dann, einen Entwurf zu machen.

Schon zwei Wochen später präsentierte Alois die Zeichnungen.

»Schön«, sagte Benedikt, nachdem er einen ausgiebigen Blick darauf geworfen hatte. »Das ist gut, das gefällt mir. Wann kannst du anfangen?«

Alois überlegte kurz. »In einer Woche können wir loslegen.«

»Wie lange brauchst du?«

»Nun, na ja, zehn Monate, höchstens.«

Benedikt war zufrieden.

»Aber der Bau wird insgesamt so um die zwanzigtausend Mark kosten.«

Das war mehr, als Benedikt aus Südafrika mitgebracht hatte. Trotzdem sagte er: »Einverstanden.«

Sie machten einen Vertrag, und dann verließ Benedikt zufrieden die Firma Alois Junker.

43

Am nächsten Tag weihte Benedikt Jakob ein. Schließlich gehörte er zur Familie. Jakob war perplex.

»Das ist eine gewagte Aktion«, meinte er. »Wir haben schon zwei Gasthäuser, sogar eines mit Übernachtungsmöglichkeiten. Willst du auch Gästezimmer bereitstellen?«

»Nein, eigentlich nicht.«

»Das ist gut so. August wäre nicht begeistert. Wann soll der Bau beginnen?«

»Kommende Woche. Alois schätzt, dass er in etwa zehn Monaten fertig ist.«

»Das ist realistisch«, meinte Jakob nachdenklich. »Was ist in der Zwischenzeit mit deinem Land? Du kannst dich nicht um den Bau kümmern und gleichzeitig dein Land bestellen. Willst du alles Linus überlassen?«

Benedikt schüttelte den Kopf. »Ich habe mir gedacht, dass du mich unterstützt. Schließlich sind wir verwandt.«

Jakob lachte. »Du machst es dir wieder sehr einfach. Kommst zu mir und bittest mich um Hilfe, so wie damals, als du unbedingt auf Reisen gehen musstest. Ich helfe dir, aber nicht mehr um jeden Preis.«

»Das hat mir Viktoria schon erzählt. Du möchtest Land haben, nicht? Du willst der größte Bauer in Züschen, wahrscheinlich auch im ganzen Sauerland werden. Aber so geht das nicht. Jakob, mein Vater war der Erstgeborene unseres Großvaters. Ihm stand der alleinige Grund und Boden zu. Dein Vater hatte das Glück, eine Frau zu heiraten, die das einzige Kind ihrer Eltern war. Also wurde auch dein Vater Solstätter, und du bist nun sein rechtmäßiger Erbe. Es hat alles seine Richtigkeit.«

»Ich kann Land von anderen Solstättern kaufen«, warf Jakob ein.

»Das Geld hast du nicht.«

»Woher willst du das Wissen?«

Benedikt kannte Jakobs finanzielle Situation nicht genau, seinem Gesichtsausdruck nach hatte er offenbar ins Schwarze getroffen.

»Du müsstest eine Menge an Land kaufen, um mit mir gleich zu ziehen. Warum willst du unbedingt der Größte sein? Genügt dir dein jetziges Vermögen nicht? Du bist geachtet im Dorf, du wirst der nächste Bürgermeister, und ...«

»Arnold Grahms ist gerade erst zum zweiten Mal gewählt worden«, unterbrach ihn Jakob mit deutlichem Groll in der Stimme.

»Eine zweite Amtszeit steht jedem zu«, entgegnete Benedikt. »Ich bin bereit, dir Land abzugeben.«

Jakob schaute überrascht auf. »Das würdest du wirklich?«

»Ja. Mir ist es zu viel. Ich schaffe es nicht mehr, und ich will es auch nicht mehr. Linus hilft mir zwar in allen Belangen, aber er hat sich bereits anderweitig orientiert. Er übernimmt das Land von Konrad Landmann. Damit ist er ausgelastet.«

Jakob antwortete nicht sofort, was Benedikt wunderte. Sie befanden sich in der Küche seines Hauses. Jakobs Frau Rose war mit den Kindern auf einer Kindergeburtstagsfeier bei einer befreundeten Familie. Sie hatten also viel Zeit.

Jakob trat ans Fenster. Draußen auf dem Hof rieben gerade drei Knechte die Pferde ab, bevor sie in den Stall gebracht wurden. Einige Tagelöhner kamen und fragten offenbar, ob sie helfen könnten, aber die Knechte schüttelten die Köpfe, und die Tagelöhner trollten sich davon.

»Was hast du Johann Westler versprochen, Benedikt?«, fragte Jakob plötzlich.

Auf diese Frage war Benedikt nicht vorbereitet. Er benötigte einige Sekunden, um sich zu fangen.

Jakob drehte sich um. »Du hast ihm doch etwas versprochen. Oder sogar Geld gegeben?«

»Ich habe Johann gut zugeredet. Er war einsichtig und sofort bereit, sein Haus abreißen zu lassen, nachdem ich ihm einen Kredit eingeräumt hatte.«

Jakob kniff die Augen zusammen. »Einen Kredit?«

»Ja. Wir haben einen Vertrag aufgesetzt, ganz offiziell. Johann wird mir das Geld auf Heller und Pfennig in Raten zurückzahlen.«

»Das glaubst du doch selbst nicht«, schnaubte Jakob. »Wie will er das denn machen? Er hat doch kaum genug zum eigenen Leben. Nein, nein, Benedikt, du hast es ihm geschenkt und von dem Geld genommen, das du in Südafrika verdienst hast. Uns willst du weismachen, dass du nichts an Gold und Geld mitgebracht hast.«

»Jakob, ich habe Johann und damit dem ganzen Ort geholfen. Lass es gut sein. Unterstützt du mich nun bei meinem Hausbau oder nicht?«

Jakob ließ einige Zeit verstreichen. Schließlich nickte er. »Gut, ich helfe dir. Dein Angebot nehme ich an. Wir können uns in den nächsten Tagen über die Felder unterhalten, die ich von dir erhalten kann.«

Benedikt war zufrieden. Er hatte schon länger vor, Land abzugeben, und was war besser, als es seinem Cousin zu überlassen?

Als Benedikt ging, waren seine Schultern gebeugt, und er fühlte sich mit einem Mal wie ein alter Mann.

Jakob Halbach hatte immer viele Knechte auf seinem Hof angestellt, es gab viel zu tun, seine Knechte und die Tagelöhner, die er täglich neu verpflichtete, kamen nie vor acht Uhr abends von den Feldern. Sie fielen vor Müdigkeit in der Scheune in den Schlaf.

Jakob war bestrebt, stets mehr Tagelöhner zu haben als Benedikt. Ja, er legte es sogar darauf an. Wenn Benedikt vier Tagelöhner einstellte, dann nahm Jakob sechs. Dieser schien es nicht zu merken, jedenfalls nahm er keine Notiz davon. Überhaupt hatte Jakob den Eindruck, als wenn sein Cousin mit viel weniger Enthusiasmus an seine Landbestellung ging, als vor seiner Reise nach Südafrika. Gab es da etwas, was Benedikt verschwieg? Sehnte er sich vielleicht sogar zurück nach Johannesburg? Jakob beschloss, der Sache auf den Grund zu gehen. Er wollte diesen Marc Claasen befragen, der beim Eisenbahnbau arbeitete, aber fast jeden zweiten Tag bei Benedikt ein und ausging.

Jakob war mit seinem Leben überhaupt nicht zufrieden. Immer öfter studierte er die Aufzeichnungen, die ihm von Anne--

gret Faulner gebracht worden waren.

Was Jakob auffiel, war, dass Benedikt kein Wort zu dem Bewässerungssystem gesagt hatte, ja, es nicht einmal erwähnt hatte. Dabei wusste Benedikt doch ganz genau, dass Jakob es als seine Idee im Gemeinderat ausgegeben hatte.

Auch dass Arnold Grahms zum zweiten Mal, wenn auch nur mit knapper Mehrheit zum Bürgermeister gewählt worden war, wurmte Jakob gewaltig.

Jetzt baute auch noch Benedikt ein neues Haus, und das war zu viel für Jakob. Würde er immer nur der Zweite im Dorf bleiben? Jakob beschloss, zur Kälberbäche zu fahren, er wollte sich dort umsehen, um herauszufinden, warum sein Cousin gerade dort ein Haus bauen wollte.

Die Kälberbäche hatte ihren Namen nach neugeborenen Kälbern. Wenn ein Kalb geboren wurde, trieb man die Kühe und ihre Kälber in die Kälberbäche, weil dieses Tal übersichtlich war und somit die jungen übermütigen Tiere nicht ausbrechen konnten.

Jakob fuhr mit einem Zweispänner. Er stieg ab und sah sich um. Es gab nichts Auffälliges zu sehen. Die Hauptstraße führte dicht an der Kälberbäche entlang, und nur von hier aus konnte man die Kühe mit ihren jungen Tieren hineintreiben.

Jakob ging weiter die Straße hinunter. Auf der gegenüberliegenden Seite waren mehrere Männer damit beschäftigt, das Gras auf einer Breite von mehreren hundert Quadratmetern abzutragen.

»Was macht ihr da?«

Ein junger Mann, den Jakob nicht kannte, drehte sich um. Er stützte sich auf seine Schaufel. »Wir bereiten den Neubau unserer Firma vor. In Kürze sieht hier alles anders aus.« Er machte eine weitausholende Geste mit den Armen. »Hier entsteht die chemische Fabrik Waber. Hast du noch nichts davon gehört?«

Natürlich hatte Jakob das, aber er wusste nicht, dass die Genehmigung schon erteilt war.

»Dann macht mal ruhig weiter«, sagte er und ging wieder zu seinem Wagen.

Nun ahnte er, was Benedikt beabsichtigte. Er wollte eine Gastwirtschaft, um den Arbeitern das Geld aus der Tasche ziehen zu können. Jakob hob die Peitsche und ließ sie auf den Rücken des Pferdes knallen. Das Tier wieherte schmerzhaft, setzte sich aber sofort in einen flotten Trab.

Vor der Gaststätte Lamers hielt Jakob an. Ohne den Wagen festzuzurren, sprang er ab und lief hinein. Der Wirt hob kurz den Kopf. »Ach du bist es, Jakob. Du siehst aus, als wäre der Teufel hinter dir her.«

»Gib mir schnell ein Bier.«

Jakob schüttete das Getränk in einem Zug hinunter. Dann sah er sich um. Sieben Männer waren in der Kneipe, Tagelöhner, aber auch der Förster Bruno Seibert war anwesend. Bruno kam nun mit einem halbvollen Glas Bier zu Jakob.

»Was ist denn los?«, fragte er ruhig.

»Benedikt!«, stieß Jakob aus, und das Wort klang wie ein Fluch. »Er lässt ein Haus bauen. An der Kälberbäche. Er will eine neue Gastwirtschaft eröffnen. Wusstest du das?« Diese Frage war an den Wirt gerichtet.

Der Wirt nickte leicht.

»Ach so ist das. Du warst informiert. Verstehe. Aber ist dir auch klar, dass Benedikt den Arbeitern der chemischen Fabrik das Geld aus der Nase ziehen will? Er ist eine Konkurrenz für dich.«

Einer der Tagelöhner lachte. »Konkurrenz belebt das Geschäft. Ob zwei oder drei Kneipen, sie können alle existieren.«

»Ach halt doch dein Maul«, fuhr ihn Jakob an. »Was verstehst du denn schon davon.«

Er trank sein Glas in einem Zug aus und verlangte dann gleich ein weiteres. Bruno wurde von ihm eingeladen.

»Benedikt wird sich dumm und dämlich verdienen«, raunte Bruno. »Das können wir nicht zulassen.«

Jakob gab dem Wirt ein Zeichen für eine Lokalrunde. Damit, so hoffte er, würden schon mal alle Anwesenden auf seiner Seite sein.

44

Der Hausbau machte große Fortschritte, ebenso die Eisenbahntrasse. Es schien ganz so, als würden sich beide Projekte gegenseitig übertreffen wollen.

Benedikt war jeden Tag am Bauplatz. Seine Söhne Karl und Hugo kamen immer mit und spielten im Sand, der neben dem Rohbau deponiert war. Sie hatten riesigen Spaß dabei. Seine Tochter Hedwig blieb zu Hause, sie spielte mit einer Puppe, die Eva ihr gebastelt, und für die sie ein Kleid gestrickt hatte. Fritz, der jüngste Spross aus dem Hause Benedikt Halbach war noch zu klein, um mit zur Baustelle zu kommen.

Marc Claasen sah müde aus. Sein Gesicht war von Strapazen gezeichnet, sein Gang schleppend. Er ließ sich in den Sessel plumpsen.

»Ich bin fix und fertig«, murmelte er mit leiser Stimme. »Die letzten Tage haben wir kaum Ruhe gefunden.«

Seit Wochen arbeiteten die Männer im Schichtdienst. In den acht Stunden Freizeit war an Schlaf nicht zu denken.

»Du kannst die Nacht über hierbleiben«, bot Benedikt ihm an.

»Das wäre wohl das Beste.«

Benedikt holte Pfeifen, Tabak und Schnaps hervor, und bald war die Stube von dichtem Rauch und Alkoholgeruch erfüllt.

Um Marc wach zu halten, fragte Benedikt: »Wie weit seid ihr denn mit dem Tunnel? Erzähl doch mal.«

Jetzt blühte Marc auf. Er kam sogar richtig ins Schwärmen. »Das läuft gut, sogar sehr gut. Dieser Preston ist ein genialer Ingenieur. Gut, dass ihr den genommen habt. Er treibt zwar die Arbeiter an, aber so höflich, dass sich niemand beschwert. Stets hat er ein freundliches Wort für die Männer übrig. Der Tunnel wird von zwei Seiten angegangen, von Süden und Norden. Jede Stunde rechnet Preston nach, ob sie sich auch treffen.« Marc grinste. »Einmal waren wir einen halben Meter zu weit links. Preston merkte es sofort und korrigierte uns, und auch das ohne ein böses Wort.«

»Beachtlich«, meinte Benedikt und paffte an seiner Pfeife.

Marc nahm einen Schluck Schnaps und beugte sich im Sessel vor.

»Sag mal, was ist mit deinem Cousin Jakob, Ben?«

Benedikt hob überrascht eine Augenbraue. »Wie kommst du denn jetzt darauf?«

»Jakob scharwenzelt dauernd um mich herum, wenn er zur Baustelle kommt, und er erscheint nicht selten.«

»Spricht er dich dann gezielt an?«

Marc nickte. »So kann man es nennen.«

»Und was will er von dir?«

»Schwer zu sagen. Er drückt sich nicht klar aus. Ich vermute, dass er von mir etwas über deinen Aufenthalt in Südafrika wissen will.«

Benedikt musste lachen. »Das kann ich mir denken. Jakob ist sehr neugierig. Er glaubt, ich verheimliche ihm etwas, und das mag er gar nicht.«

»Hm«, machte Marc. »Verheimlichst du ihm denn etwas?«

Benedikt schüttelte den Kopf. »Ganz und gar nicht. Ich erzähle ihm zwar nicht alles, aber das kann man nicht als ein Geheimnis bezeichnen. Das meiste geht Jakob nichts an, und vom Eisenbahnbau habe ich ausführlich in den Gemeinderatssitzungen berichtet, jedenfalls als feststand, dass auch hier eine Eisenbahntrasse gebaut werden sollte.«

»Dann verstehe ich Jakob nicht.« Marc stopfte wieder einmal seine Pfeife.

Benedikt hob die Arme. »Er wollte schon lange Bürgermeister werden, aber dann wurde ihm ein anderer vor die Nase gesetzt. Vielleicht ist es das, was ihn ärgert. Ja, das ärgert ihn ganz sicher. Dabei wäre Jakob ein guter Bürgermeister. Vielleicht wird er es bei der nächsten Wahl.«

Sie sprachen noch über ihre Erinnerungen an Südafrika, und Benedikt war froh, dass Marc von seiner Beziehung zu Sarah und seinem Erlebnis bei den Zulu nichts wusste. Obwohl er Marc für einen guten Freund hielt, war Benedikt klar, dass er bei einem Glas Bier zu viel ausgeplaudert hätte.

Bald verabschiedete sich Marc, ging in die Scheune, in der er schon einige Male übernachtet hatte und war Minuten später eingeschlafen.

Benedikt dachte über Jakob nach. Ich muss vorsichtig sein, nahm er sich vor.

Am nächsten Tag war Marc schon wieder verschwunden. Linus hatte ihn noch gesehen, als er um fünf Uhr früh in den Stall ging.

»Er wollte kein Frühstück«, sagte er zu Benedikt. »Frühstücken würde er an der Baustelle.«

»Gut. Was hast du heute vor?«

»Ich werde die Pferde in die Brembach bringen und dann zum Ikesberg hinauffahren. Ein paar Fichten sollen von einem Schädling befallen sein.«

»Ich fahre in die Ahre, um zu sehen, wo wir da am besten Hafer oder Roggen säen können und danach zur Baustelle.«

Linus lächelte. »Der Bau lässt dir wohl keine Ruhe.«

»Das ist es nicht. Was mir Sorgen macht sind die Maurer. Sie trinken zu viel Alkohol. Sie sollen sich mehr um die Wände kümmern, aber das machen sie so nebenbei, habe ich jedenfalls manchmal den Eindruck.«

Während Benedikt zum Einspänner ging, lief Linus in den Pferdestall. Benedikt hörte die Pferde wiehern, lächelte kurz und fuhr los.

In der Ahre sah es wild aus. Hier hatte man seit langem nicht mehr geeggt und schon gar nichts angepflanzt. Die Weiden waren regelrecht verwahrlost. Benedikt gab Linus keine Schuld daran. Der junge Mann war während Benedikt Abwesenheit einfach überfordert gewesen.

Benedikt begann sofort, das Areal mit großen Schritten abzumessen. Er wollte nicht zu viel Samen kaufen. Fast eine Stunde schritt er die Weiden und Wiesen ab, er kam dabei ins Schwitzen und achtete nicht auf die Umgebung. Erst als er den Mann in seiner grünen Uniform entdeckte, verharrte er.

Bruno Seibert grinste von einem Ohr zum nächsten. »Da hast du dir ja was Schönes ausgedacht, Ben.« Er benutzte die Abkürzung, seit er es von Marc Claasen gehört und Benedikt sich darüber geärgert hatte.

Benedikt ging jetzt nicht darauf ein. Er schritt wortlos weiter.

»Weißt du, was ich seltsam finde, Ben?«

Benedikt zögerte, aber er drehte sich nicht nach Bruno um,

und deshalb bemerkte er auch nicht, dass Bruno mit ausladender Geste in die Runde deutete. »Ihr habt das alles verkommen lassen. Du bist schon lange zurück und hast dich seitdem nie um diese fruchtbare Ecke gekümmert. Auf einmal schlägt dir das Gewissen, wie? Du ...« Er verstummte. Vom Weg her war Pferdegetrappel zu hören, und schon tauchte Linus auf.

Bruno grinste höhnisch. »Da kommt ja dein Lakai. Kann er wieder was nicht alleine erledigen?«

Linus sprang vom Pferd. Er beachtete Bruno mit keinem Blick, was diesen nur noch wütender machte. Linus lief auf Benedikt zu. »Du solltest mal schnell zur Baustelle kommen. Es gibt große Neuigkeiten. Es ist wichtig.«

Benedikt ließ alles liegen und stehen, sprang auf seinen Wagen und fuhr los. Linus folgte ihm sofort auf dem Pferd. Sie ließen einen Förster zurück, der ihnen mit gerunzelter Stirn und zusammengekniffenen Augen hinterher sah.

45

Die beiden Männer trugen dunkle Anzüge, weiße Hemden und bläuliche Krawatten. Jeder hatte einen schwarzen Zylinder auf und einen schmalen Ordner in der Hand.

Benedikt zügelte sein Pferd dicht vor einem unsympathischen Menschen mit dickem Bauchansatz und Schweißperlen im Gesicht. Der Mann machte einen erschrockenen Satz rückwärts.

Benedikt ging auf den anderen Mann zu, der größer war als sein Kollege und jetzt nur kurz die Augenbrauen hob.

Benedikt stellte sich vor.

»Adalbert von Schwarzenhausen«, nickte der Große hochnäsig, wobei er das »von« sehr stark betonte. »Das ist mein Partner Wilhelm Herbig.« Er deutete auf den dickeren. »Sie sind der Bauherr?«

»Ja.« Benedikt nickte. »Ist etwas nicht in Ordnung?«

»Was den Bau betrifft, sieht alles gut aus. Aber ich bin nicht vom Bauamt, sondern von der Schankbehörde.«

Dieses Wort hörte Benedikt zum ersten Mal.

»Aha«, machte er nur. Aber er war aufmerksam geworden.

Was hatte er falsch gemacht? War der Raum zu klein? Gab es kein ausreichendes Wasser zum Spülen? Waren die Treppen zu steil? Das würde sich noch ändern lassen.

Schwarzenhausen blätterte in seinen Unterlagen. Er hob den Kopf und sah Benedikt ernst an. »Es gibt eine Beschwerde«, sagte er. »Zwei örtliche Betreiber sind gegen eine neue Gastwirtschaft.«

Das saß. Benedikt wusste einen Moment lang nicht, was er erwidern sollte. Linus neben ihm lachte lauthals, was Schwarzenhausen einen indignierten Blick entlockte.

»Das Schankgesetz besagt, dass pro Einwohnerzahl von tausend eine Gastwirtschaft entstehen darf. Damit will man verhindern, dass die Bevölkerung zu sehr genötigt wird, Alkohol zu konsumieren.«

Er zog das letzte Wort in die Länge, so, als habe er dies viele Male geübt. »Das Dorf Züschen hat elfhundert Bewohner, also sind nur zwei Gasthäuser erlaubt. Deshalb ist es von königlicher Seite her verboten, eine weitere Gaststätte zu eröffnen.« Schwarzenhausen deutete zum Haus. »Ihr Gebäude befindet sich noch im Rohbau. Es ist leicht, Ihre Pläne zu ändern und ein ganz normales Wohnhaus zu errichten.« Er reichte Benedikt ein Blatt Papier. »Darauf steht die Verfügung. Sie sollten sich daranhalten. Ansonsten ist eine hohe Geldstrafe fällig.«

Er sah sich nach seinem Partner um, tippte an seinen Zylinder und gemeinsam stiegen sie in einen Zweispänner, den ein Kutscher lenkte. Schwarzenhausen gab ihm ein Zeichen und sogleich ließ der Mann die Peitsche knallen und die Pferde zogen an. Benedikt und Linus schauten ihnen nach, bis sie um die erste Kurve in Richtung Winterberg verschwunden waren.

August Grafenau sah aus, als habe er Benedikt Halbach erwartet. In der Gaststätte war nicht viel Betrieb, nur drei Tagelöhner lungerten an einem Tisch und spielten Karten.

August zog Benedikt sofort in den Nebenraum.

»Du weißt also, warum ich gekommen bin?«, fiel Benedikt gleich mit der Tür ins Haus.

August nickte schwach. »Früher oder später wärst du hier erschienen. Ich wusste allerdings nicht, dass die Schankbehörde so rasch reagiert.«

Benedikt setzte sich. »Ich hatte bei unserem letzten Gespräch den Eindruck, dass es dir egal ist, ob ich eine Gastwirtschaft eröffne. Zumal sie am Ortsende liegt. Hast du deine Meinung geändert oder hat Lamers dich überredet?«

»Weder noch, Benedikt.« August blieb stehen. »Ich habe mit Lamers gesprochen, natürlich, und ich habe ihm gesagt, dass er machen soll, was er für richtig hält. Ich bin sozusagen neutral geblieben, weil ...«

Er brach ab, als Benedikt lauthals lachte. »Neutral nennst du das? Lamers hat erreicht, was er wollte. Die Begründung der Schankgesellschaft ist doch hanebüchen. Die hätten sich nie und nimmer hier sehen lassen. Nein, nein, August, du hast mir einen Bärendienst erwiesen. Das hätte ich nicht von dir gedacht.«

Mit diesen Worten erhob sich Benedikt ruckartig und ging ohne einen weiteren Gruß hinaus. August Grafenau sah ihm traurig nach. Er wusste, dass er einen guten Freund verloren hatte.

Die Nachricht verbreitete sich in Windeseile im Dorf. Die Beilieger waren entzückt, allen voran Bruno Seibert. Beim Bier und Schnaps in Lamers Gaststätte ließ er sich immer wieder über Benedikts Niederlage, so nannte er das Ereignis, aus. Jedem, der hereinkam, teilte Bruno die Neuigkeit mit.

»Ich werde das neue Haus an einen Beschäftigten der Chemiefabrik Waber verkaufen«, sagte Benedikt am Abend zu Viktoria. »Die Firma stellt fast hundert Arbeiter ein. Dazu kommen Vorarbeiter, mindestens ein Prokurist und einige Angestellte für Büroarbeiten. Irgendjemand ist darunter, der ein Haus sucht. Ich werde ihm ein großzügiges Angebot machen.«

46

Der Eisenhammer von Jonathan Thoma hatte sich in den letzten Jahren zu einer wahren Goldgrube entwickelt. Vier Arbeiter werkelten von morgens bis abends darin. Hin und wieder stellte Jonathan sogar Hilfsarbeiter ein, da die Aufträge sonst nicht zu bewältigen waren. Vor allem aus dem nahen Hessen bis weit hinter Marburg kamen die Auftraggeber.

Jonathan selbst schuftete sich fast zu Tode. Sein Haar war dünn geworden, sein Gesicht von vielen Falten durchzogen. Eva, seine Frau, betrachtete ihn abends, wenn er müde am Tisch saß und kaum das Essen anrühren konnte, sehr besorgt.

»Du siehst erschöpft aus«, meinte sie leise. Sie wusste, dass er Vorwürfe nicht leiden konnte, und sie erwartete eine barsche Erwiderung. Aber Jonathan hob nur seinen Kopf und sah sie aus rot unterlaufen Augen an.

»Was soll ich machen?«, antwortete er. »Ich kann meine Arbeiter nicht allein lassen.«

Eva legte ihm liebevoll eine Hand auf den Arm.

»Du solltest trotzdem kürzertreten«, meinte sie fast zärtlich. »Es bringt nichts, wenn du eines Tages umfällst. Ich brauche dich, deine Kinder sehen dich ja kaum noch. Die Zwillinge werden im nächsten Jahr zwanzig. Weißt du eigentlich, dass beide einen Freund haben?«

Jonathan schüttelte den Kopf. Er zog Eva auf seinen Schoß. Das hatte er schon lange nicht mehr getan. Sie lehnte ihr Gesicht an seines, ohne darauf zu achten, dass sie ganz schwarz wurde. Als sie sich zurücklehnte, lachte Jon auf. Es war fast wieder sein jugendliches Lachen, dass sie so an ihm geliebt hatte.

»Was ist?«

»Du bist ganz schmutzig im Gesicht. Ich hätte mich vorher waschen sollen, aber ich war einfach zu müde.« Er schob sie etwas von sich fort und sah ihr tief in die Augen. »Du hast wie immer recht. Ja, ich sollte mich ein bisschen zurückziehen. Ich habe Benedikt schon gesagt, dass ich den Eisenhammer verkaufen will. Waldemar, mein bester Arbeiter, hat sehr großes Interesse daran. Aber jetzt werde ich noch einen Spaziergang machen und darüber nachdenken. Das wird mir guttun.«

Er gab Eva einen langen Kuss und aß mit gesundem Appetit. Danach stand er auf, wusch sich, zog sich um und machte seinen angekündigten Spaziergang. Es war noch hell, die Dämmerung würde erst in einer halben Stunde eintreten, und es war warm.

Sein Weg führte ihn vom Eisenhammer in Richtung Hallenberg. Er hatte sich vorgenommen, am Rohbau seines Schwagers Benedikt vorbeizusehen. Das war ein gutes Ziel.

Einige Personen waren noch unterwegs. Jon kannte sie alle: Bauern mit ihren Pferdegespannen, Frauen mit Waschkörben, die von der nahen Nuhne kamen, wo sie ihre Wäsche gewaschen hatten, Handlungsreisende auf dem Weg nach Winterberg.

Jon grüßte alle. Der Neubau seines Schwagers kam in Sicht. Die Arbeiten hatten längst aufgehört, die Maurer machten pünktlich Feierabend. Jon seufzte. Das hätte er auch gerne gemacht. Aber als Besitzer eines Unternehmens hatte man keine geregelten Arbeitszeiten. Es wurde wirklich Zeit, dass er den Eisenhammer in andere Hände übergab.

Vor dem Rohbau blieb er stehen. Das Haus sah gut aus, und es würde sehr groß werden. Jon wusste, dass Benedikt nicht mehr so oft an der Baustelle war, seit sein Wunsch, eine Gastwirtschaft darin zu eröffnen, abgelehnt worden war.

Jon kniff plötzlich die Augen zusammen. Lag es an der beginnenden Dämmerung, die ihm einen Streich spielte? Er beugte sich vor, dann trat er mehrere Schritte zurück. So hatte er einen besseren Überblick. Er begann zu lachen. Es brach einfach aus ihm heraus, er konnte sich nicht dagegen wehren. Als er schließlich wieder Luft holen konnte, schüttelte er mehrmals den Kopf. Das gab es doch gar nicht. Das konnte doch nicht wahr sein.

Die rechte Außenwand machte nach oben hin einen Bogen von mindestens zwanzig Zentimetern. War das denn noch niemandem aufgefallen? Waren die Maurer blind gewesen? Die Decke darüber war bereits gegossen, also konnte man die Wand nicht einfach abreißen und neu mauern. Das wäre viel zu umständlich gewesen und zu teuer, obwohl ... Alois Junker musste dafür aufkommen, nicht sein Schwager.

Ich werde Benedikt daraufhin ansprechen. Jetzt rächt es sich, dass er nicht mehr so häufig nach seinem neuen Haus gesehen hat.

»Das musst du noch einmal sagen«, platzte Benedikt heraus, als Jon am nächsten Tag bei ihm auftauchte.

Jon konnte sich ein Lachen wieder nicht verkneifen. »Du hast richtig gehört. Die rechte Außenwand ist nach oben hin völlig schief. Ich wette, dass sie bald einstürzt.«

»Das muss ich mir anschauen.« Benedikt sprang auf und lief hinaus. Zusammen mit Jon fuhr er zur Baustelle.

Alois Junker kam ihnen sogleich entgegen. Sein Gesichtsausdruck zeigte eine Mischung aus Zerknirschtheit und Panik. Er hob beide Hände in Schulterhöhe. »Benedikt, sag nichts. Ich habe schon ein Donnerwetter losgelassen. Die Wand und die gesamte Decke werden natürlich abgerissen, auf meine Kosten. Das Geld ziehe ich den Arbeitern vom Lohn ab, und wenn es Jahre dauert, bis sie es abgestottert haben.«

»Wie konnte das denn überhaupt passieren?« Benedikt sah sich die Sache mit großem Stirnrunzeln an.

»Ich vermute, sie haben zu viel Bier getrunken«, antwortete Junker. »Dieser verdammte Alkohol. Die Männer können zwar eine Menge vertragen, aber das war wohl zu viel.«

Benedikt sagte eine Weile nichts. Jon war inzwischen näher an die schiefe Wand getreten und hatte dagegen geklopft. Jetzt kam er zurück.

»Ich bin zwar kein Fachmann, was das Mauern anbelangt, aber die Wand hält keine zwei Tage mehr.«

»Ich sagte doch, dass alles abgerissen wird«, verteidigte sich Junker. Er wollte zu seinen Arbeitern.

»Warte!«, rief Benedikt.

Alois Junker drehte sich nach ihm um. »Wenn du jetzt etwas Unüberlegtes sagst, gehe ich dir an den Hals.«

»Nein.« Benedikt schüttelte den Kopf. »Ich habe eine Idee.« Er deutete auf den Platz neben der schiefen Wand. »Wir werden einen Anbau machen. Dann kann alles so bleiben, wie es ist, und weder die Decke noch die Wand müssen abgerissen werden.«

Alois und Jon sahen sich perplex an. Alois furchte die Stirn. »Du meinst das im Ernst?«

»Natürlich. Was spricht dagegen? Du sparst die Abrisskosten und ich bekomme ein größeres Haus. Das lässt sich besser verkaufen. Allerdings erwarte ich etwas Entgegenkommen von dir, Alois.«

Dieser nickte sofort. »Du brauchst nur die Materialkosten zu bezahlen. Lohn verlange ich nicht dafür.«

»Abgemacht«, sagte Benedikt und hielt ihm die Hand hin. Alois Junker schlug ein.

»Ich werde sofort mit der Arbeit anfangen, bevor die Wand doch noch einstürzt«, sagte er und ging eilig davon.

Jon war sprachlos. »Junge, Junge, das muss man dir schon lassen. Du hast pausenlos neue Ideen.«

»Tja«, grinste Benedikt. »So ist das nun mal im Leben.«

Der Plan von Benedikt stieß auf große Verwunderung und Überraschung. Darauf wäre kaum einer gekommen. Alois konnte von Glück sagen, dass Benedikt so großzügig gewesen war.

Im Dorf ging das tägliche Einerlei weiter. Es wurde nur von den Eisenbahnern durchbrochen, die abends in den beiden Kneipen feierten. Die Züschener waren machtlos dagegen. Frieda Bruhner und Walburga Kohlmann beobachteten die Verrohung mit großer Besorgnis. Die jungen Männer des Dorfes waren schon längst bei den Feiern dabei, sie waren manchmal noch ausgelassener als die Eisenbahnbauer.

Jonathan hatte den Eisenhammer noch nicht verkauft. Waldemar war zwar sehr daran interessiert, aber er brauchte noch Zeit. Er hatte gerade erst geheiratet und seine Frau war schwanger. Aber aufgeschoben war nicht aufgehoben. Paul Halbach war zum Mitinhaber der Schreinerei geworden, und Linus und Franziska hatten ihr neues Zuhause an der Hauptstraße bezogen. Im Haus der Halbachs war etwas Ruhe eingekehrt, obwohl die vier Kinder Benedikts und Viktorias lautstark durch die Räume tobten. Berta war jetzt oft mit Florian Zimmer zusammen, es musste eine tiefe Liebe sein. Benedikt sah das gern. Berta war alt genug, sie wusste, was sie tat.

Helenes Besuche im Hause Halbachs wurden seltener. Manchmal kam sie wochenlang nicht, obwohl es von der Schreinerei bis zu Benedikt kaum mehr als fünfhundert Meter waren.

Linus erschien nur noch jeden dritten Tag. Er verrichtete seine Arbeit und ging dann wieder fort.

Der Anbau seines Hauses in der Kälberbäche nahm große Fortschritte an. Alois machte Druck auf seine Arbeiter.

Auch die Eisenbahn kam zügig voran. Vor Hallenberg gerieten die Arbeiten dann aber ins Stocken. Die Nuhne musste überquert werden, und da der Boden sandig war, mussten unzählige Steine aus dem Steinbruch abgeschlagen werden, um eine sichere Brücke zu bauen.

Die Männer arbeiteten vom Sonnenaufgang bis zum Sonnenuntergang, manchmal noch länger in der Dunkelheit bei Petroleumlampen. Sie lagen gut im Zeitplan.

47

Die Eröffnung der chemischen Fabrik Waber im Sauerland zählte neben dem Eisenbahnbau zu den bedeutendsten Ereignissen. Dadurch wandelte sich das Erwerbsleben der Bevölkerung, ganz besonders für die Einwohner Züschens, gewaltig. Nun gab es Arbeit genug, auch für ungelernte Männer, und davon gab es viele im Ort. Nur ein Bruchteil der arbeitstüchtigen jungen Männer konnte eine Ausbildung machen. Alle anderen waren Hilfsarbeiter. Der Großteil der Züschener Bevölkerung nahm freudestrahlend das Angebot an, für die Firma zu arbeiten.

Aber es gab auch kritische Stimmen.

»Du siehst aus, als hättest du große Sorgen«, sagte Benedikt Halbach an diesem Morgen zu seinem Schwager Jonathan Thoma.

Sie befanden sich in der Stube. Soeben hatten Viktoria und Eva abgeräumt. Berta war mit ihrem Freund Florian Zimmer nach draußen verschwunden.

Jon nickte mit verkniffenem Gesicht. »Die chemische Fabrik macht mir Sorgen. Ich bin verantwortlich für alles, was um den Eisenhammer herum geschieht. Dazu gehören die Wiesen, die ich von der Gemeinde vor vielen Jahren gekauft habe, damit ich freien Zugang zur Nuhne habe.«

»Das weiß ich alles«, antwortete Benedikt. »Ich habe dir doch dazu geraten.«

»Oberhalb und unterhalb der Fabrik liegen meine Grundstücke. In den trockenen Jahren habe ich das Wasser der Nuhne dringend nötig. Nun, wenn Waber das Wasser auch braucht, ist mein Betrieb gefährdet.«

Darüber hatte sich Benedikt noch gar keine Gedanken gemacht.

Er kratzte sich im Nacken. »Das wäre ein starker Schlag für dich.«

Er stand auf und ging in der Stube hin und her. Das tat er häufig, wenn er über ein Problem angestrengt nachdachte.

»Wenn Abwässer in die Nuhne geleitet werden«, sprach Jon weiter, »besteht die Gefahr nicht nur für meine Familie, sondern auch für das Vieh, dass an der Nuhne zum Tränken kommt. Nicht vorstellen will ich mir den Geruch, der unerträglich würde.«

»Was gedenkst du zu unternehmen?«

Jon verzog schmerzlich das Gesicht. »Ich bin mir nicht sicher. Ich bin kein Züschener, ich bin ein Zugereister. Wenn ich nicht aufpasse, wird mir sehr viel Gegenwind ins Gesicht blasen.«

Benedikt war sichtlich entrüstet. »Du bist ein Züschener, da können sie sagen, was sie wollen. Oder hast du schon solche Stimmen gehört?«

Jon nickte.

»Lass mich raten. Von Bruno Seibert.«

»Er lässt im ganzen Dorf verlauten, dass ich nur in den Besitz des Eisenhammers gekommen bin durch deine Intervention im Gemeinderat.«

»Das ist doch Quatsch«, ereiferte sich Benedikt. »Uns, beziehungsweise meinem Onkel Lettmann, gehörte der Eisenhammer. Er hat ihn mir vererbt, und ich habe ihn an dich weitergegeben. Das war mein gutes Recht.«

»Ich weiß es ja«, entgegnete Jon unglücklich. »Aber die Leute vergessen schnell, und viele glauben, was Bruno sagt.«

»Dieser verdammte Bastard«, presste Benedikt zwischen den Zähnen hindurch. »Er kann es nicht lassen, unsere Familie in ein schlechtes Licht zu rücken.«

Benedikt ging wieder aufgeregt im Raum hin und her. Schließlich blieb er stehen und sah Jon an.

»Du wirst ganz offiziell Einspruch einlegen. Ich unterstütze dich in allen Angelegenheiten. Bruno hat hier im Ort trotz seiner

Rolle als Förster gar nichts zu sagen. Wenn er das merkt, wird er ruhig. Wenn nicht ...« Benedikt zuckte die Achseln, »ist er die längste Zeit Förster gewesen. Es haben sich schon Auswärtige nach einer Anstellung erkundigt. Bruno hat die Prüfung nur mit Ach und Krach bestanden. Wir können jederzeit einen neuen Förster einstellen. Mein Wort im Gemeinderat hat noch immer Gewicht.«

Jon seufzte. Er wollte keine Zwietracht im Ort, aber er wollte seine Familie und seine Firma schützen.

Der Anhörungstermin fand im Hallenberger Rathaus statt. Neben dem Amtsrichter war extra der Direktor der chemischen Fabrik, Dr. G. Rumpf, aus Frankfurt angereist. Weiterhin war Bürgermeister Arnold Grahms als Vertreter des Landrats von Brilon geladen. Das sah Benedikt als ein gutes Omen. Arnold war seiner Familie gegenüber stets wohlgesonnen. Jonathan hatte Benedikt als Vertrauensperson mitgenommen.

Zunächst zog sich die Verhandlung hin. In einer kurzen Pause nahm Benedikt seinen Schwager Jonathan Thoma zur Seite.

»Du solltest dich auf einen Vergleich einlassen. Noch sind die Fronten nicht verhärtet, aber ich denke nicht, dass Dr. Rumpf nachgibt, wenn du stur bleibst.«

»Das habe ich mir auch schon gedacht«, gab Jon zurück. »Ich weiß auch, was ich machen werde.«

Sie wurden zurückgerufen.

Dr. Rumpf legte seinen Standpunkt dar. »Wir sind uns der Probleme durchaus bewusst. Deshalb werden wir alles tun, was zu einer Luftverbesserung beiträgt. Unsere Filter sind so konstruiert, dass nur eine sehr geringe Verschmutzung entstehen wird. Zudem werden wir ein ganz neues System anwenden. Die verunreinigten Abwässer werden in einen Nebenarm der Nuhne umgeleitet. Der Eisenhammer von Herrn Thoma bleibt davon völlig verschont.«

Das war neu für Jon. Er warf Benedikt einen raschen Blick zu. Aber der zuckte nur mit den Schultern.

Jonathan stand auf. Er reckte sich. »Nun ..., er räusperte sich, »nun, unter diesen Umständen ziehe ich meinen Widerspruch zurück. Könnte ich das schriftlich bekommen?«

»Natürlich.«
Der Amtsrichter schloss wenig später die Anhörung.

Die Nachricht machte schnell die Runde. Bei August Grafenau und Lamers wurde beim Bier und Schnaps diskutiert, und je länger man trank, desto mehr ereiferte man sich über Jonathan. Ganz besonders kreidete man ihm an, dass er vielen Männern die Arbeit weggenommen habe, denn Dr. Rumpf hatte angedeutet, dass man nun weniger Arbeiter einstellen würde, da auf die Firma große Kosten zukommen. Bruno Seibert meinte, dass das nur auf Benedikt Halbachs Mist gewachsen sei. Dieser verdammte Kerl mischte sich in alles ein.

Nur wenige nickten dazu, und Bruno sah sich bald allein auf weiter Flur. Er musste vorsichtig sein. Er durfte nicht zu viel gegen Benedikt hetzen. Das würde ihm eines Tages sonst noch um die Ohren fliegen.

Resigniert begab er sich auf den Weg nach Hause.

48

Spielende Kinder fanden Bruno Seibert wenige Stunden später. Sein Körper wurde vom Wasser der Sonneborn umspült, nur sein Kopf lag auf dem feuchten Ufer. Ein Junge lief schon los, ehe sich die anderen von dem Schock erholt hatten. Kurze Zeit später waren Männer und Frauen an der Sonneborn. Da Bruno allein lebte, war sein Verschwinden nicht aufgefallen. Er lebte noch, aber er atmete sehr langsam.

»Los, ziehen wir ihn raus«, rief Peter Harkort. »Wir müssen ihn nach Winterberg ins neue Krankenhaus bringen.«

Schnell wurde ein Pferdefuhrwerk geholt und Bruno vorsichtig darauf gebettet. Rita Auer, die Krankenschwester des Dorfes, fühlte Brunos Puls und nickte dann den Personen zu, die um den Wagen herumstanden. Also sah es zum Glück nicht so schlimm aus.

Im Krankenhaus wurde er sorgfältig untersucht. Bruno hatte eine Platzwunde an der Stirn, mehrere Hämatome und einige Hautabschürfungen. Der Arzt sprach außerdem von einer Gehirnerschütterung, was einige der Dorfbewohner zu einem Schmunzeln hinreißen ließ.

»Was kann in Brunos Gehirn schon erschüttert sein? Der hat doch da nur Stroh drin.«

Als Bruno wieder aus seiner Ohnmacht erwachte, war seine erste Frage: »Wo ist der Kerl?«

Der Arzt und Rita Auer sahen sich fragend an. »Wen meinst du?«, fragte Rita.

»Na den, der mir eins übergebraten hat.«

»Dann sind Sie nicht gestürzt?«, wollte er Arzt wissen.

Bruno winkte ärgerlich ab. »Keine Spur. Ich bin überfallen worden. Man hat mehrmals auf mich eingeschlagen. Haben Sie die Verletzungen nicht bemerkt?«

»Natürlich. Sie haben mehrere Blutergüsse am Körper. Wir nahmen an, dass sie von dem Sturz herrührten.«

Bruno schloss die Augen. Er atmete schwer, so dass sich Rita an den Arzt wandte. Der ergriff schnell Brunos Hand.

»Keine Sorge«, beruhigte er sie. »Der Puls ist in Ordnung.«

Rita sah zu Bruno. Er hatte die Augen geschlossen, sein Brustkorb hob und senkte sich gleichmäßig. Das war ein gutes Zeichen.

Minuten vergingen, ehe Bruno die Augen wieder öffnete. Aber er sah Rita nicht an, sondern zum Fenster hinaus.

»Ich konnte nur einen Schatten erkennen«, sagte er plötzlich ganz leise. »Ich drehte mich noch um, aber da hatte er schon zugeschlagen. Ich stürzte, verlor das Gleichgewicht und landete im Wasser. Der Mann kam sofort hinter mir her und hieb immer wieder auf mich ein. Ich konnte mich gar nicht wehren, so schnell ging das. Ich habe nur versucht, meine Hände schützend vors Gesicht zu halten.«

»Hast du eine Ahnung, wer es gewesen sein könnte?«

»Nein. Ich ... habe mir viele Feinde hier im Ort gemacht. Das weiß ich. Aber dass es mal soweit kommt, hätte ich nicht für möglich gehalten.«

Rita legte eine Hand auf Brunos Arm. Er war auch nicht ihr Freund, aber jetzt tat er ihr sehr leid. Das hatte er nicht verdient.

»Es muss jemand von den Eisenbahnbauern gewesen sein«, unterbrach Bruno ihre Gedanken. Darauf wäre sie nie gekommen.

»Was sagst du da?«

»Ich …«, er schluckte, »ich habe mich nie für die Eisenbahn eingesetzt. Das war eine große Dummheit. Ich habe intrigiert, wo ich nur konnte. Das haben mir die Arbeiter nicht verziehen.«

Am nächsten Tag besuchte Jakob Halbach Bruno im Krankenhaus.

»Wie lange musst du hierbleiben?«, fragte Jakob als erstes.

»Keine Ahnung. Der Arzt spricht von mindestens drei Tagen.«

Jakob setzte sich. »Du hast gesagt, jemand habe dich niedergeschlagen, aber du weißt nicht wer?«

»Nein. Hat sich das also schon herumgesprochen.«

»So etwas bleibt nie ein Geheimnis.«

Jakob sah sich um. Das Krankenzimmer war weiß gestrichen, an der einen Wand hing ein Kruzifix, an der gegenüberliegenden ein Bild von Albrecht Dürer. Eine Kopie zwar, aber eine gute. Sonst waren die Wände leer, sie strahlten ein stupides Weiß aus, nichtssagend und irgendwie öde.

»Wen vermutest du denn hinter der Attacke? Sag nicht, dass Benedikt etwas damit zu tun hat.«

Bruno schüttelte leicht den Kopf. »Nein, das glaube ich nicht. So etwas macht Benedikt nicht.«

Jakob grinste. »Du bist ja auf einmal so brav, was Benedikt angeht.«

»Ich mag ihn immer noch nicht, aber ich bin sicher, dass er es nicht war und auch nicht dahintersteckt. Es waren die Eisenbahner …« Bruno biss sich auf die Lippen und brach ab. Er hatte es nicht sagen wollen, schon gar nicht zu Jakob Halbach, aber jetzt war es heraus. Er warf einen raschen Blick auf Jakob. Der hatte die Stirn gerunzelt. In seinem Gesicht stand ein einziges Fragezeichen.

»Die Eisenbahner …? Wie kommst du darauf?«

Bruno drehte sein Gesicht zum Fenster. »Vergiss es.«

»Nee, nee. Sag mir den Grund für deine Vermutung. Du hast doch eine?«

»Bitte geh«, schnitt ihm Bruno das Wort ab. »Ich habe starke

Kopfschmerzen. Ich habe eine Gehirnerschütterung.« Er schloss die Augen.

Jakob blickte ihn an. Da sich Bruno aber nicht mehr rührte, stand er auf und verließ leise das Zimmer.

Als sich die Tür hinter Jakob geschlossen hatte, öffnete Bruno wieder die Augen. Er musste über sein bisheriges Leben nachdenken. Seit Jahren lebte er allein in dem großen Forsthaus. Zu seiner Frau Gunhild und seinen Kindern hatte er keinen Kontakt mehr, er hatte sie nicht einmal in Brilon besucht, aber er hatte oft an sie gedacht, ganz besonders an den einsamen Abenden.

Bruno wusste, dass er nicht viele Freunde in Züschen hatte. Gut, die meisten Beilieger freuten sich, wenn sie ihn sahen, aber war das auch ehrlich gemeint? Sicher war sich Bruno nicht. Er selbst kannte weder Demut noch Vergebung, und er hatte weder Verständnis noch Geduld, meistens war er unbeherrscht. Er war rastlos und nicht bereit, auf andere zuzugehen. Bruno fragte sich, woran das liegt. Vielleicht weil er Zeit seines Lebens ein Außenseiter war. Von der Schule angefangen, bis zu seiner Prüfung als Förster.

Am fünften Tag wurde er aus dem Krankenhaus entlassen. Als Bruno sein Haus betrat, kam ihm die Leere und die Kühle wie ein Schlag entgegen.

Bruno wurde zwei Tage später von einer Nachbarin gefunden. Er lag vor dem Herd in der Küche. Seine Hand war verkrampft nach irgendetwas ausgestreckt. Sie rief sofort Rita Auer herbei, die dann nach dem Arzt aus Winterberg schicken ließ. Der konnte nur noch den Tod feststellen. Fremdeinwirkung wurde ausgeschlossen, da die Haustür von innen verriegelt war, und außer Bruno nur die Nachbarin einen Schlüssel hatte.

Bei seiner Beerdigung war das halbe Dorf anwesend. Pfarrer Josef Schmale hielt eine kurze Predigt, dann trat noch einmal Arnold Grahms als Bürgermeister an das offene Grab.

»Lieber Bruno«, sagte er. »Wir haben dich als Förster unseres Dorfes geschätzt. Wir alle werden dich vermissen. Wir wünschen dir, dass du nun deine Ruhe und deinen Frieden gefunden hast.«

Arnold trat zur Seite, und der Sarg wurde hinabgelassen. Danach gingen alle irgendwie betreten nach Hause.

Der Überfall auf Bruno Seibert – sofern es einer war – wurde nicht weiterverfolgt und somit auch nicht aufgeklärt.

49

Marc Claasen hatte sich lange nicht sehen lassen. Benedikt schenkte ihm Bier und Schnaps ein und zündete für jeden eine Pfeife an. Nach den ersten Schlucken und tiefen Zügen aus den Pfeifen sagte Benedikt: »Ich habe über deine Idee nachgedacht.«

Marc runzelte die Stirn. Er konnte Benedikt nicht sofort folgen.

»Du hattest vorgeschlagen, nach England zu fahren und Schadenersatz für die entgangenen Gelder in Südafrika zu verlangen. Ich glaube, dass das keine schlechte Idee ist. Wir sind im Recht. Ich habe recherchiert und einige Gesetzestexte gelesen. Nun, die gelten vielleicht nicht in England, aber wenn wir Glück haben, bekommen wir Schadenersatz. Wenn wir die Presse einschalten, haben wir einen weiteren Vorteil.«

Marc saß einen Moment wie erstarrt. »Ist das dein Ernst?«

»Ja, wir könnten in wenigen Wochen reisen.«

Marc sprang auf. »Das ist das Beste, was ich von dir in letzter Zeit gehört habe. Ich wagte nicht mehr, dich daran zu erinnern. Wie hast du dir die ganze Sache denn vorgestellt?«

Benedikt erläuterte Marc seinen Plan. »Wir werden zuerst einen Brief an das Außenministerium in Berlin schreiben mit der Bitte, aufgrund der überstürzten Abreise aus Südafrika in England um Schadenersatz bitten zu dürfen. Ein offizielles Schreiben der Regierung wird mehr Eindruck machen. Wenn das geschehen ist, werden wir den Zug nach Bremerhaven und von dort eine Fähre nach Southampton nehmen. Wie wir von Southampton nach London kommen, kann ich jetzt noch nicht sagen, aber es fahren bestimmt mehrere Züge in der Woche.«

Marc lief im Zimmer aufgeregt hin und her. »So machen wir das«, rief er aus. »Du bist ein Genie.«

Benedikt winkte ab. »Beruhige dich. Noch weiß ich nicht, ob

wir ein entsprechendes Schreiben vom Außenministerium bekommen, und selbst wenn wir es erhalten, habe ich keine Ahnung, ob die Briten uns empfangen.«

»Das würde ich denen aber raten«, sagte Marc mit Nachdruck. »Immerhin haben sie uns unsere Existenz geraubt. Weißt du eigentlich, wie der Krieg ausgegangen ist?«

»Die Buren um Paul Krüger haben ihn verloren.«

»Das ist sehr schade, besonders für dich. Du hast dich doch mit Krüger gut verstanden, nicht?«

»Ja«, nickte Benedikt. »Wir waren Freunde.«

»Dann ist es umso wichtiger, dass wir von den Briten Entschädigung erhalten. Wann schreiben wir den Brief an das Außenministerium?«

»Er ist bereits fertig«, antwortete Benedikt. »Ich wollte ihn nicht ohne dein Einverständnis abschicken. Hier ist er.«

Er schob ein weißes Blatt über den Tisch. Marc warf nur einen kurzen Blick darauf.

»Das wird schon in Ordnung sein«, nickte er und gab Benedikt das Blatt Papier zurück.

Dieser faltete es sorgfältig und steckte es in einen Umschlag. Danach nickte er Marc zu. »Nun denn, jetzt können wir nur abwarten.«

Die Antwort kam fünf Wochen später. Sie entsprach nicht ganz dem, was Benedikt sich erhofft hatte, aber er war dennoch zufrieden.

Das Außenministerium schrieb, dass es so gut wie unmöglich sei, als Privatmann zum Britischen Außenminister vorgelassen zu werden. Dennoch wollte man im vorliegenden Fall eine Empfehlung ausstellen. Dem Brief war ein offizielles Schreiben beigelegt, mit Siegel und Unterschrift des Privatsekretärs des deutschen Außenministers.

Das musste genügen!

Benedikt hatte sich inzwischen nach einer Zugverbindung bis Bremerhaven erkundigt. Die Züge verkehrten nun häufig. Außer seiner Frau Viktoria, Franziska, Linus und Berta sagte er niemandem, wohin er wollte. Nicht einmal Jakob weihte er ein, dabei besprachen sie doch sonst fast alles.

Gut eine Woche, nachdem der Brief aus Berlin gekommen war, fuhren die beiden los. Bis Bestwig ging es mit der Postkutsche, dann mit dem Zug über Essen nach Bremerhaven. Benedikt musste unentwegt daran denken, wie er vor fast genau zehn Jahren heimlich den Zug genommen hatte. Damals hatte er sich auf der Reise unwohl gefühlt, jetzt ging es ihm entschieden besser. Sie kamen schnell in Bremerhaven an und konnten schon bald eine Fähre nach Southampton buchen.

In Southampton erwiesen sich Marcs gute Englischkenntnisse als vorteilhaft. Marc fragte nach dem nächsten Zug nach London.

»Es geht fast jede Stunde einer«, sagte er zu Benedikt. »Wir können es uns aussuchen.«

Sie nahmen den übernächsten. Gut zwei Stunden später erreichten sie London. Sie beschlossen, zuerst mal etwas zu essen.

»Jetzt kommt der schwerste Teil der Reise«, bemerkte Marc, nachdem er sich den Mund mit einem Taschentuch abgewischt hatte.

Benedikt antwortete nicht. Es war auch nicht nötig, sie wussten beide, dass das schwierigste Stück noch vor ihnen lag.

Sie nahmen ein Hotel. Da sie nicht wussten, wie lange sie bleiben würden, buchten sie gleich drei Nächte. Benedikt bezahlte.

50

Der Premierminister in England hieß Sir Henry Campbell-Bannerman und regierte seit dem 10. Dezember 1905. Sein Außenminister war Edward Grey 1., Viscount Grey of Fallodon. Benedikt war klar, dass sie von keinem der beiden empfangen werden würden, aber es war gut, zu wissen, wie sie hießen. Vielleicht würde das Eindruck machen.

Am nächsten Tag begaben sie sich zum Regierungssitz des britischen Parlaments in den Palace of Westminster. Es war ein kolossales Gebäude von gut fünfzig Metern Länge und stammte aus dem Mittelalter. Hier befand sich die lokale Verwaltung.

»Das sieht mir wie der Besuchereingang aus«, sagte Marc und

zeigte nach links. Benedikt nickte zustimmend.

Gleich an der Tür wurden sie aufgehalten. Marc übernahm das Gespräch. Er sprach schnell, so dass Benedikt nur Bruchstücke verstand. Der Uniformierte am Eingang schüttelte nur immer wieder den Kopf, aber Marc ließ nicht locker. Schließlich deutete der Mann zu einem anderen Eingang, den sie bisher noch gar nicht gesehen hatten. Marc drehte sich um.

»Wir sollen dort hineingehen und warten«, sagte er zu Benedikt.

Der Uniformierte ging mit hocherhobenem Kopf vor ihnen her. Es war ein großer Raum, in den er sie führte, mit einem Sessel im Rokokostil und mit Bildern an der Wand, die in dicken Rahmen lagen. Ein klobiger Tisch, ebenfalls aus der Rokokozeit, befand sich in der Mitte des Raumes. Auf ihm standen Gläser und Flaschen mit Saft oder Wasser. Der Uniformierte deutete darauf. Sie konnten sich einschenken.

Benedikt merkte, dass er sehr durstig war. Seit dem kargen Frühstück hatten sie weder etwas gegessen noch getrunken. Sie bedienten sich, während der Uniformierte das Zimmer wieder verließ.

»Hast du deine Unterlagen dabei?«, fragte Benedikt.

Marc nickte und griff in die Tasche. Auch Benedikt holte seine Papiere heraus. Er hatte sein Goldgeschäft zwar verkaufen können, aber seiner Meinung nach viel zu günstig. Das war ihm auf der langen Schiffsreise von Durban bis Bremerhaven klargeworden. Da hatte er viel Zeit zum Nachdenken gehabt. Sein Goldgeschäft war mehr wert als die zweihunderttausend Rand, die ihm Brad Warner gezahlt hatte. Er wollte damals nur noch weg aus Südafrika. Da war es ihm egal, was er bekam.

Sie mussten über eine Stunde warten. Dann ging die Seitentür auf und ein Mann trat ein, den sie eher im Zirkus erwartet hätten. Er trug einen Frack, ein blütenweißes Hemd und dazu eine schwarze Fliege. Auf seinem schmalen Kopf thronte ein Zylinder. Seine Gestalt war schmal, fast schroh, und sein Gesicht war mit unzähligen Falten übersäht.

Er kam wenige Schritte ins Zimmer, blieb dann stehen und sah sie an. Schließlich begrüßte er sie mit einer Stimme, die hochnäsig klang, fast arrogant, aber dann merkte Benedikt, dass der Mann gar nicht anders reden konnte, dass das seine ganz normale Sprache war.

Benedikt drehte sich zu Marc hin. Der übernahm wieder das Gespräch.

»Er heißt Dave O´Brien und ist einer der Sekretäre des Außenministers. Es ist eine Ehre für uns, von ihm empfangen zu werden. Er fragt, was wir wollen.«

»Was hast du geantwortet?«

»Noch nichts. Soweit war ich noch nicht.«

»Dann sag ihm, warum wir hier sind.«

Marc wandte sich wieder dem Zylinder zu, wie Benedikt ihn inzwischen nannte. Nach einer kurzen Unterhaltung begann Zylinder zu grinsen, dann fiel er in ein lautes Lachen ein, aus dem er kurz darauf geradezu böse antwortete, wie Benedikt an seinem Ton erkannte.

»O´Brien hält das für einen Witz«, erklärte Marc. »Wie wir uns unterstehen konnten, die Regierung mit dieser lächerlichen Angelegenheit zu belästigen.«

Benedikt wurde wütend und trat einen Schritt vor. Er griff in seine Tasche und zog das gesiegelte und unterzeichnete Schriftstück des deutschen Außenministeriums heraus. Mit einer ausladenden Geste reichte er es O´Brien. Der nahm es mit spitzen Fingern in seine behandschuhte Rechte und sah es sich an. Über sein Gesicht lief ein Erstaunen, er öffnete den Mund, hob den Kopf und sah sie sprachlos an. Dann drehte er sich plötzlich auf dem Absatz um und verließ das Zimmer.

Die beiden Männer sahen perplex hinter ihm her.

»Haut er jetzt mit dem Schreiben ab?«, fragte Marc aufgeregt.

»Ich hoffe nicht. Das ist das Einzige, was wir haben«, antwortete Benedikt. »Ich vermute, dass er seinem Vorgesetzten den Brief zeigen will.«

»Hoffen wir, dass du recht hast.«

Nach einer guten halben Stunde kam Zylinder zurück. In seiner Begleitung befand sich ein eher unscheinbarer Mann, ebenfalls in Frack und Zylinder. Er stellte sich in perfektem Deutsch vor.

»Mein Name ist Edward Parker. Ich bin erster Staatssekretär von Außenminister Edward Grey 1. Viscount Grey of Fallodon.

Sie haben ein Beglaubigungsschreiben des deutschen Außenministers.« Er wedelte ein wenig mit dem Dokument. »Sie verlangen Schadenersatz für Ihre verlorenen Güter, die Sie in Südafrika erworben hatten. Ist das richtig?«

Benedikt nickte für beide.

»Nun«, fuhr Parker fort. »Ihr Ansinnen kommt für uns sehr überraschend, aber ich will es nicht sofort ablehnen, sondern darüber in Ruhe nachdenken. Sie müssten sich allerdings einige Tage gedulden.«

Benedikt und Marc zuckten zusammen. Damit hatten sie nicht gerechnet. Einen Tag vielleicht, möglicherweise auch zwei. Aber mehrere Tage?

Er räusperte sich. »Wie ... lange ...?«

Parker zuckte die Achseln. »Das kann ich nicht alleine entscheiden, aber seien Sie versichert, dass wir uns ernsthafte Gedanken machen werden. Die Beziehungen zu Deutschland haben sich in den letzten Jahren wieder erheblich verbessert, und dabei soll es auch bleiben. Sie haben noch keine Presse eingeschaltet?«

»Nein.«

»Das ist gut. Ich möchte Sie auch bitten, es zu unterlassen, jedenfalls solange wir uns nicht entschieden haben. Ich werde dem Premiermister und dem Finanzminister sobald wie möglich Ihr Anliegen vortragen. Wo kann ich Sie erreichen?«

Benedikt nannte ihm das Hotel, in dem sie untergekommen waren.

»Ein gutes Etablissement. Wir werden selbstverständlich die Kosten für Logis und Verpflegung übernehmen. Ich empfehle mich.«

Edward Parker nickte kurz, drehte sich um und verschwand, noch ehe sich die beiden Männer von seinem Auftritt erholt hatten. O'Brien zeigte stumm, aber gebieterisch zur Tür. Sie verstanden. Schweigend verließen sie den Raum. Draußen fiel Marc ein, dass Parker das Schreiben des Außenministeriums behalten hatte.

»Wenn er es vernichtet, haben wir nichts mehr.«

»Ich glaube nicht, dass er das tun wird«, antwortete Benedikt. »Ich halte Edward Parker für einen aufrichtigen Mann. Es ist zwar nur ein Gefühl, aber mein Gefühl hat mich selten betrogen.«

Jetzt konnten sie nur noch warten. Als sie in ihr Hotel zurückkamen, war bereits eine Nachricht der englischen Regierung eingetroffen, dass alle Kosten von ihr übernommen würden. Die Dienstboten im Hotel benahmen sich nun besonders freundlich, und der Portier meinte, dass man ihnen jeden Wunsch erfüllen würde.

Den restlichen Tag vertrieben sie sich in London. Die Stadt war innerhalb der letzten hundert Jahre auf eine Einwohnerzahl von über sechs Millionen angewachsen. Hier spielten das Finanzwesen und der Handel eine entscheidende Rolle. London hatte sich zu einer Art Welthauptstadt entwickelt. Der Wohlstand Londons war enorm angestiegen. Auf der anderen Seite mussten Millionen von Menschen in überbevölkerten und unhygienischen Slums hausen. Doch davon bekamen die Beiden nichts zu sehen.

Sie begaben sich zum Bahnhof Liverpool Street. Es war einer der größten Bahnhöfe Londons. Mit der Eisenbahn hatte sich die Stadtstruktur Londons grundlegend geändert. Es gab ein dichtes Netz von Eisenbahnlinien. Das ermöglichte die berufliche Bildung der ärmeren Einwohner, denn nun konnten sie von ihren Vororten ins Stadtzentrum fahren und neue Arbeitsplätze erhalten.

»Ob das auch im Sauerland möglich ist?«, fragte Marc. »Ich meine, wenn die Eisenbahnstrecke erst mal fertig ist, können die Menschen auch von Ort zu Ort fahren.«

»Das ist ja der Sinn der Sache.«

Im Bahnhof nahmen sie eine kurze Mahlzeit zu sich. Benedikt war erstaunt, wieviel Marc verzehren konnte.

In der Nacht bekam er nur wenig Schlaf. Er fragte sich, ob sie richtig gehandelt hatten, ob nicht das Ganze in der Luft verpuffen würde. Aber immerhin hätten sie dann auf Kosten der Britischen Regierung gelebt.

Am nächsten Tag wussten sie nicht so recht, was sie machen sollten. Marc Claasen war ungeduldig. »Wir müssten längst etwas von der Regierung gehört haben«, maulte er.

Benedikt winkte ab. »Du hast doch gehört, was Parker gesagt hat. Er muss den Premierminister und den Finanzminister erst einmal unterrichten. Nicht jeder ist begeistert, darauf kannst du wetten.«

»Was machen wir denn jetzt?«

»Wir sehen uns die Stadt an. Etwas anderes bleibt uns auch nicht übrig.«

Sie gingen zur Themse. Es stank erbärmlich.

»Das ist ja nicht auszuhalten« entrüstete sich Marc. Sie hielten den Schal vor den Mund. Jemand lachte neben ihnen. Ein älterer Mann in dickem Mantel und Hut schaute sie amüsiert an.

»Sind Sie Deutsche?«

Benedikt nickte.

»Sie hätten vor fünfzig Jahren hier sein müssen«, sagte der Mann in gebrochenem Deutsch. »Damals konnte man es vor Gestank nicht aushalten. Die Stadt platzte aus allen Nähten. Etwa ab 1850 gab es ein ungebremstes Bevölkerungswachstum, was zu starker Umweltbelastung führte. Das Abwasser wurde einfach in die Themse geleitet, und da das Trinkwasser hauptsächlich aus dem Fluss stammte, brachen regelmäßig Choleraepidemien aus. Allein im Jahr 1854 starben daran über 10.000 Menschen.«

»Konnte man denn da nichts gegen tun?«, fragte Marc.

Der Mann nickte heftig. »Im Sommer 1858 wurde ein umfassendes unterirdisches Kanalisationssystem geplant. Unter der Leitung von Joseph Bazalgette entstanden hundertfünfunddreißig Kilometer Hauptabwassersammler und über tausend Kilometer Abwasserkanäle. Danach hatten alle Bewohner Londons sauberes Trinkwasser und die Sterberate sank rapide.«

Der Mann legte seine Arme auf das Geländer und sah über den Fluss. »London wirkt wie ein Magnet. Aus allen Teilen Europas kommen die Menschen. Hunderttausend Iren zogen schon in die Stadt. Zeitweise sind über zwanzig Prozent der Bevölkerung Londons Iren. Auch Chinesen und Inder wählen London als neue Heimat.«

Er klang so, als wäre er nicht davon erbaut.

»Ich kann Ihnen die Sehenswürdigkeiten Londons zeigen, wenn Sie Lust haben.«

Sie sahen sich an. Marc zuckte die Schultern. »Wir haben nichts weiter vor. Wenn es Ihre Zeit erlaubt ...«

»Na klar«, rief der Mann. »Ich langweile mich den ganzen Tag zu Tode. Kommen Sie«

Er zeigte ihnen die Gebäude, die das Stadtbild Londons prägten: die Royal Albert Hall, das Victoria and Albert Museum, zahlreiche Institute der Universität London, die National Gallery, den Tower und die Tower Bridge.

Am Abend waren sie völlig fertig. Sie konnten nichts mehr aufnehmen, dabei hätte der freundliche Herr noch einiges zu bieten gehabt. Aber sie bedankten sich höflich bei ihm und gingen in ihr Hotel. Auf dem Weg dorthin, sagte Marc: »Wir haben ihn nicht einmal nach seinem Namen gefragt. Es war bestimmt kein Brite. Die stellen sich immer gleich zu Beginn mit Namen vor.«

Sie schliefen in dieser Nacht tief und traumlos, und am nächsten Morgen erwartete sie eine große Überraschung. Ein Bote hatte eine Nachricht von der Regierung überbracht. Sie möchten sich bitte um zehn im Palace of Westminster einfinden.

»Es geht doch«, rief Marc aus. Er strahlte über das ganze Gesicht.

Benedikt gab zu bedenken: »Wir sollten uns nicht zu früh freuen. Vielleicht ist es auch eine Ablehnung.«

»Hör auf zu unken«, sagte Marc. »Du warst in Südafrika schon immer negativ.«

»Nennen wir es eher vorsichtig«, korrigierte Benedikt ihn.

Sie frühstückten nur wenig und liefen gleich los. Marc ging voran.

Als sie den Palace of Westminster erreichten, waren beide schweißnass. Mit einem Taschentuch fuhren sie sich schnell über das Gesicht.

Wieder wurden sie in denselben Raum geführt wie vor zwei Tagen, und wieder kam nach kurzer Zeit Dave O`Brien durch die Tür. Er sagte zu Marc, dass sie sich noch etwas gedulden müssten. Mister Parker käme sofort. Sie bedienten sich wieder an den Säften und tranken in kleinen Schlucken.

Etwa vierzig Minuten später erschien der Sekretär des englischen Außenministers. Er grüßte freundlich.

»Ich freue mich, dass Sie so pünktlich erschienen sind. Meine Verspätung müssen Sie bitte entschuldigen, aber ich hatte noch eine Unterredung mit dem Finanzminister.« Edward Parker lächelte, was Benedikt für ein gutes Zeichen hielt.

Parker griff in seine Tasche und zog zwei Briefumschläge heraus.

»Wir sind nach einer heftigen Diskussion zu dem Ergebnis gekommen, dass Ihnen eine Entschädigung zusteht. Betrachten Sie das bitte als einmalige Zahlung. Weiteres Geld können wir Ihnen nicht zusagen.«

Er reichte jedem einen Briefumschlag. »Darin sind dreihundert englische Pfund. Ich denke, dass Sie damit ausreichend entschädigt worden sind. Meine Herren, ich empfehle mich, ich habe noch zu tun.«

Edward Parker gab jedem die Hand, nickte noch einmal in die Runde und verschwand dann wieder durch die Tür.

Marc sah Benedikt verdattert an. »Dreihundert Pfund? Das sind etwa dreizehntausend Mark.«

Benedikt tippte ihm auf die Schulter. Mit dem Kopf deutete er zu O`Brien hin. Der Mann stand schon ungeduldig an der Tür. Es war ihm anzusehen, dass er sie ganz schnell loswerden wollte. Sie gingen an ihm vorbei, ohne ihn noch eines Blickes zu würdigen. Sie verließen das Gebäude mit hocherhobenem Kopf.

Erst draußen, außer Sichtweite, warfen sie ihre Hüte in die Luft und stießen Jubelschreie aus.

»Hast du so viel erwartet?«, stieß Marc aus. »Ich nicht, ich sicher nicht.«

Benedikt verzog das Gesicht. »Was machst du mit dem Geld?«

Marc zuckte die Schultern. »Weiß ich noch nicht. Auf keinen Fall gebe ich meine Arbeit bei der Eisenbahn auf. Ich habe einmal wild drauflos gelebt und das genügt mir.«

Am nächsten Tag traten sie die Heimreise an. Diesmal benötigten sie drei Tage, denn durch einen Sturm konnte keine Fähre fahren.

Eine Woche nach ihrer Abreise aus Züschen kamen sie wieder zurück in den Ort. Sie hatten sich geschworen, nichts von der Entschädigung zu sagen, aber Benedikt war sich nicht sicher, ob Marc schweigen würde.

51

Benedikt saß über seinen Büchern und studierte die Ein- und Ausgaben. Überrascht hob er den Kopf, als sein zwölfjähriger Sohn Karl in die Stube kam.

»Mein Sohn, schön, dass du da bist.« Obwohl Karl ihn in seinen Überlegungen gestört hatte, war Benedikt ihm nicht böse.

Karl angelte sich einen Stuhl und zog ihn nahe an den Tisch, an dem Benedikt arbeitete.

»Was machst du, Papa?«

»Ich trage Zahlen ein, damit wir wissen, wieviel wir verdient haben. Man darf nie mehr Geld ausgeben, als man zur Verfügung hat. Das musst du dir unbedingt merken.«

Karl nickte mit sehr ernstem Gesicht. Benedikt spürte, dass ihm etwas auf dem Herzen lag.

»Nun mal heraus mit der Sprache. Was bedrückt dich?«

Karl legte seinen rechten Zeigefinger an die Nase. »Sind wir sehr reich, Papa?«

Diese Frage überraschte Benedikt. »Wie kommst du denn darauf?«

Karl druckste etwas herum. »Markus hat das gesagt.«

Markus Jörgensen, ein Solstätterjunge, war Karls Freund und Schulkamerad. Die Familie lebte sehr bescheiden im Oberdorf. Benedikt unterstützte die Beziehung seines Sohnes zu den Jörgensens.

»Nun«, begann Benedikt, »es stimmt, dass es uns gut geht. Wir können alles kaufen, was die Landwirtschaft nicht hergibt. Wenn unsere Familie etwas benötigt, dann beschaffen wir uns das.«

»Das hat Markus auch gesagt. Seine Familie kann das nicht. Wieso sind manche Menschen reich und andere nicht? Onkel Jakob ist auch nicht so reich wie wir.«

Benedikt schüttelte den Kopf. »Nein, das ist er nicht, aber es geht ihm auch gut. Er ist der zweitgrößte Bauer im Dorf. Ich möchte dir mal was erklären, mein Sohn. Arme und Reiche gab es schon immer und wird es immer geben. Reich sein ist keine Schande. Es gibt Arme, die glücklich sind mit ihrer Situation, und es gibt Reiche, die es nicht sind, denn sie können mit ihrem Reichtum nichts Gescheites anfangen. In Züschen gibt es reiche und arme Solstätter. Die Ärmeren haben es nicht verstanden, auf ihren Ländern das anzubauen, was wirklich sinnvoll wäre. Das liegt zum Teil daran, weil ihr Land nicht oder nur schwer zu bestellen ist. Aber es liegt auch daran, dass sie sich zu wenig um die richtige Bebauung kümmern. Jörgensens sind mit dem zufrieden, was sie erwirtschaften können. Sie müssen keinen Hunger leiden, aber sie können sich sonst nur wenig leisten.«

Karl schwieg. Er wünschte sich plötzlich, dass alle Menschen reich sein sollten, reich und frei. Er hatte in der Schule von Leibeigenen erfahren, die keine eigene Meinung haben durften und von Arbeitern, die von den großen Firmen, die in den letzten Jahren überall gegründet worden waren, ausgebeutet wurden. Ihr junger Lehrer konnte sich bei diesem Thema so richtig in Rage reden.

»Aber wenn wir reich sind, warum müssen wir dann immer noch arbeiten?«, fragte Karl.

Jetzt musste Benedikt schmunzeln. »Es geht in erster Linie darum, wer die Arbeit macht. Sieh mal, mein Sohn, wenn wir nicht aufpassen, was glaubst du, würden die Knechte und Tagelöhner machen?«

Darauf hatte Karl sofort die passende Antwort. »Sie würden schlampig arbeiten und vieles liegenlassen.«

»Ganz genau«, nickte Benedikt. »Das würde passieren. Deshalb arbeiten wir alle mit.«

Karl dachte nach. Also war reich zu sein, doch nicht so einfach. Insgeheim beneidete er plötzlich seinen Freund Markus. Die Jörgensens waren glücklich, und sie mussten sich keine Sorgen machen, ob ihre Tagelöhner, sie hatten höchstens zwei auf ihrem Gut beschäftigt, auch wirklich arbeiteten.

»Da ist noch etwas, Karl. Die reichen Leute brauchen die armen Leute, und die Armen verdienen dann so viel, dass es ihnen besser geht.«

Karl wusste mit der Antwort nichts anzufangen, aber bevor

er nachfragen konnte, stand seine Mutter in der Tür.

»Ach, hier bist du«, wandte sie sich an Karl. »Ich habe dich schon gesucht. Hast du deine Schularbeiten erledigt?«

»Na klar, schon lange.«

»Dann hilf deinem Bruder.«

Karl rutschte vom Stuhl und lief hinaus. Viktoria und Benedikt sahen ihm hinterher.

»Unser Sohn hat ein helles Köpfchen«, meinte Benedikt.

»Was wollte er denn von dir? Du bist doch sonst gegen jede Art von Störung, wenn es um deine Bücher geht.«

»Er hat mich gefragt, ob wir reich sind.«

»Oh. Was hast du geantwortet?«

»Ich habe ihm die Wahrheit gesagt. Ich hoffe, er hat sie verstanden.«

Viktoria trat ans Fenster und blickte hinaus. Karl und Hugo liefen hinter Linus her in den Stall. Sie wollte schon ein Fenster öffnen, um mit ihnen zu schimpfen, hielt dann aber inne. Vielleicht war Hugo ja auch schon fertig mit seinen Schulaufgaben.

»Wie lange brauchst du noch mit den Büchern?«

Benedikt überlegte. »Das hat Zeit.« Er schlug die Kladde zu. »Ich kann für heute Schluss machen.«

»Ich habe Kaffee gekocht und einen Kuchen gebacken. Ich dachte, dass wir zusammen essen könnten.«

»Das ist eine großartige Idee.« Benedikt stand auf. Er nahm seine Frau am Arm und gemeinsam gingen sie in die Küche.

Karl konnte an diesem Abend nicht einschlafen, dabei wäre es notwendig gewesen, da am nächsten Morgen eine wichtige Arbeit in der Schule geschrieben werden sollte.

Aber er musste so viel über alles nachdenken, dass sein Kopf rauchte.

Dass es bei Reichtum nicht nur um Geld ging, war neu für ihn. Als Zwölfjähriger bekam er natürlich noch kein Geld, aber er erhielt alles, was er sich wünschte. Nun ja, viele Wünsche hatte er naturgemäß nicht.

Die Erkenntnis, so einleuchtend sie war, entmutigte Karl. Jetzt war ihm auch klar, warum er zu anderen Jungen aus seiner Klasse keine guten Beziehungen hatte. Sie waren entweder arm oder Beilieger.

Man müsste etwas erfinden, dachte er, das alle Menschen reich macht, wobei ihm im selben Moment einfiel, dass es das niemals geben würde.

52

Am 1. Dezember 1908 wurde die Eisenbahnstrecke von Winterberg nach Frankenberg eröffnet.

In Winterberg wurde ein Freudenfest gefeiert. Hohe Persönlichkeiten aus Westfalen waren anwesend, sogar aus Berlin war eine Abordnung gekommen. Das Band wurde, nachdem die Nationalhymne gespielt worden war, durch einen Mann in Frack und Zylinder, den niemand kannte, durchschnitten. Dann fuhr der erste Zug hinab Richtung Züschen. Dort wurde er vom Bahnhofsvorsteher Josef Ernst gestoppt. Der hatte es sich nicht nehmen lassen, mehrere Gemeindemitglieder zum neu errichteten Bahnhof in Züschen zu bitten. Arnold Grahms konnte sich ein zufriedenes Grinsen nicht verkneifen, als die geladenen Fahrgäste perplex aus den Fenstern der Abteile blickten. Arnold sprach ein paar Worte, dann, nach gefühlten zehn Minuten setzte der Zug seine Fahrt nach Frankenberg fort. Aber den Züschenern war es eine Genugtuung, mitansehen zu können, dass die hohen Persönlichkeiten in den Abteilen sehr ärgerlich aussahen.

Ein halbes Jahr später trat der neue Förster seine Stellung an. Er hieß Stanislaus Koballa, aber alle nannten ihn nur Stan, so wie er es sich wünschte. Stan stammte aus Ostpreußen, er hatte die Prüfung als einer der besten absolviert. Seine Zeugnisse waren von der preußischen Akademie gesiegelt und unterschrieben, so dass niemand Zweifel an der Richtigkeit hatte.

Stan führte sich gleich gut ein, indem er die Gemeindevertreter zu August Grafenau einlud.

Die Eisenbahnbauer verschwanden nach und nach. Marc Claasen tat es unendlich leid, Züschen und damit auch Benedikt Halbach verlassen zu müssen, aber es warteten neue Aufgaben auf ihn, denn in ganz Deutschland sollten Strecken errichtet werden.

»Benedikt, ich habe von unserer Reise nach England kein Sterbenswörtchen erwähnt«, sagte Marc am letzten Tag seines Aufenthalts in Züschen. »Ich bin doch nicht blöd. Was glaubst du, wie ich angebettelt worden wäre oder sogar bestohlen.«

Dann verabschiedete er sich schnell.

Es kehrte Ruhe im Dorf ein. Darüber freuten sich besonders Frieda Bruhner und Walburga Kohlmann. Die beiden Frauen waren alt geworden, nicht nur äußerlich, sondern besonders in ihren Handlungsweisen. Man könnte sie auch tüttelig nennen, sie vergaßen viel und redeten Unsinn. So wurde von Frieda ein Gemeindefest angekündigt, aber der Bürgermeister Arnold Grahms wusste nichts davon. Walburga behauptete, dass sie eine Erscheinung gehabt hätte, die ein großes Unglück über Züschen prophezeit hatte. Von der Gemeinde wurde beschlossen, die beiden Frauen unter Aufsicht zu stellen, bevor sie noch mehr Gerüchte in Umlauf brachten.

Die jungen Frauen, denen die Arbeiter der Eisenbahn nachgestellt hatten, atmeten wieder auf. Manch eine aber trauerte doch, und einige Monate später sah man junge Frauen schwanger im Dorf. Sie waren zwar alle inzwischen verheiratet, aber wenn man genau nachrechnete, konnte niemand wissen, ob das Kind vom Ehemann oder doch von einem der Eisenbahner stammte.

Benedikts Sohn Karl war der beste Schüler in der Klasse. Viktoria erklärte ihm, dass er sich darauf nichts einbilden sollte.

Karl interessierte sich sehr für Mathematik und Chemie. Die Firma Waber hatte auch schon ein Auge auf ihn geworfen. Der Lehrer berichtete den Firmenchefs hin und wieder, wer in welchen Fächern gut war. Dadurch wurde Benedikt klar, dass Karl niemals den Hof übernehmen würde.

Die Firma Waber war auf dem Gebiet der Acetylenherstellung spezialisiert. Das war ein wichtiger Bestandteil zur Stromerzeugung. In Züschen und Hallenberg wollte man so schnell wie möglich Strom bekommen. Amtmann Rangen richtete an die chemische Fabrik Waber die Anfrage, ob sie bereit sei, die Orte Hallenberg und Züschen mit Strom zu versorgen.

Die Antwort ließ nicht lange auf sich warten. Die Firma gab

grünes Licht.
Die Freude war riesengroß.

53

Jakob Halbach war seit einem Jahr der neue Bürgermeister. Arnold Grahms, sein Vorgänger, hatte aus gesundheitlichen Gründen auf eine weitere Kandidatur verzichtet. Sein Bruder Dietrich war kurz zuvor gestorben und seine Mutter Mathilde wenige Tage danach. Arnold wollte es nicht darauf ankommen lassen, dass er wie sein Bruder einfach so zusammenbrach. Jakob Halbach war der einzige Kandidat, der sich zur Wahl gestellt hatte. Er war einstimmig gewählt worden.

In der Gemeindeversammlung drehte es sich über fünf Stunden nur darum, wie man elektrisches Licht bekommen konnte. Soviel war sicher, man wollte auf jeden Fall mit dem neuen Strom versorgt werden.

Aber es gab auch Gegenstimmen.

»Wir haben bisher mit Petroleumlampen eine ausreichende Lichtquelle gehabt«, meinte Ferdinand Walters. Er war bereits über siebzig, humpelte, weil er Rheuma hatte und musste sich auf einen Stock stützen. »Der sogenannte neue Strom ist ein Teufelszeug. Ich bin jedenfalls dagegen.«

Er wurde von einigen älteren Solstättern lautstark unterstützt, die schon immer gegen Neuheiten waren. Sie wollten auf ihre alten Tage nur die Ruhe des Dorfes genießen.

Jakob hatte Mühe, die Ordnung aufrecht zu erhalten. Er erläuterte kurz die geplante Stromversorgung.

Die technischen Voraussetzungen sahen so aus, dass zuerst eine Entwicklerstation eingerichtet werden musste. Sie bestand aus einem zweiteiligen Entwickler mit einer selbständigen Kondensierung und einer Wassersperrvorrichtung.

»Amtmann Rangen und ich«, sprach Jakob weiter, »haben auch über die Erfindung Werner von Siemens diskutiert. Sie hat einen weltweiten Siegeszug in der Elektrotechnik eingeleitet, aber sie ist für uns zu kostspielig. Deshalb haben wir uns für eine Gasbeleuchtung entschieden. Letzte Woche hat Amtmann

Rangen ein Schreiben vom Hauptsitz der Firma Waber in Frankfurt erhalten, in dem sich die Firma verpflichtet, ab 1910 jährlich siebenhundert Mark aus dem Betriebsvermögen zu bewilligen. Allerdings ...« er machte eine Pause, »... allerdings nur wenn die Gemeindesteuer erlassen wird.«

»Ha«, rief einer gehässig. »Dachte ich mir doch, dass es einen Haken gibt.«

Ein anderer lachte laut, viele grinsten.

Jakob hob die Hand, und sofort kehrte wieder Ruhe ein. »Ich finde das nur gerecht.« Er schlug einen Pappordner auf. »Es müssen noch eine Reihe von technischen Planungen erfolgen. Eine provisorische Genehmigung wurde bereits erteilt, abhängig von der Entscheidung des Gemeinderates.«

»Was kostet das alles?«, fragte Peter Harkort.

Jakob nannte eine Summe, die von den meisten mit offenem Mund bestaunt wurde. »Es ist viel, aber der Nutzen überwiegt.«

»Das müssen wir erst mal verdauen«, meinte jemand.

»Natürlich«, gab Jakob zu. »Ich will euch nicht überrumpeln. Die nächste Versammlung ist in einer Woche. Bis dahin könnt ihr über die Sache nachdenken.«

Benedikt ging sehr nachdenklich nach Hause. Sein Cousin Jakob hatte sich gründlich vorbereitet. Er hatte es – jedenfalls Benedikts Ansicht nach – sachlich und gut erklärt.

Zu Hause setzte er sich in die Stube, zündete sich eine Pfeife an und lehnte sich zurück. Er musste über alles nachdenken.

Er schaute zur Tür, die sich langsam öffnete. Karl kam herein. Der Junge war schon größer als sein Vater.

»Darf ich?«, fragte Karl.

»Natürlich.«

Benedikt deutete auf den Sessel. »Was hast du auf dem Herzen? Sag nicht, dass du in der Schule Schwierigkeiten hast.«

Der Junge schüttelte den Kopf. »Nein, ich komme, um mit dir über die neue Gasbeleuchtung zu reden.«

Benedikt hob überrascht den Kopf. »Woher weißt du davon?«

»Wir haben in der Schule darüber gesprochen.«

Benedikt legte die Pfeife zur Seite. »Das ist ja interessant.

Was denkt dein Lehrer?«

»Er ist der Meinung, dass das ein Fehler ist, aber er will sich aus den Diskussionen heraushalten.« Karl griff in seine Jackentasche und holte eine kleine Broschüre hervor. Er legte sie vor seinen Vater auf den Tisch.

»Was ist das?«

»Ein Bericht über die Gasbeleuchtung und die Elektrobeleuchtung von Siemens. Mein Lehrer hat sie mir gegeben.«

»Steht da alles drin?«

»Das meiste jedenfalls, aber ich verstehe nicht alles.«

Benedikt legte seine Pfeife zur Seite und schlug die Broschüre auf. Einige Minuten vertiefte er sich in den Text, dann sah er seinen Sohn wieder an. »Du bist ein sehr gescheiter Junge, Karl, aber es ist nicht schlimm, dass du das nicht alles verstehst. Wenn es dir recht ist, lese ich den Text in aller Ruhe und wir unterhalten uns in ein paar Tagen darüber. Einverstanden?«

Mehr hatte Karl von seinem Vater nicht erwartet. »Wann können wir uns darüber unterhalten?«

Benedikt musste ein Lächeln unterdrücken. Sein Sohn war viel zu wissbegierig, um lange warten zu können. »Sagen wir, in zwei Tagen. Ist das in Ordnung?«

Karl nickte und verschwand durch die Tür. Benedikt stopfte seine Pfeife wieder und schlug die Broschüre auf. Sie war noch neu, und es stand alles über Gasbeleuchtung und die von Werner von Siemens erfundene Elektrizität darin.

Er vergaß die Zeit. Erst als Viktoria ihn zum Essen rief, verließ er die Stube. Während des Essens war er sehr schweigsam und beteiligte sich an keiner Diskussion. Auch die Fragen seiner Kinder beantwortete er nur flüchtig. Karl beobachtete ihn verstohlen von der Seite, wagte aber nicht, seinen Vater auf die Broschüre anzusprechen.

Schon am nächsten Tag bat Benedikt seinen Sohn in die Stube.

»Du hast dir viele Gedanken über die Beleuchtung des Dorfes gemacht, nicht wahr? Das ist für dein Alter bemerkenswert.« Benedikt lächelte wohlwollend. »Es ist sehr kompliziert.«

»Ich weiß«, antwortete Karl.

»Die Gasbeleuchtung ist billiger als der elektrische Strom.

Die Gemeinde ist finanziell nicht gut bestückt, sie muss jeden Groschen sparen. Deshalb hat sich Onkel Jakob mit Amtmann Rangen für diese Art der Beleuchtung entschieden. Wir müssen das akzeptieren, es ist für unser Dorf.«

»Aber die Erfindung von Werner von Siemens ist der eigentliche Fortschritt. Siemens lässt überall in Deutschland Elektrizitätswerke errichten.«

»Das habe ich gelesen«, nickte Benedikt. »Doch hier geht es um das Wohl des Ortes.«

»Dann macht Onkel Jakob einen Fehler«, begehrte Karl auf. »In Brilon und Olsberg werden schon Elektrizitätswerke gebaut, nur hier nicht.«

Benedikt seufzte unterdrückt. Sein Sohn hatte ja recht, aber gegen den Beschluss des Gemeinderats konnte man kaum etwas machen.

»Ich werde deine Bedenken nächste Woche in der Gemeindeversammlung darlegen. Ich würde gerne sagen, dass der Vorschlag von dir kommt, aber du kennst ja die anderen Solstätter.«

»Das verstehe ich, Vater. Ich bin schon froh, dass du mich nicht für verrückt hältst.«

»Das würde ich nie tun.« Benedikt stand auf und zog seinen Sohn an sich. Karl war überrascht. Bisher hatte es von seinem Vater solche Umarmungen nicht gegeben.

Die Gemeindeversammlung war vollzählig. Jakob Halbach stand auf, reckte sich kurz und sah dann zufrieden in die Runde.

»Ich begrüße euch und freue mich, dass ihr alle gekommen seid. In der letzten Woche habt ihr über die Stromversorgung in unserem Ort nachgedacht.« Das setzte er voraus. »Hat noch jemand etwas dazu zu sagen?«

Jakob hatte mit keiner Wortmeldung gerechnet, deshalb war er jetzt sehr erstaunt, dass ausgerechnet Benedikt die Hand hob.

»Ich habe tatsächlich noch etwas anzumerken. Wir wissen vieles über Acetylenherstellung, und es stimmt auch, dass Gasbeleuchtung billiger ist, als der neue elektrische Strom. Dennoch glaube ich, dass Elektrizität besser ist. Die Erfindung von Werner von Siemens ist ein Generator, der nach dem dynamoelektrischen Prinzip arbeitet. Die Gasbeleuchtung ist nur am

Anfang billiger als elektrische Beleuchtung. Ihre Stromausbeute ist gering. Das erzeugte Gasgemisch muss von Teer, Ammoniak, Schwefelwasserstoff und anderen unerwünschten Beimengungen gereinigt und in einen großen Behälter geleitet werden. Es wäre also eine immense Arbeit zu erledigen.«

Benedikt sah in ratlose Gesichter. Die meisten Solstätter starrten ihn verständnislos an. Sie wussten überhaupt nicht, wovon Benedikt sprach. Einige Solstätter wischten sich über die Stirn, andere sahen zu Boden.

»Ich will nicht zu schwarzmalen«, beschwichtigte Benedikt sie schnell. »Aber das sollte schon berücksichtigt werden.«

Er blickte Jakob an, der nicht so recht wusste, was er sagen sollte. Er tat Benedikt leid, und er bereute, die Problematik angesprochen zu haben.

»Man könnte es angesichts der Firma Waber durchaus erst mit einer Gasbeleuchtung versuchen«, fügte er deshalb seinen Worten schnell hinzu.

Ein deutliches Aufatmen ging durch die Reihen. Jakob ergriff die Worte seines Cousins auf. »Damit haben wir die Voraussetzung geschaffen. Wir sollten nun darüber abstimmen, damit der Beschluss auch eine amtliche Wirkung hat.«

Mit elf Gegenstimmen wurde die Gasbeleuchtung angenommen. Danach gab es nur noch zwei unwichtige Tagesordnungspunkte, die rasch abgehakt wurden.

Beim anschließenden Bier gesellte sich Peter Harkort zu Benedikt.

»Glaubst du wirklich, dass es ein Fehler ist, auf Gasbeleuchtung zu pochen?«

Benedikt sah sich schnell um, ob sie auch keiner hören konnte. »Das ist meine feste Überzeugung.«

»Warum hast du dich dann nicht energischer für den Strom von Siemens eingesetzt?«

Benedikt verzog fast schmerzlich das Gesicht. »Weil ich Jakob vor allen Leuten nicht brüskieren wollte. Sieh mal Peter, die Gasbeleuchtung ist gar nicht schlecht. Sie steht nur hinter der neuen Elektrizität zurück. Aber Züschen kann sich die Kosten nicht leisten, jedenfalls jetzt noch nicht, aber wir müssen uns von den Petroleumlampen so schnell wie möglich verabschieden.«

Darauf konnte Peter Harkort nur nicken. Sie tranken noch gemeinsam zwei Bier und gingen dann nach Hause.

In der kommenden Zeit wurden Gräben aufgeworfen und Gasleitungen verlegt. Es schien, als würde der ganze Ort eine einzige Kraterlandschaft sein.

Am 1. März 1911 unterschrieb Wolfram Breiden vor Amtmann Rangen und im Beisein von Jakob Halbach einen Vertrag, der ihn berechtigte, als Gasmeister aufzutreten. Breiden verpflichtete sich, für die Bedienung und Sauberhaltung der Anlagen zu sorgen, Störungen sofort zu melden und zu bestimmten Zeiten die Straßenlaternen anzuzünden. An jedem Monatsersten hatte Breiden den Gasverbrauch festzustellen. Das klappte hervorragend, und die Gemeindevertreter, allen voran Jakob, beglückwünschten sich noch im Nachhinein für ihre Entscheidung.

54

Ein halbes Jahr später starb Peter Harkort. Er hinterließ eine Lücke Benedikt Halbachs Leben. Peter war sein Freund gewesen, mit ihm konnte er über alles sprechen.

Benedikt klammerte sich an seine Verwandten. Jeden Sonntag war die Familie zum Kaffee, manchmal sogar schon zum Mittagessen eingeladen. Dann war das Haus zum Bersten voll. Als alle wieder fort waren, beschlossen Viktoria und Benedikt, die Familie nicht mehr so oft einzuladen. Der Vorsatz hielt aber nur bis zum nächsten Sonntag.

Karl begann eine Lehre bei der Firma Waber. Zuerst in der Fertigung, danach im Chemiebereich. Das war ganz nach seiner Vorstellung. Hugo, der zweitälteste Sohn, war mehr praktisch begabt. Er machte die Lehre als Metzger. Die jüngeren Kinder gingen noch in die Schule. Im Jahre 1913 kam das letzte Kind von Benedikt und Viktoria zur Welt, ein Junge.

Inzwischen hatte Benedikt einen Käufer für sein Haus in der Kälberbäche gefunden, Sigmar Krause aus Hallenberg. Er arbeitete bei der Firma Waber und hatte lange nach einem Haus gesucht, das ihm gefiel.

Benedikt und Sigmar Krause wurden sich schnell einig. Krause wollte das Haus unbedingt haben und war bereit, die dreißigtausend Mark dafür zu bezahlen. Wenige Tage später brachte er das Geld in bar.

Die Nachricht lief wie ein Lauffeuer um die Welt. Der österreichisch-ungarische Thronfolger Franz Ferdinand und seine Frau Sophie Chotek, Herzogin von Hohenberg waren in Sarajevo einem Attentat zum Opfer gefallen. Auch im Sauerland erfuhr man von dieser abscheulichen Tat.

In den Kneipen versammelten sich die Männer und redeten sich bei Bier und Schnaps die Kehlen heiser. Jeder war schnell der Meinung, dass diese Tat nicht ungesühnt bleiben durfte.

»Wir müssen die Gegner ausrotten. So und nicht anders ist ihnen beizukommen.« Das waren die häufigsten Worte am Stammtisch.

Jeder war bereit, für Österreich zu den Waffen zu greifen. Ja, man freute sich direkt auf einen Krieg. In den Straßen sah man junge Männer mit Blechhelmen und Holzgewehren herumlaufen. Die meisten konnten es gar nicht abwarten, eingezogen zu werden.

Österreich suchte Rückendeckung beim Deutschen Kaiser, und Wilhelm II. ließ nicht lange auf Antwort warten. Bereits Anfang Juli sagte der Kaiser seine bedingungslose Unterstützung zu. Am 23. Juli forderte Österreich-Ungarn von Serbien eine gerichtliche Untersuchung gegen die Teilnehmer des Komplotts, aber die serbische Regierung lehnte dies ab. Serbien war sich sicher, dass Russland sie militärisch unterstützen würde. Am 28. Juli 1914 erklärte Österreich-Ungarn Serbien den Krieg.

Es war ein Schock für Benedikt und Viktoria, dass ausgerechnet ihr Sohn Karl eingezogen wurde. Karl war wie alle begeistert.

»Der Krieg wird nicht lange dauern«, tröstete er seine Eltern.

Dein Wort in Gottes Ohr, dachte Benedikt, sagte aber nichts.

Am 1. August 1914 wurde die Mobilmachung bekanntgegeben. Es ging alles sehr schnell. Manch einer der Männer, die weit von zu Hause lebten, hatte keine Gelegenheit mehr, sich von ihren Eltern und Geschwistern zu verabschieden. Man musste unverzüglich an die Front.

»Ich darf nicht mitkämpfen«, schimpfte Franz-Josef Auer. »Ich bin einfach zu alt. Dabei würde ich es den Serben und Franzosen gerne zeigen.«

Auch der Sohn von Jakob Halbach fiel durch die Musterung. Ein Bein war zu kurz. »Ich bin untauglich«, jammerte er und war den Tränen nahe. Neidisch sah man auf die achtundzwanzig jungen Männer aus Züschen, die zum Bahnhof zogen. Die Musikkapelle begleitete sie mit Marschmusik. Kinder versuchten im Gleichschritt mitzuhalten.

Pastor Wilke, der seit einiger Zeit Nachfolger von Pfarrer Josef Schmale war, hielt eine begeisternde Rede und versicherte, dass die Familien der neuen Soldaten keinerlei Not zu erwarten hätten.

Dann fuhr der Zug ab.

Karls Geschwister weinten. Benedikt stand mit bleichem Gesicht neben Viktoria, die sich auch kaum beherrschen konnte.

Der Handlungsreisende Meinolf Harbecke brachte die Nachricht.

»Hinter Meschede haben sie ein großes Lager für über hundert Gefangene eingerichtet.«

»Haben sie denn bereits so viele?«, fragte Franz-Josef Auer. Er saß aus Frust über seine Nichteinberufung zur Armee jeden Tag bei Lamers und betrank sich.

»Natürlich noch nicht. Das Gelände gehört dem Grafen von Westphalen, der hat es an das deutsche Militär verpachtet. Du kannst dich als Wachmann bewerben. Die suchen noch Männer.«

Jemand lachte laut, und Franz-Josef verzog wütend das Gesicht.

Nach einem Monat kam der erste Brief von Karl. Benedikt las ihn der versammelten Familie beim Kaffee vor.

»Ihr Lieben. Wir sind gut in der Kaserne Friedrichsborn angekommen. Die Stimmung ist ausgezeichnet. Die Kameraden lechzen danach, zu kämpfen. Wir sind ein eingeschworener Haufen junger Männer, kaum

jemand älter als zwanzig. Wir alle sind von einem schnellen Sieg überzeugt. Es grüßt euch herzlich, Karl.«

Benedikt ließ den Brief sinken. An seinem Gesichtsausdruck sah man, dass er von einem schnellen Sieg nicht überzeugt war. Aber Jonathan beruhigte ihn.

»Du wirst sehen, Karl hat recht. Es dauert nicht allzu lange.«

Der erste Kriegswinter brachte Eiseskälte und viel Schnee. Von Karl kam kein neuer Brief. Auch von einem schnellen Ende war nicht mehr die Rede. Man sprach jetzt schon von Hungerkarten für Brot, Zucker, Mehl und Seife, die man in Kürze ausgeben würde. Die Bauern wurden hofiert, jeder Landwirt wurde regelrecht mit Respekt behandelt.

Karl bekam keinen Heimaturlaub. Er schrieb einen kurzen Brief, dass sie im Schützengraben lägen und keinen Meter weiterkämen. Das war nicht nur für die Soldaten frustrierend, sondern auch für die Daheimgebliebenen.

Benedikt arbeitete von früh bis spät, um wenigstens halbwegs für seine Familie sorgen zu können. Die meiste Ernte wurde beschlagnahmt, weil man sie für die Front brauchte. Fast täglich kamen Pferdefuhrwerke und neuerdings auch die moderneren Lastkraftwagen, um die Ernte abzuholen.

Die Solstätter und Beilieger taten sich zusammen. Es war erstaunlich, wie gut sie auf einmal harmonierten. So war zumindest gewährleistet, dass jeder genug zu essen hatte. In Notzeiten hielt man halt zusammen.

Dann endlich kam wieder ein Brief von Karl. Seine Geschwister waren ganz aufgeregt und beschworen ihren Vater, ihn sofort vorzulesen und nicht erst zu warten, bis die Familie wieder beim Kaffeetrinken saß. Benedikt öffnete ihn. Er überflog kurz die Zeilen und wurde blass. Als er den Kopf hob, sah Viktoria, dass seine Hand zitterte. Aber er bemühte sich um Fassung.

»Karl schreibt, dass es ihm gut geht, und dass er bald wieder zu Hause ist.«

Damit gaben sich die jüngeren Geschwister zufrieden. Sie tanzten in der Küche vor Freude, nur Hugo merkte, dass das nicht die ganze Wahrheit war, aber er sagte nichts.

Als Benedikt und Viktoria alleine waren, ließ sich Benedikt

auf den Stuhl fallen. Er hielt den Brief in der Hand, und sie zitterte so sehr, dass er ihn kaum festhalten konnte.

Viktoria berührte seinen Arm. Er sah auf.

»Karl schreibt, dass sie seit Monaten immer noch in einem Schützengraben liegen. Nur hundert Meter von ihnen entfernt lauern die Franzosen. Wenn es regnet, und es regnet oft, stehen sie bis zu den Knien im Wasser. Eine Lungenentzündung wäre noch das Harmloseste, was man sich holen könnte.«

Er ließ den Brief sinken. »Mein Gott, das hatten sich die Militärs anders vorgestellt. Wir können nur hoffen, dass unser Junge bald wieder nach Hause kommt.«

55

Die Männer waren über Nacht gekommen. Niemand hatte sie beachtet, denn viele Fremde fuhren in diesen Tagen durch Züschen. Immer wieder passierten Militärwagen die langgestreckte Hauptstraße, die den Ort von Nordwest nach Südost durchzog.

Auch Viktoria hätte wohl kaum Notiz von den Fremden genommen, wenn sie nicht an diesem Morgen das Lebensmittelgeschäft aufgesucht hätte.

Anita, die junge Verkäuferin, kam sofort auf Viktoria zu.

»Hast du es schon gehört, Viktoria?«, fragte sie. »Es sind Fremde gekommen. Gefangene.«

»In der Nähe von Meschede gibt es ja ein Lager.«

»Ja, aber hier in Züschen soll auch ein Lager für Gefangene eingerichtet werden. Jakob hat es genehmigt, ohne die Zustimmung des Gemeinderates einzuholen. Wusste Benedikt nichts davon?«

Viktoria schüttelte den Kopf. »Er hätte es mir gesagt.«

Anita nickte grimmig. »Tja, nun haben wir den Salat direkt vor unserer Haustür.«

»Sieh mal nicht so schwarz«, versuchte Viktoria sie zu beruhigen.

Niemand wusste so recht, warum man gerade in Züschen ein Gefangenenlager eingerichtet hatte. Spekulationen besagten, dass Züschen in einem langen Tal läge, das nur von zwei Seiten zu erreichen sei. Jakob hatte das so verlauten lassen. Dass er von der Regierung Geld erhielt, verschwieg er, vorerst jedenfalls.

Eine zweite Vermutung besagte, dass Züschen viele Bauern habe und dass das Land sehr fruchtbar sei. Die Gefangenen kämen gerade recht, um zu helfen. Sie waren sehr höflich, zuvorkommend und vor allen Dingen nicht rachsüchtig.

Benedikt und Jakob saßen zusammen vor dem großen Haus an der Sonneborn. Jakob war gekommen, weil er mit Benedikt sprechen musste. Es war ihm sichtlich unangenehm, und er druckste herum.

»Du willst mein Einverständnis für deine Entscheidung, nicht?«, fiel Benedikt ganz unverblümt gleich mit der Tür ins Haus.

»Du weißt davon?« Jakob war überrascht.

»Ich habe davon gehört.«

»Na schön. Wie ist deine Meinung?«

»Tja.« Benedikt zögerte. »Du bist der Bürgermeister, was nicht heißt, dass du machen kannst, was du willst. Aber in der heutigen Zeit muss man schon mal eigene Entscheidungen treffen. Ich finde deine gut. Ja, wirklich. Ich hätte ebenso gehandelt.«

Jakob atmete auf. Er war zwar nicht von Benedikts Gnaden abhängig, aber die Zustimmung seines Cousins war ihm äußerst wichtig. »Wir bekommen Geld dafür von der Regierung.«

»Das ist gut. Geld können wir immer gebrauchen. Wie geht es denn jetzt weiter?«

Jakob zuckte fast resigniert die Schultern. »Ich habe keine Ahnung. Ich weiß nicht einmal, wie lange das Lager bestehen bleiben soll.«

»Du musst den Gemeinderat einweihen. Sie haben ein Recht, zu wissen, was hier in Züschen geschieht.«

»Das ist mir klar«, nickte Jakob. Er sah Benedikt an. »Wirst du dabei sein?«

»Habe ich dich jemals im Stich gelassen?«

Die Gemeindeversammlung fand nur wenige Tage später statt. Die Solstätter waren zwar überrascht, als sie hörten, dass die Gemeinde Geld für das Gefangenenlager erhielt, aber alle

Die nach Züschen heimkehrenden Soldaten hatten keine Ahnung. Sie sahen ausgemergelt und verhungert aus und wollten nur in Ruhe gelassen werden. Niemand wusste etwas von Karl. Viktoria und Benedikt fragten sich oft, ob er überhaupt noch am Leben war.

Viele Familien hatten ihre Söhne verloren. Pastor Wilke hielt einen Gedenkgottesdienst für alle, aber das war nur ein schwacher Trost.

56

Zwei Jahre später, im Sommer 1920, kam Karl endlich aus französischer Gefangenschaft zurück. Er sah aus wie ein Häufchen Elend und war so dünn, dass man durch ihn hindurchpusten konnte.

Benedikt und Viktoria waren entsetzt, die Geschwister freuten sich nur und jubelten über seine Rückkehr. Viktoria machte sofort ein Essen, das Züschener Giseke, eine Art Reibekuchen.

Karl aß sehr langsam. Er war ausgehungert und wollte nicht gleich alles in sich hineinstopfen. Benedikt und Viktoria fragten ihn nicht nach seinen Erlebnissen während des Krieges und in der Gefangenschaft, man wollte ihm Zeit lassen, und die Geschwister interessierte es sowieso nicht.

Erst Tage später, an einem Abend, in dem die ganze Verwandtschaft gemütlich in der Stube saß, erzählte Karl etwas.

»Ich kann gar nicht alles sagen, was ich erlebt habe. Nur so viel: Es war schrecklich. Ich habe Kameraden neben mir an Lungenentzündung, Fleckfieber und Gasvergiftung sterben sehen.« Er schloss angesichts der Erinnerung die Augen. Benedikt schluckte krampfhaft, Viktoria weinte still vor sich hin. Karls Tanten und Onkel hatten versteinerte Gesichter.

»In der Gefangenschaft ging es mir verhältnismäßig gut, auf jeden Fall besser als im Krieg. Die Franzosen waren hart zu uns, aber immer fair. Sie haben niemanden misshandelt.«

»Das kann man von den Deutschen nicht sagen«, warf Jonathan ein. Er erntete darauf keine Antwort.

»Ich möchte nicht weiter davon sprechen«, sagte Karl. »Ich

muss das alles erst verarbeiten.«

»Das verstehen wir gut«, erwiderte sein Vater.

Sie sprachen danach von allen möglichen Dingen, insbesondere über Politik, denn in Deutschland war eine große Wende eingetreten. Der Kaiser war nach Holland ins Exil geflohen, und radikale politische Kräfte bekämpften sich untereinander. Auf der einen Seite standen die Kommunisten, auf der anderen die Nationalisten.

»Es sieht düster aus«, meinte Linus, und Jonathan und Paul gaben ihm recht.

»Ich habe Angst um Deutschland«, fügte Paul hinzu.

»So schlimm wird es nicht werden«, versuchte Benedikt sie zu beruhigen. »Ebert wird es schon richten.«

Friedrich Ebert war der Reichspräsident. Aber so recht glaubte Benedikt auch nicht, dass Ebert für Deutschlands Frieden sorgen konnte.

Benedikt und Viktoria machten sich weiter große Gedanken um Karl. Benedikt hatte ihn mehrfach beobachtet, wie er auf der Bank neben der Scheune saß und nur vor sich hin stierte. Er sprach auch nicht viel.

»Ich möchte wissen, was mit Karl los ist«, sagte Viktoria leise in Benedikts Rücken. Sie standen am Fenster und beobachteten ihren Sohn. Schon mehr als eine halbe Stunde saß Karl stoisch auf der Bank. Benedikt glaubte gar, er habe sich in dieser Zeit kein einziges Mal bewegt.

»Soll ich mal mit ihm sprechen?«

»Das hilft nichts«, antwortete Viktoria. »Das habe ich schon mehrfach versucht. Er blockt immer gleich ab.«

Benedikt hatte nichts anderes erwartet. Dabei brauchte er die Hilfe seines ältesten Sohnes gerade jetzt dringend. Die Schmerzen in der Brust kamen immer häufiger.

Er wandte sich vom Fenster ab und setzte sich auf den Stuhl am Küchentisch. Viktoria wollte ihn etwas fragen, als die Tür aufging und Jakob erschien.

»Hallo«, grüßte er. Ohne eine Aufforderung abzuwarten, setzte er sich an den Tisch und legte seine speckige Mütze darauf. Benedikt sah sofort, dass Jakob Sorgen hatte.

»Was ist los?«

»Hast du schon das Neueste gehört, Benedikt? Republikfeindlich gesinnte Männer um Wolfgang Kapp haben versucht, die Regierung mit Hilfe linksgerichteter Arbeiter zu stürzen. Zum Glück ist es ihnen nicht gelungen. Die Regierung hat sich erfolgreich gegen den Kapp-Putsch gewehrt, aber die Linken fordern jetzt die Diktatur des Proletariats. Das ist nicht weniger schlimm für Deutschland. Sie haben Gustav Bauer gefeuert.«

Gustav Bauer war seit Juni 1919 Ministerpräsident. Er war aus der SPD, wie die meisten seiner Vorgänger.

Benedikt hob nur eine Augenbraue an. »Na und? Er war doch sowieso nur eine Marionette Eberts.«

»Ja, aber er hielt die Regierung zusammen. Jetzt hat man Hermann Müller zum Nachfolger gemacht.«

»Auch er wird von Eberts Gnaden abhängen.«

»Du machst dir also keine Sorgen um unser Land?«

»Nein. Friedrich Ebert ist seit dem 11. Februar 1919 Reichspräsident, und wenn mich nicht alles täuscht, wird er es bis 1925 bleiben. Da sind die Ministerpräsidenten doch völlig einerlei.«

Jakob fuhr sich über die Stirn. »Als Bürgermeister erfährt man halt mehr über die deutsche Politik, aber ich will mal deinen Worten glauben. Was anderes bleibt uns sowieso nicht übrig.« Er deutete zum Fenster. »Karl hat mich gar nicht wahrgenommen, als ich kam. Ich glaube, dass die vier Jahre Krieg und die zwei Jahre Gefangenschaft etwas in ihm kaputt gemacht haben. Er ist nicht mehr der fröhliche Kerl, der er einmal war. Hast du keine Arbeit für ihn gefunden?«

»Leider nicht. Waber stellt im Moment niemanden ein, und sieh dich doch um, Jakob, kaum jemand hat noch zu tun. Lutz und Paul haben maximal einen Auftrag im Monat, und dann müssen sie noch wochenlang auf ihr Geld warten. Wir unterstützen sie mit Lebensmitteln, damit sie nicht verhungern. Jonathan geht es noch verhältnismäßig gut.«

Er zuckte die Achseln. Jakob stieß einen tiefen Seufzer aus und verabschiedete sich bald.

Die neuesten politischen Ereignisse in Deutschland wurden von Handlungsreisenden ins Sauerland gebracht. Es kamen nicht mehr so viele durch Züschen wie noch Ende des vergangenen Jahrhunderts. Auch die Händler hatten sehr unter der unsicheren Wirtschaftslage zu leiden.

Jakob Halbach bemühte sich, in Züschen einen einigermaßen guten Zusammenhalt zu garantieren. Benedikt wurde die Arbeit auf dem Hof zu anstrengend. Dabei tat es ihm gut, dass er in seinen drei ältesten Söhnen Hilfe hatte. Karl machte ihm zwar immer noch Sorgen, aber er packte jetzt doch mit an.

Jakob kam fast jeden Tag zu Benedikt. Meistens brauchte er einen Rat zur Gemeindeversammlung, aber er kam auch einfach, um sich mit jemandem auszutauschen.

57

Karl war wie ausgewechselt. Er hatte ein Mädchen kennengelernt. Clara Jasper, die Tochter eines Zugereisten, der das Land von einem Solstätter gekauft hatte.

Karl hatte Clara seinen Eltern vorgestellt, und die waren begeistert von ihrer Frische und Herzlichkeit. Sie schlossen sie sofort ins Herz.

»Unser Sohn blüht richtig auf«, bemerkte Viktoria glücklich, als sie wieder allein waren.

»Ja«, nickte Benedikt. »Eine Freundin hat ihm gefehlt. Clara tut ihm richtig gut, und dass die Firma Waber Karl endlich wieder Arbeit gegeben hat, hat aus ihm einen anderen Menschen gemacht.«

Seit einigen Monaten ging es der Firma Waber wieder so gut, dass sie mehrere Leute eingestellt hatten.

Er nahm Viktoria in den Arm und drückte sie ganz fest. Sie sah ihn prüfend an. Wann hatte er sie das letzte Mal in den Arm genommen? Das war schon Wochen, wenn nicht gar Monate her.

Er löste sich von ihr und nahm am Tisch Platz. Sie erwartete, dass er sich seine Pfeife anstecken würde, aber Benedikt tat nichts dergleichen. Vielmehr stützte er seinen Kopf in beide Hände.

»Geht es dir nicht gut, Benedikt?«

Er ließ die Hände sinken und schüttelte leicht den Kopf. »Es ist nichts. Ich denke nur gerade an unsere Söhne. Karl hat jetzt wieder Arbeit, und Hugo ist bei seinem Metzger mehr als glücklich. Sie helfen zwar bei der Arbeit auf den Feldern, aber ich sehe doch, dass sie das mehr schlecht als recht erledigen. Sie sind keine Bauern.«

»Was gedenkst du zu tun?«

»Ich bin mir noch nicht sicher.« Benedikt schüttelte leicht den Kopf. »Ich könnte Jakob fragen, ob er mir einige Parzellen abkauft.«

»Der hat doch nicht so viel Geld«, warf Viktoria ein.

»Das ist richtig. Ich könnte ihm einen guten Preis machen.«

Viktoria schaute aus dem Fenster hinaus. »Denk aber dabei an deine Kinder«, meinte sie leise. »Es ist auch ihr Erbe.«

Benedikt stand mit einem großen Seufzer auf. »Daran denke ich die ganze Zeit.«

Jakob war dabei, in der Scheune Heu zusammenzufegen. Er stützte sich auf den Besen. »Gibt es einen besonderen Grund für deinen Besuch?«

»Ich muss mit dir reden.«

»Worüber?«

Benedikt setzte sich auf eine klobige Bank, die Flecken von Kuhmist aufwies.

»Ich möchte dir mein Land verkaufen.«

Jakob sah ihn aus zusammengekniffen Augen sprachlos an.

»Ich kann die Arbeit nicht mehr schaffen«, sprach Benedikt weiter. »Meine Söhne haben kein Interesse daran, und bis meine Töchter verheiratet sind und ihre Männer möglicherweise das Land übernehmen, darauf kann ich nicht warten. Also? Bist du interessiert?«

Jakob setzte sich neben Benedikt. »Das kommt jetzt sehr plötzlich für mich. Hast du es dir auch genau überlegt?«

»Das habe ich«, antwortete Benedikt mit fester Stimme. »Ich könnte es auch anderen Solstättern verkaufen, aber du gehörst zur Familie.«

Ein paar Minuten vergingen. Benedikt konnte Jakob ansehen, dass er angestrengt nachdachte. »Ich bin natürlich einverstanden. Wann ... ich meine, wann soll die Sache über die Bühne gehen?«

»Wenn du willst, schon in den nächsten Wochen. Ich schicke einen Boten zum Amtsgericht nach Medebach, damit er einen Termin bekommt. Wann passt es dir?«

»Jederzeit.«

»Gut, dann ist das abgemacht.«

Benedikt reichte Jakob die Hand, und der schlug ein. Ein Handschlag war wie ein Versprechen.

Wochen später verkaufte Benedikt bis auf ein einziges Grundstück auf der Ebenau sein gesamtes Land an seinen Cousin Jakob Halbach. Jakob hatte extra dafür einen Kredit aufgenommen, und Benedikt hatte ihm versprochen, das restliche Geld solange zu stunden, bis er es zusammen hatte.

Dass der Verkauf ein großer Fehler war, stellte sich bald heraus.

58

Die junge Weimarer Republik war von Anfang an den Angriffen der extremen Rechten und Linken ausgesetzt. Die Linke warf den Sozialdemokraten Verrat an den Idealen der Arbeiterbewegung vor, die Rechte machte die Anhänger der Republik für die Niederlage im Ersten Weltkrieg verantwortlich. Sie unterstellte ihnen, sie hätten das im Felde unbesiegte deutsche Heer mit der Revolution von hinten erdolcht, was zur Dolchstoßlegende führte.

Der Kapp-Putsch von 1920 war nur der Anfang. Die legale Regierung musste sich zuerst nach Dresden, dann nach Stuttgart zurückziehen. Von dort rief sie zum Generalstreik auf, worauf der Putsch gescheitert war.

Die politischen Weichenstellungen, die die Weimarer Republik an den Rand des Zusammenbruchs brachten, wurden in der deutschen und in der französischen Politik gestellt. Die Reparationszahlungen für den verlorenen Krieg waren so hoch, dass die deutsche Finanznot im Laufe des Jahres 1923 immer dramatischer wurde. Durch Produktionsausfälle kam es zu massenhaften Steuereinnahmeverlusten.

Die Finanzierung des Ruhrkampfes konnte nur durch Drucken neuer Banknoten finanziert werden, was wiederum zu einer dramatisch beschleunigten Inflation führte, in der schließlich die Mark binnen eines Tages mehr als die Hälfte an Kaufkraft verlor.

Benedikt hatte viel Geld auf der Hagener Bank liegen. Wenn er jetzt wartete, war es kaum mehr das Papier wert, auf dem es gedruckt war. Er sprach mit Viktoria.

»Ich muss das Geld abholen. Ich werde es Karl geben, sozusagen als Starthilfe für die Ehe. Noch ist es etwas wert, aber wer weiß, wie lange noch. Was meinst du?«

Viktoria hatte darüber keine eigene Meinung. Bisher hatte Benedikt sie noch nie gefragt, wenn es ums Geld ging.

»Du tust stets das Richtige, Benedikt.«

»Gut. Ich werde mit Karl reden. Er soll es selbst entscheiden.«

Schon eine Stunde später nahm Benedikt seinen Sohn zur Seite. Sie saßen draußen auf der Bank an der Sonneborn.

»Mein Sohn ...«

Karl horchte auf. Wenn sein Vater so zu ihm sprach, hatte er etwas Besonderes auf dem Herzen. Karl warf ihm einen raschen Seitenblick zu. Sein Vater sah blass aus. Karl nahm an, dass das von der großen Verpflichtung herkam, die Benedikt für die gesamte Familie hatte.

»Du bist jetzt alt genug, um zu heiraten. In deinem Alter war ich es längst ...« Er stockte. Eigentlich hatte Benedikt nie vorgehabt, zu seinen Kindern von der Vergangenheit zu sprechen. Die Ehe mit Sophia Bertram war schon so lange her, dass er nur noch selten daran dachte. An Luise hatte er viel mehr Erinnerungen.

Er räusperte sich.

»Carla ist ein liebes Mädchen, genau die richtige für dich, mein Sohn. Du hast eine gute Wahl getroffen. Wann gedenkt ihr zu heiraten?«

Diese Frage war Karl sichtlich unangenehm. Er wand sich etwas.

»Wir haben noch nicht darüber gesprochen«, antwortete er

langsam. »Ich ... ich habe sie auch noch nicht gefragt.«

Benedikt musste schmunzeln. »Dann wird es aber höchste Zeit. Nun, ich habe mir gedacht ... du weißt ja, dass ich einen größeren Geldbetrag auf einer Bank in Hagen deponiert habe. Dieses Geld sollst du bei deiner Hochzeit, ach was sag ich, jetzt schon bekommen. Du kannst allein entscheiden, was du damit anfangen willst. Na, wie gefällt dir das?«

Karl war sprachlos.

»Du hast nun wieder eine gute Anstellung bei der Firma Waber, und ich habe alle unsere Felder an Onkel Jakob verkauft. Ich weiß, dass du und Hugo nicht zum Bauern geboren seid. Deshalb war es das Beste so. Lass uns bald nach Hagen fahren. Es ist an der Zeit, dass du über unser gesamtes Geld verfügen kannst. Du bist der Erstgeborene. Hugo hat eine feste Stelle in der Metzgerei. Ihm kann beruflich nichts passieren. Geschlachtet wird immer. Die Menschen sind auf frisches Fleisch angewiesen, und die Bauern im Ort haben stets Schweine und Rinder, die geschlachtet werden müssen.«

Dann legte er einen Arm um seinen Sohn, drückte ihn kurz, um ihn wieder sofort loszulassen.

Schon einen Tag später fuhren sie nach Hagen.

59

Inzwischen kostete ein Kilo Butter mehr als fünfhundert Mark, und jeden Tag stiegen die Preise weiter. Geldscheine zu einer Million Mark wurden als Notizblock verwendet. Zu den Inflationsgewinnern gehörten diejenigen, die Sachwerte oder Grundstücke besaßen oder selbst hohe Schulden aufgenommen hatten. Jetzt rächte sich der Verkauf der Ländereien an seinen Cousin Jakob Halbach. Benedikt musste retten, was noch zu retten war.

Die gute Verbindung über Bestwig und Schwerte ließ sie rasch vorankommen. Schon vier Stunden nach ihrer Abfahrt aus Züschen kamen sie am Bahnhof Hagen an.

Benedikt führte Karl sofort zu der Bank, auf der sein Geld lag. Der Schalterbeamte zog die Stirn kraus, als Benedikt sein Vorhaben erläuterte.

»Tut mir leid, aber ich kenne Sie nicht und bin deshalb nicht befugt, Ihnen ...«

Benedikt unterbrach ihn sofort sehr ungeduldig. »Sie können mich auch gar nicht kennen. Aber hier ist mein Ausweis und meine Legitimation, dass ich Eigentümer des Kontos bin. Ich möchte auch den Leiter der Bank sprechen. Bei ihm habe ich das Konto eröffnet.«

»Bedaure, aber Herr Köstner ist nicht mehr für uns tätig. Wir haben einen neuen Filialleiter. Herr Wohlgemuth ist aber im Augenblick in einer sehr wichtigen Besprechung, die den ganzen Tag über andauern wird.«

Benedikt verlor langsam die Geduld. Er beugte sich jetzt so nahe an den Mann heran, dass dieser seinen Atem spüren konnte. Einen Moment lang sah es so aus, als würde Benedikt ihn gleich am Revers seiner Anzugjacke packen und zu sich heranziehen. Karl sah verwundert zu seinem Vater. So hatte er ihn noch nie erlebt.

»Wenn Sie nicht augenblicklich mein gesamtes Geld herausrücken«, presste Benedikt durch die Zähne, »schlage ich hier alles kurz und klein. Sie haben meinen Ausweis, meine Legitimation, so dass alles seine Ordnung hat. Also?«

Der Bankangestellte war zurückgewichen. Jetzt nickte er beflissentlich. »Schon gut, schon gut. Ich hole das Geld.« Er verschwand mit Benedikts Ausweis und der Legitimation.

Karl sah hinter ihm her. »Ich hoffe nicht, dass er die Polizei ruft.«

»Soll er. Ich bin im Recht.«

Sie wurden auf eine Geduldsprobe gestellt. Nach zwanzig Minuten kam der Mann zurück. In seiner Begleitung war ein weiterer Herr, der sich als Wohlgemuth vorstellte.

Er rieb die Hände nervös ineinander. »Sie müssen verstehen, mein Herr, dass sich mein Angestellter nur vergewissern wollte, vor allem, weil es sich um eine so große Summe handelt. Es kommen heutzutage viele Gauner, die Geld abholen wollen. Aber ich sehe, dass alles soweit in Ordnung ist. Herr Harms holt ihnen das Geld sofort.«

Er gab dem Angestellten mit dem Kopf ein kurzes Zeichen und der verschwand.

»Kann ich sonst noch etwas für Sie tun?«, fragte Herr Wohlgemuth.

»Nein. Das ist alles.«

Herr Wohlgemuth verschwand. Benedikt drückte gegen seine Brust. Das hatte schon mehrmals geholfen, wenn die Schmerzen kamen.

Nach etwa zehn Minuten kam Herr Harms zurück. In seiner Hand hielt er einen kleinen Koffer, den er vor Benedikt und Karl öffnete. Harms zählte das Geld so laut vor, dass die Umstehenden es mithören konnten. Benedikt kniff die Lippen zusammen, sagte aber nichts. Er beschloss, auf dem Rückweg besonders vorsichtig zu sein. Karl dachte offenbar dasselbe, wie sein Gesichtsausdruck verriet.

Wenig später waren sie wieder draußen. Inzwischen brach die Dämmerung herein, aber Benedikt hatte auf dem Fahrplan gesehen, dass noch ein Zug nach Bestwig fahren würde. Bestimmt gab es von da noch eine Verbindung nach Züschen.

»Komm, Karl, wir haben keine Zeit zu verlieren.«

Sie gingen zum Bahnhof. Der Zug fuhr eine halbe Stunde später ab. Benedikt fühlte sich völlig ausgelaugt, und er sehnte sich nach seinem Bett.

In Bestwig bekamen sie noch einen Anschlusszug nach Frankenberg über Winterberg und Züschen. Sie waren allein im Abteil, was Benedikt insgeheim begrüßte. Die eintönige Zugfahrt wirkte ermüdend. Da es zudem draußen schon dunkel war, gab es nichts zu sehen. Bald fiel Benedikt in einen traumlosen Schlaf. Karl brauchte nur wenige Minuten länger, bis er auch eingeschlummert war.

In Winterberg wachte er kurz auf und warf einen raschen Blick zu seinem Vater. Aber der schlief. Bis Züschen dauerte die Fahrt nur knapp zwanzig Minuten, trotzdem fielen Karl wieder die Augen zu.

Erst kurz vor Züschen wachte er erneut auf. Er stieß seinen Vater an.

»Vater, du musst wach werden. Wir sind gleich da.«

Karl rüttelte ihn leicht an den Armen. Plötzlich fiel Benedikts Kopf gegen seine Schulter. Karl sprang auf.

»Vater!«, schrie er.

Noch einmal schüttelte er ihn, diesmal fester, aber Benedikt rührte sich nicht.

Karl schossen die Tränen in die Augen. Das durfte doch alles gar nicht wahr sein!

Schon kam der Bahnhof in Sicht, und der Zug verlangsamte seine Fahrt. Karl öffnete das Fenster. Als der Bahnhofsvorsteher am Bahnsteig auftauchte, schrie Karl:

»Ernst, halt den Zug auf. Mein Vater ... wir brauchen einen Arzt.«

Der Bahnhofsvorsteher begriff zuerst nichts, dann aber, als Karl seine Worte wiederholte, kam Bewegung in den Mann. Er lief zur Lokomotive und redete aufgeregt auf den Lokführer ein. Der warf einen fassungslosen Blick in Richtung des Wagens, in dem Karl mit seinem Vater saß und nickte dann.

Wie sie Benedikt aus dem Abteil geholt hatten, wusste Karl später nicht mehr zu sagen. Er zitterte am ganzen Körper und war nur durch die schnelle Hilfe mehrerer Nachbarinnen zu beruhigen.

Sie holten den Arzt aus Winterberg. Er konnte nichts mehr tun.

Benedikt Halbach starb am 10. August 1923. Er hinterließ seiner Familie sein Elternhaus und das Grundstück auf der Ebenau. Dass die Inflation ihm sein gesamtes Barvermögen nehmen würde, erlebte er nicht mehr.

Nachwort

Die Geschichte von Benedikt Halbach und seiner Familie ist mit diesem Roman abgeschlossen. Zeitzeugen, die weiteren Stoff liefern könnten, gibt es leider nicht mehr.

Recherchieren konnte ich noch, dass seine Töchter Franziska und Berta nach Bremen zogen.
Karl und Hugo verschlug es nach Solingen. Karls Ehe blieb kinderlos, während Hugo eine Tochter und einen Sohn bekam.

Hedwig ging mit ihrem Mann in den Schwarzwald. Sie bekamen zwei Töchter, die beide Stewardess wurden und in den fünfziger Jahren in die USA auswanderten.
Die zweite Tochter von Viktoria und Benedikt zog nach Neuss. Sie bekam fünf Kinder.
Fritz starb mit einundzwanzig Jahren an einer Blinddarmentzündung.
Nur der jüngste Sohn blieb in Züschen. Bei ihm und seiner Familie wohnte Viktoria bis zu ihrem Tod im Jahre 1942.

Selbstverständlich wurden wieder alle Namen geändert, sollten Namensgleichungen vorhanden sein, wären sie rein zufällig. Fiktion und Wirklichkeit vermischen sich auch in diesem Buch, um die Handlung interessanter zu gestalten.

Wenn Sie von einem Autor etwas kaufen, dann erwerben Sie nicht nur ein Buch, sie kaufen viele Stunden Konzentration, pure Freude, aber auch Frustration.
Sie erkaufen sich ein Stück Herz, weil der Autor sich mit Leib und Seele mit seinen Romanfiguren identifiziert.
In diesem Sinn danke ich Ihnen für Ihre Unterstützung.
Bleiben Sie mir treu.

Phillip Kordes

Wie alles begann!

»Dunkler Rauch am Horizont« ist das 1. Buch einer Trilogie. Es spielt in den Jahren 1864 – 1875.

Benedikt Halbachs Eltern sind reiche Bauern. Als ältester Sohn muss er einmal den Hof übernehmen. Mit zwölf Jahren wird Benedikt in die Pflichten eines Großgrundbesitzers eingewiesen.

Doch Benedikt hat andere Vorstellungen von seinem zukünftigen Leben. Er träumt von einer fernen, fremden Welt.

Aber es kommt völlig anders.

© Phillip Kordes

»Des Lebens dornige Pfade« ist das 2. Buch der Trilogie. Die Handlung spielt von 1876 bis 1896.

Benedikt Halbach ist zu einem der reichsten Landwirte geworden. Schon in jungen Jahren bestimmt er die Geschicke der Gemeinde mit. Aber seine Macht hat auch Schattenseiten. Benedikt spürt nur allzu deutlich Anfeindungen und Neid. Hinzu kommen private Schicksale, mit denen er fertig werden muss. Und noch immer träumt er von einer anderen Welt.

© Phillip Kordes

Lesen Sie auch die Kriminalromane

von Phillip Kordes

Ein Mord erschüttert die ruhige Fassade des kleinen Dorfes Züschen bei Winterberg im Hochsauerland. Wer kann die Tat begangen haben, und wo liegt das Motiv?
Hauptkommissar Dorstmann erhält unerwartet Hilfe des ehemaligen Kriminalkommissars Johannes Falke, der hier geboren und aufgewachsen ist. Es gelingt ihm, ein Geflecht aus Neid, Missgunst und Bestechung mit dem Mord in Zusammenhang zu bringen. Doch Falke beschleicht ein furchtbarer Verdacht.

© Phillip Kordes

Über frühlingsgrünen Wiesen kreist ein Windvogel am Himmel – ein friedlicher Anblick. Doch wie passt der Tote in diese Idylle? Wem stand Kurt Lamberg, der Lagerist der Windvögelfirma Rohloff, im Weg?
Kommissar Johannes Falke ist zurück. Mit Feingefühl und Kombinationsgeschick setzt er sich auf die Spur eines skrupellosen Mörders. Seine Ermittlungen führen ihn quer durch das Sauerland. Doch gerade, als Falke glaubt, den Fall gelöst zu haben, geschieht ein.

© Phillip Kordes

Hauptkommissar Gordon Emanuel Rattke ist 43 Jahre alt. Seit einigen Jahren leitet er das Kommissariat 9 der Mordkommission in Dortmund. Zwei Morde halten die Kriminalpolizei von Dortmund in Atem. Rattke muss beide Fälle bearbeiten. Eine Spur führt über das Ruhrgebiet hinaus bis ins tiefste Sauerland. Schon bald muss Rattke erkennen, dass er einem Phantom nachjagt, das sich jahrelang hinter einer Maske versteckt hat.

© Phillip Kordes

Hauptkommissar Rattke spielt mit dem Gedanken, aus dem Polizeidienst auszusteigen. Doch die Arbeit holt ihn wieder ein, als eine junge Frau erdrosselt aufgefunden wird. Bei der Suche nach dem Mörder entspinnt sich ein Netz von Intrigen und unkontrollierter Lust. Rattkes ganze Konzentration ist gefordert, denn der Täter hat sein nächstes Opfer bereits im Visier.

© Phillip Kordes

Kurzgeschichten von Phillip Kordes

Alle Bücher sind als ebook und als Taschenbuch bei amazon.de zu beziehen.

© Phillip Kordes.